2008 年度河南省哲学社会科学规划项目

（批准号：2008BWX003）

主　持　人：彭燕彬

课题组成员：高自双　蒋文龙　邓玉环　王荣献

赵泰靖　邵红梅　尚　宏　商淑敏

史春丹　梅　伟　李　瑾　张婷婷

主　　编：彭燕彬

参编人员：邓玉环　邵红梅　史春丹　梅　伟

洛学传承文化与世界华文小说创作

主编 彭燕彬

暨南大學出版社
JINAN UNIVERSITY PRESS
中国·广州

图书在版编目（CIP）数据

洛学传承文化与世界华文小说创作/彭燕彬主编．—广州：暨南大学出版社，2011.12
ISBN 978－7－5668－0097－8

Ⅰ．①洛…　Ⅱ．①彭…　Ⅲ．①华文文学—小说研究　Ⅳ．①I106.4

中国版本图书馆 CIP 数据核字（2012）第 020675 号

出版发行：暨南大学出版社

地　址：中国广州暨南大学
电　话：总编室（8620）85221601
营销部（8620）85225284　85228291　85228292（邮购）
传　真：（8620）85221583（办公室）　85223774（营销部）
邮　编：510630
网　址：http：//www.jnupress.com　http：//press.jnu.edu.cn

排　版：广州市天河星辰文化发展部照排中心
印　刷：佛山市浩文彩色印刷有限公司

开　本：787mm×1092mm　1/16
印　张：12.625
字　数：240 千
版　次：2011 年 12 月第 1 版
印　次：2011 年 12 月第 1 次

定　价：28.00 元

彭燕彬，河南广播电视大学教授。河南省教育厅学术技术带头人、河南省师德先进个人。著作（含合著）8部，主持和参与多项国家、省级项目；主持的河南省高等教育教学改革项目“现代远程开放教育人才培养模式毕业生追踪调研分析”获“河南省第六届高等教育教学成果二等奖”、“河南省政府发展研究优秀成果二等奖”；专著《台港女性小说精品鉴赏》获“1998—2002年度河南省社会科学优秀成果二等奖”；主编教材《世界华文文学概观》等获“河南省教育厅人文社科优秀成果一等奖”。

现为河南省作家协会会员、河南省写作协会副秘书长；中国世界华文文学学会会员、中国当代文学研究会会员。

序

洛学风骨　彰显传承

承蒙文学理论界前辈杨匡汉先生荐举我为彭燕彬教授主编的《洛学传承文化与世界华文小说创作》作序，想必是杨先生了解到该论著选题与我这几年所作的文化中原学术论题相辅相成的缘由吧。再者，两年前，我与作者曾共同合作编撰过一部论著——《中原文化概论》，针对书中主要的论点和观点都能比较默契地达成共识，如此这般，作序就不便推托了。

据我所知，作者长期致力于世界华文文学学术研究，并获得多项国家、省、厅级科研成果奖，近年，又将研究目光投向源发于中原地域的洛学传承文化。这部论著是以彭燕彬教授为主持人的河南省2008年哲学社会科学规划项目的最终成果。开拓与创新是学者们学术进取、学术建设的基本方向和努力目标，《洛学传承文化与世界华文小说创作》用其学术内容展示了作者对此的领悟与实践。

"二程"于中原洛阳办学，后人称其学派为"洛学"。洛学于北宋创立，到南宋居于统治地位，在中国古代学术思想史上有着重要地位，可以说，理学在"二程"之后的展开，其实质就是以"二程"思想为核心的洛学之展开。在学术思想上，"二程"从宇宙本体的"天理"到完美人格的修养对"理"作了充分的论证，它成为南宋以后官方的正统思想，后经明初的推崇、明中期的反叛和明末的复归，遂在中国儒学思想史上形成了一脉相承的学术思想长河，这条长河的主流就是洛学的传承文化。

从研究内容看，文学研究尤其是小说的研究，多侧重于作家作品评析，以及从文学社会学角度对其思想内容和形象意义进行揭示，或者是从艺术赏析角度对其艺术成就进行描述与鉴赏，而如本书对传承文化与世界华文小说创作倾向之间关系所进行的研究则极为少见。从研究对象来看，本书将跨越千年的古代思想理论与当代小说创作理念进行演绎对比，从而得出这样一个结论：深邃的不可逆转的民族情结是集于世界华文小说创作与洛学传承文化之间的内在传承关系上的，两者在客观上形成一个共同的文学空间。不可否认，这种沟通和融会是当代世界华文文化身份定位的理论背景。

解析当下文化与文学文本的关系，可以确认，当代多元文化作为一种时代的潮流，已经深刻影响到世界华文文学，社会历史背景或文化语境已成为研究其文学文本的重要决定因素。洛学传承文化的演变历程，恰恰展示了世界华文小说的发展和大陆本土文学既相分流又相整合的状况，这不仅使世界不同区域的华文小说创作能够在同一文化背景下得以彼此沟通、衍化和统摄，而且还让世界华文小说创作成为一个新的研究领域。《洛学传承文化与世界华文小说创作》作出了这样一个颇有意义的界定：作为汉语言文学的一个组成部分，世界华文小说很自然地显现出既具有汉语言文学一贯的文脉及表现方式亦即民族传统，又有受不同国家和区域文化影响而表现出的特殊性亦即异变。这种特殊的从整合到分流的创作轨道，正是世界华文小说创作的内在实质。洛学传承文化的发展与世界华文小说创作倾向这两条文化轨迹的不谋而合，或许有历史巧合方面的因素，但文化整合所带来的相互吸收和影响更是不容忽略的重要因素。

通观这部著作，我认为，研究洛学传承文化与世界华文小说创作倾向异变间的关系，不仅对开掘世界华文小说的深层意蕴、归纳和总结洛学传承文化与世界华文小说创作倾向及小说文本思想发展有关的规律具有不可忽略的价值，并且在摸清洛学传承文化与世界华文小说创作发展相互整合与分流的规律的同时，将这一研究立足于中原传统文化的背景上，这对揭示中原传统文化与世界华文小说发展之关系也有特定意义。当前河南省委提出建设中原经济区，打造华夏历史文明传承创新区，构建独具特色的文化支撑体系，《洛学传承文化与世界华文小说创作》立足中原文化，揭櫫传承意义，对推进省委部署、丰富传承内涵、打造传承支点具有重要意义。

关于该书的不足之处，我曾向作者提及李贽这位带有强烈反儒倾向的明代学者。要追究传承文化与世界华文小说创作倾向异变，就不得不审视这位受到外来思想影响的思想家，希望在作者的下一课题研究中会有更多创新理论的确立。显而易见，这本著作作为作者在本学科领域多年耕耘的阶段性成果的升华，不仅是对一段学术道路的回顾，也是一种学术开拓。彭燕彬教授的课题组为推动世界华文文学创作理论的发展作出了不斐的成绩，可谓“洛学风骨，彰显传承”。

李庚香

辛卯年仲秋

目　录

绪论

在中国儒家学术思想史上，“二程”所开创的学术派别称为“洛学”。作为由儒学大师程颐、程颢所开创，同时又处于重要地理位置的新儒学学派，洛学的思想体系在宋明理学中据有非常重要的地位：理学最重要的范畴是“理”，而“理”成为宋明时期儒学的最高范畴肇始于“二程”，另外，理学的思想体系和学术规模也是由“二程”确立起来的。这样，理学在“二程”之后的发展，就其学术实质而言，可以说是“二程”思想的展开。在学术思想上，“二程”从宇宙本体的“天理”到完美人格的修养对“理”作了充分的论证，从而构建了一个有机的理学学说体系。此体系经过朱熹的进一步发展，从而成为自南宋以后中国封建社会的官方正统思想；再经过明初的推崇、明中期的反叛和明末的复归，遂在中国儒学思想史上形成了一条非常重要的学术思想长河，这条长河的主流就是洛学的传承文化。

所谓洛学传承文化，主要是指洛学体系及其后学对这一学术体系的继承、发扬、改造、修正和叛逆。而此处所说的世界华文文学创作倾向则主要指世界华文小说在思想内容或艺术形式方面所表现出来的特征和趋向，还包括一定的为表达特定思想内容而在艺术方面所形成的创作模式。既往学界对于世界华文小说的研究，多侧重于作家作品评析以及从文学社会学角度对其思想内容和形象意义的揭示，或者是从艺术赏析角度对其艺术成就的描述与鉴赏，而从传承文化与世界华文小说创作倾向之关系方面所进行的研究则极为少见。

“二程”祖居中山，后徙至中原洛阳，并在此开创洛学。洛学是在北宋确立了思想体系和学术活动规模之后，继而在南宋占据统治地位的学派，因此在中国古代学术思想史上占有非常重要的地位，可以说理学在“二程”之后的展开，实质就是以“二程”思想为核心的洛学之展开。就学派的发展来说，此学派有其庞大的思想体系和漫长的传承过程。洛学的传承过程既兼容了佛家、道家的思想理论和思维方式，也表现出特定的继承、分化、否定和融合阶段。就其对社会的影响而言，这一学派到南宋时便逐渐成为中国社会的统治思想根本和社会思潮的主流。洛学在其漫长的传承发展中，因为有着明显的发展阶段性，每一阶段都有其作为主流的学术思想和理论主张，而这些思想和主张又被许多学者或发扬鼓吹，或改造批判，于是便在相应的历史时期掀起了特定的社会思潮。

由于文化的传承性，无论客观社会如何变更，其民族的文艺审美观都无法动摇。千百年来，旅居海外的华人作家虽然在地域空间上发生了变更，但骨子里却蕴藏着太多太深的民族意识和民族感情。有着民族的传统思想、道德、伦理和价值观念，以及民族的生活习惯和生活方式，这种民族情结正集于世界华文小说创作与洛学传承文化之间的内在传承关系。可以说，当母体文化的强大凝聚力将世界华文小说的创作主题始终定格于中华民族传统文化的“本元”，而不脱出民族文学的“围城”时，民族性便将大陆本土文学与世界华文文学联系在一起，在客观上形成了一个共同的文学空间。这种沟通和融会是当代世界华文文化身份定位的理论背景。

综观世界华文小说，其创作倾向突出体现了以下特征：

一、对洛学中载“理”倾向的继承

“天理”是洛学的核心范畴，“二程”把“天理”提升到宇宙本体的位置，并把全部学说建立在“天理”的基础之上，从而开创了宋明理学。这个以天理论、人性论和修养论为主要内容的“天理”之学，虽说是“二程”“自家体悟出来”的，但其体悟过程却主要是通过阐发儒家经典中的义理来实现的。因此，就其实质而言，“天理”仍然是传统儒家的伦理道德精神，只是“二程”在长期的讲学中将这些精神逐渐地加入了主观思想和其他文化因素，从而将其发挥、阐述为更具特色的学术体系。这种体系经历了历代的繁衍，或多或少得于各地的大力发展和传播，特别是现当代的世界华人华文小说，这些作品也都打上了“天理”之学的烙印。如早期林语堂的《京华烟云》，中期白先勇的《游园惊梦》、赵淑侠的《我们的歌》，近期林湄的《天望》等，这些小说的主旨渗透着天理是善，人欲则为恶，所以为了礼教的正常运行就必须扬善而去恶的理念。以早期被日本文化界提名为诺贝尔文学奖并誉为“百科全书式的文化小说”的《京华烟云》为例，小说描写了清末民初北京城中姚、曾、牛三大宗族的兴衰沉浮以及后几代人的悲欢离合的故事情节，其主旨思想自始至终都流露出老庄的义理。尤其是在刻画女主人公姚木兰的形象上，以大量笔墨描绘了木兰的义气，并特别突出了她的“孝”和“贤”：为了承守既定婚约，宁愿舍己尽孝也要维护父母尊严；为了求得家庭和睦，不惜在丈夫的冷落中委曲求全。而小说的最终让木兰得到了“善报”：父母的赞许、丈夫的悔悟、儿女的长进、仇家的报应。此外，小说各部分标题“道家的女儿”、“庭院悲剧”、“秋之歌”均取自于庄子之语，通观全书，儒、释、道的理念信手拈来："秋叶歌声之内，就含有来春的催眠曲，也含有来夏的曲调……她（木兰）觉得中国也是如此，老的叶子一片一片地掉了，新的蓓蕾已然长起来，精力足，希望大。"这种描述无疑与洛学所强调的"天理"相称，因为义、孝、贤就是"天理"的根本内涵之一。

我们再看近期被学人赞为"大气之作"的长篇小说《天望》（著名旅荷女作家林湄著）。小说围绕着弗理得（欧洲一个小镇上的年轻传教士）与微云（来自中国大陆却还没有找到生活位置的新移民）夫妻俩的生活而展开，辐射开来的是更为复杂的人生图景和广阔世界。通观全篇，作者的笔始终蘸着"老庄"理墨来绘制形形色色的东西方人物——庄园主、虔诚的新教徒和不同身份的牧师、中西混血的大学经济学毕业生、放荡不羁的年轻白人、同性恋画家、来自中国大陆的公派访问学者和自费留学生以及投亲靠友的中国新移民等。在汇聚了搏击于当今欧洲社会的各类人群的活动身影中，除了让读者感受到现代文明社会中驳杂而真实的世俗人生外，也让读者在人物的命运交织和人生回荡的描绘中体会到了当今生存于地球上的所有人类共同面临的许多困惑。即使是在描写弗理得如"堂吉诃德"般四处传教和处理微云的外遇情节时，"崇理"的中国传统文化基因自然而然地让传教士的"救世主"面对今天的狂放人类虽感到消弭的无奈，但仍执著甚至"亡命"地坚持按祖父的期望离开静谧的乡土到尘世中去传教，企图用宗教的力量、"主"的力量去拯救人们无助的灵魂。至于在夫妻情爱上亦让"出轨者"在面对激情和诱惑时，经过曲折的努力，终于克服了个人的情感和欲望，把持住了心中的天理，最终拒绝和战胜了诱惑。对于这样的行为和人格，作家林湄在小说中多处申明，"生命最大的意义就是爱"，"'天堂'就是'爱'"，"这个世界没有比'爱'更具有征服力的"，要求人们尽量压抑和克制自己的人生欲望，来服从"理"的约束，也就是说应该"存天理，去人欲"。

二、对洛学伦理纲常倾向的崇尚

宋末明初理学思潮的主流导向和精神实质无非是对于理学所一贯坚持的儒家伦理道德的发扬和恪守。"忠义"作为儒家伦理道德的核心内容，在这时也理所当然地被提到首要的位置，至于在国家政治理想方面倡导亲贤远佞，自然是封建纲常的组成部分。

由于特殊的地域环境和众所周知的历史创作背景，生活在异地异国的华文小说作家们受着宋明理学思潮传承文化精神实质的直接影响。究其原委，其时作家的思想正受到某些现实政治思想的严重束缚和压抑，尽管他们的自由天性和浪漫情怀不断地激发着他们追求合理的人生理想及存在表现这一理想的欲望，但他们又不能与汹涌的社会主流思潮相抗衡，于是便创作小说从思想精神方面寓意和迎合社会思潮，曲折地表达他们的理想和愿望。在创作的思想内容上充溢着对理学思潮精神实质的迎合和崇尚伦理纲常，于是迅速崛起了出现在20世纪中后期台湾和香港以及欧美文坛的“两岸情结小说”、“新武侠小说”与“寻根文学”。

首先从“两岸情结小说”的创作主旨来看个人、家庭乃至民族、国家的伦理观念。

莘歌的《家》描写了一个跨越祖国大陆与宝岛台湾并长期隔绝的典型家庭中的夫与妻、父与子之间生离死别的悲剧，传达出了台湾同胞盼望突破人为的政治障碍，实现亲人团聚的呼声。陈映真的《山路》和《铃铛花》则对民族命运作了进一步的探求，其中显示了他深邃的思想和坦阔的胸怀。这两篇小说无论是在题材上还是在艺术表现形式上都有较大的突破，在台湾文坛上也有着较大影响。《铃铛花》的主人公是一位曾被日本人从台湾征到大陆去打仗的年轻人，可到了大陆“却投到中国那边去做事了”，回到台湾后，他做了教师，并领导学生同不合理的教育制度作斗争。他领导学生勤工俭学，使学生获得实践知识，使“升学班”的学生对“放牛班”的学生欣羡不已。他告诉学生：“分班教育是教育上的歧视，说穷人种粮食却要饿肚子，说穷人盖房子却没有房子住……”后来这位青年从事革命活动被当局发现，最终被追捕和杀害。小说讴歌了这位坚强的义士。而在《山路》中，作者又毫无掩饰地赞美了一位深明大义的女青年蔡千惠。作品以倒叙的手法，从蔡千惠如何莫名其妙地一病不起，而又拒绝就医的奇怪状况开始铺叙。接着再揭开原因，使真相大白。仰慕革命者的青年姑娘蔡千惠，由于战友李国坤与未婚夫被自己的哥哥所出卖，使得他们一个被杀、一个被长期监禁。于是，千惠怀着负罪感冒充李国坤在外的妻子，来到李家辛辛苦苦地照料老人和小叔子。后来小叔子长大成人并娶妻，便把千惠当母亲一样奉养。然而当千惠偶然从报上看到未婚夫出狱的消息时，心中的激动与矛盾使她一病不起，医生却又查不出病因。千惠死后，众人才从她留给未婚夫的一封信中得知真相。一位集内外美于一身、有情有义的妇女形象正是作者所要竭力歌颂的。这种描述无疑与洛学所强调的“伦理”有关，因为“义”就是“伦理”的根本内涵之一。

其次，从新武侠小说情节内容来看崇尚封建纲常的倾向。新武侠小说创作的最大文化价值在于它具备了大量中国古代文化资料。无论是善于对中国历史和传统文化描绘与诠释的“一代宗师”金庸，还是喜欢偏重对现代文化鉴照与折射的古龙，抑或崇尚史料、弘扬正义的梁羽生，他们创作的小说中那些驰骋纵横、具有豪壮气概和超凡脱俗的杰出人物是此类小说所致力表达的所在。

尽管这些小说具有如此的气势和胸襟，却又明显地体现出理学的拘束，并在深层意蕴上体现出崇尚封建纲常的倾向。以梁羽生的小说为例，在塑造侠士形象时，他注重表现出一种忧国忧民、深明大义的崇高思想境界，小说中侠客的争斗往往是正义和邪恶之间的较量，如《七剑下天山》中的凌未风和刘郁芳是一对心心相印的爱侣，但在民族危难之际，他们毅然割舍了个人的恋情，投身于挽救国家命运的民族圣战中。在人物塑造方面，作者显然有道德教化的意图，甚至还用佛教中的善恶报应观念来处理人物命运。此外，在金庸取材于汉民族与少数民族之间关系的小说《鹿鼎记》中，宋明封建纲常倾向一样占据主导地位，将历史民族文化遗迹展现得淋漓尽致，君君臣臣关系在王朝递传上表现出坚持嫡脉相传的原则，在伦理道德上崇尚“忠义”，在人格修养上主张戒骄戒躁，在政治理想上倡导亲贤远佞。

再次，从“寻根文学”的情结流露来看崇尚封建纲常的理念。“寻根文学”起源于20世纪中后期，创作群体以台港地区移民到欧美国家作家居多。这些作家大都受过良好的高等教育，出身于书香门第，喜欢喝着咖啡写作，可谓中西文化结合的精英。然而，异域的落寞、思乡的情愫让他们的小说创作打下了尚理的烙印。以白先勇创作题材为例，思念家国、荣衰对比的感伤情绪和悲剧色彩通过作者笔下的人物命运表达得淋漓尽致，同时也表现了世事无常、人生如梦和命运的神秘与不可知，明显受到老庄理念的影响，如《纽约客》中“念天地之悠悠”无根一代的远离祖国又看不到出路的孤独、寂寞和悲凉的情感以及《芝加哥之死》中解脱不了的耻辱感和罪恶感，在不动声色中流露出对人生、历史沧桑的喟叹，产生了震撼人心的效果。

三、对洛学世俗化倾向的传承

明代中后期以何心隐为代表的“泰州学派”以及反传统思想家李贽的出现，营造出了“掀翻天地”的反传统思潮，从而给传统理学以致命的打击，这可以视为洛学或理学的叛逆期。

明代后期大多通俗小说创作的基本特征主要是：描写对象上以述写平民，尤其是市民为主；描写题材上以日常生活为主；主题思想方面侧重于张扬色情、敷衍及带有刺激性的公案、侠义和英雄传奇；作家审美意识方面则表现出“平中求奇”的倾向，亦即追求日常生活里不同凡响的“奇”。上述内容可以归纳为当时通俗小说的世俗化倾向。显然，通俗小说的这一创作倾向与当时的社会思潮以及在这一思潮直接影响下的文学思潮有密切的关系，但说到底应归因于理学在这一时代的被叛逆性。

这种叛逆表现为反传统、重人欲和尚个性的反理思潮，这使洛学传承文化经过多年衍化悄无声息、或多或少被结合进异域文学思潮后，为当代海外华文小说创作提供了一个前所未有的发展环境和土壤，尤其为那些描写男欢女爱的言情小说以及带有刺激性的武侠传奇小说大开方便之门。另外，这样的文学思潮也必然要求小说的描写对象、描写题材以及作者的创作动机与它相吻合或向它倾斜。于是在相当长的一段创作时间中，流落在海外的华文作家便大量地写现实题材，描述实际生活中的平凡人物，生动地反映眼前五光十色的商业社会；大胆地描写色情，肆无忌惮地言情谈性，以小说张扬色情；追求日常生活中的“至奇”以耸人听闻，在涉猎生活中的偶然和意外等方面自由驰骋、恣意述写。在海外华文小说创作中，张爱玲的婚恋小说，琼瑶等人的言情小说，金庸等人的新武侠小说，高阳等人的历史小说，郭良惠、李昂等人的女性小说，陈映真、王拓等人的“牢狱小说”，以及阎真、严歌苓、张翎、少君等人的新移民或网络小说创作，都从这股反理思潮中受益匪浅。

首先，在描写对象上以述写平民、塑造小人物为主。以旅美作家张爱玲的小说为例，为了生存而堕落、麻木、冷酷、变态以及洋洋自得的油匠女儿曹七巧（《金锁记》），为了求得安逸环境不得不滥施心计的商人之妻白流苏（《倾城之恋》），爱慕虚荣、贪图享乐最后落得求生不得、欲死不能的破落户家小姐葛薇龙（《沉香屑·第一炉香》）等这群以各类方式向环境屈服的“软弱的凡人”，她们均有着强烈的生存欲望，都想摆脱环境的险恶，却都无力逃脱作者笔下“死世界”的恶环境，只好苟且偷生。小人物的依附性是大多数海外华文小说创作中的基调，作家既哀其不幸又怒其不争，但多是谴责大于哀怜。

其次，在描写题材上以日常生活、烦琐小事为主。以香港女作家亦舒的被称做“情爱宝鉴”的言情小说为例，其情节均围绕着夫妻、恋人、婆媳之间的生活而展开，似乎与国家、民族兴衰搭不上界，却有着极广的社会震慑力：她一方面把笔触深入知识女性的内心世界，着力反映其物质富裕和精神空虚的矛盾，诸如那位在寂寞中死去的如烟花般耀眼的电影明星姚晶（《她比烟花寂寞》）；一方面控诉了畸形的繁荣社会对美好人性的扭曲和摧残，如情愿牺牲自己的青春和爱情，也要成为有钱人笼中金丝鸟的剑桥大学留学生喜宝（《喜宝》），可见其题材创作绝非狭窄、浅薄。

再次，在设置主题思想方面侧重于张扬情色、敷衍及带有刺激性的公案、侠义和英雄传奇。例如，有着变化多端的创作风格且具有“叛逆女性”之称的李昂，无论创作风格如何变幻，死亡、性和癫狂都是她小说中循环不息的主题。在她的创作中，常用奇形怪状的、丑陋的生物来增强其作品的修辞感，以形象地表现这些主题：长期遭受丈夫殴打凌辱甚至惨无人道的性虐待的林市在一次忍无可忍、精神恍惚中，操刀把丈夫当作一只猪宰了（《杀夫》）。再如积极主张且参与社会政治改革的台湾“牢狱小说”作家王拓，在他创作的那部吸收了许多推理小说和爱情小说表现技巧，讲述少女被奸后怀孕自杀案件的侦破过程的长篇小说《牛肚港的故事》中，通过跌宕起伏的情节展示、扣人心弦的悬念设置、鲜明突出的人物性格刻画以及委婉细腻的感情纠葛，展现了台湾渔村的社会风貌。

最后，值得注意的是在作家审美意识方面表现出了“平中求奇”的倾向，亦即追求不同凡响的“奇”。以留学生文学创作为例，被誉为“留学生文学鼻祖”的於梨华的作品，格调质朴自然，真实感人。其白描手法的运用，既富有女性清新、细腻、逼真的特点，又有男性粗犷、豪放的特点，将两种美学风格完美地结合在一起，又恰到好处地运用排比、对偶，使作品读来富于戏剧性，引人入胜，毫不做作，因而她被称为“近年来罕见的最精致的文体家”。有“传奇作家”之称的陈若曦则善于运用朴实的写实手法，叙述一些看似平淡的故事。她极其讲究细节的刻画，使作品立体感极强，她还善于从平凡琐细的事件中提炼出深邃的思想，如《尹县长》本为悲剧，但作者在叙述故事情节时并非慷慨激昂地抨击，而是冷静地娓娓叙说，毫无主观立场的纪实性笔法反倒使小说的悲剧色彩更浓、更触目惊心，且给读者以无限遐思。

四、洛学传承文化中的复兴寻根尚劝诫思想倾向的体现

明末，随着汉民族统治被清朝替代，当时的社会思潮也发生了相应的转变。就哲学思潮而言，主要的变化表现为万历后期反抗传统、重视个性、肯定人欲的社会思潮开始衰落，一个洛学传承史上的“复兴古学”时期由此到来。“复兴古学”为主流的社会思潮直接影响了当时的文学风气，最突出的表现是使当时的文风转向平实严正。由于“复兴古学”的文风的转变势必影响到小说领域，便使当时的小说体现出两个非常明显的倾向：一是小说批评转向重社会功利，反对小说借男女之情以宣淫，否定无补世道人心的作品，倡言小说具有史书价值；二是小说创作方面体现出明显的复兴寻根尚劝诫思想倾向。

洛学传承文化中复兴寻根尚劝诫思想均在“寻根文学”、“老兵文学”、“留学生文学”、“闺阁小说”、“政治小说”等海外华文各流派小说创作中打上了深深的烙印。其创作倾向在思想内容上刻意强调作品的“复兴寻根”的劝诫价值，例如，20 世纪 50、60 年代自台湾移居美国的白先勇、聂华苓、於梨华、王鼎钧等作家“面对陌生的新大陆的疏离隔膜与无奈，遥望故国，表现自己那挥不去的落寞孤绝与乡愁以及对西方文明不弃不离的复杂情感。他们对生命深邃隽永的感知，对中西文化情愫的缠绵与放达，对自我生存状态的思

辨，对岁月沧桑的叹息”[①] 而书写成的“寻根”小说中，大多将作品中的人物命运安排为遵循自然发展规律，较普遍地采用了因果顺序，并造成“恶有恶报，善有善报”的命运结局模式，而在情节结构上大抵是在依次的几个主要情节部分中嵌进一条因果链，使其转化成为情节发展的动力，作者再循着由因向果的转化安排情节，使结构成一因果序列。而在21世纪出现的“新移民”作家群的创作中也延续了这样的模式，且呈现出有过之而无不及之势。带着自己纷繁各异的生活经历，大批来自中国大陆的学子将沧桑深厚的中国文化印痕嵌入西方。然而不同的时代与不同社会体制下成长的经历导致心智的成熟，面对汹涌而来的西方文化，他们游刃有余，热情而不失自我，思辨而不失慎言。“他们减却了漫长的痛苦蜕变过程，增进了先天的适应力与平行感。他们浓缩了两种文化的隔膜期与对抗期，在东方文明的坚守中潇洒地融入了西方文明的健康因子。”[②]

寻根思乡的小说批评倾向也好，小说文本中的尚劝诫创作倾向也好，两者的精神实质其实是与洛学传承文化中“复兴古学，务为有用”的社会思潮相吻合或相倚伏的，这也让我们再次窥视出洛学传承文化对于海外华文小说创作倾向的作用与影响。

随着殖民体系的崩溃和欧洲中心主义的瓦解，当代的多元文化已经深刻影响到世界华文文学，社会历史背景或文化语境已成为研究其文学文本的决定因素。洛学传承文化的实质贯穿着中国通俗小说发生、发展乃至昌盛的演变历程，而世界华文小说的发展和中国大陆本土文学既相分流又相整合的状况，不仅使世界不同区域的华文小说创作能够在同一文化背景下彼此沟通、衍化和统摄，而且还使世界华文小说成为一个新的研究领域。作为整体汉语言文学的一个组成部分，世界华文小说很自然地既具有汉语言文学一贯的文脉及表现方式亦即民族传统，又有受不同国家和区域文化影响而表现出的特殊性亦即异变。这种特殊的从整合到分流的创作轨道，正是世界华文小说创作的内在实质。洛学传承文化的发展与世界华文小说创作倾向这两条文化轨迹的不谋而合，或许有历史巧合方面的因素，但文化整合所带来的相互吸收和影响更是不容忽略的重要因素。

综上所述，研究洛学传承文化与世界华文小说创作倾向异变间的关系，一

① 陈瑞琳．横看成岭侧成峰——北美新移民文学散论．成都：成都时代出版社，2006.

② 陈瑞琳．横看成岭侧成峰——北美新移民文学散论．成都：成都时代出版社，2006.

是对开掘世界华文小说的深层意蕴，归纳和总结洛学传承文化与世界华文小说创作倾向及小说文本思想发展有关的规律，均有不可忽略的价值；二是在摸清洛学传承文化与世界华文小说创作发展相互整合与分流的规律的同时，将这一研究立足于中原传统文化的背景上，这对揭示中原传统文化与世界华文小说发展之关系也有特定意义。

第一章　洛学的思想体系与世界华文小说创作倾向

第一节　洛学思想体系概述

一、洛学的形成及其主张

（一）洛学的形成

中国封建社会中、后期最重要的儒家学派和学者以“理”或“道”为哲学的基本范畴，探讨“性命义理”，故称“理学”，又称“道学”。理学起于北宋，盛于南宋宋理宗时，一度成为占主导地位的官方哲学，后经金、元，至明末清初逐渐衰落。

继宋代理学开山鼻祖周敦颐（1017—1073）后，程颢、程颐兄弟开始以“理”作为哲学的最高范畴，提出了略成系统的理气说、有对论、人性论、格物致知说等。南宋朱熹主要继承和发展了“二程”的学说，又吸取北宋其他理学家的某些学说，完成了集大成的历史使命。故宋代理学又被人们称为“程朱理学”。宋理宗以后50多年的时间里，程朱理学被定为官方哲学，得以迅速发展和传播。

宋代理学是以儒家经学为基础，兼收佛、道思想而形成的新儒学，基本上可分为两派：一派是以程颢、程颐及朱熹为代表的客观唯心主义学派，称为“程朱理学”；一派是以南宋陆九渊为首的主观唯心主义学派，即“心学”。程颢、程颐世称“二程”，是理学的奠基者。两人观点基本一致，其著作后人辑为《二程全书》。“二程”提出“理”（又称“天理”）或“道”，作为世界万物的本体，常自称其学为“道学”，通常称为“理学”。他们认为“理”是永恒存在、无所不包的，先有“理”，然后产生万物，而又统辖万物。这显然是受佛教“真如”、“佛性”（意为最后的真理）说的影响，人性说等则是受道家的影响。“二程”理学当时没有多大影响。大致到南宋孝宗时，程颐的四传弟子朱熹集理学之大成，方使理学大为兴盛。朱熹的论著很多，有文集、语类和《四书集注》等。“二程”创立的理学经过朱熹的发展和阐述，成为更精致、更系统、更富哲理的新儒家学派，世称“程朱理学”或“程朱学派”。宋理宗时，程朱理学成为官方哲学。

1.“二程”兄弟

“二程”在中国儒学思想发展史中占有很重要的地位，是中国儒学第二次复兴的骨干人物。“二程”的家世历代居官，他们的高祖程羽，是宋太祖赵匡胤手下的一员将领，在宋太宗为晋王时，又是赵光义的幕僚之一，后又做过宋真宗的老师，官至兵部侍郎，死后赠封少卿。

兄程颢，字伯淳，生于宋仁宗明道元年（1032），死于宋神宗元丰八年（1085），后人称其为“明道先生”。程颢自幼聪颖，幼年时期就开始习诵儒家经典，10岁就能写诗作赋。他不但天资聪颖，而且学习刻苦，20余岁即中进士，随后做了几任地方官，在任期间，是一位干练的官员。他积极推行了儒家的政治路线，按照儒家的“仁政”原则实行了一些“惠民”之政，在一定程度上减轻了百姓的负担。程颢在政治上同司马光、富弼等大官僚结合在一起，共同反对王安石的新法，所以在实行变法的神宗时期，没有得到信任与重用。公元1072年，“二程”之父程珦从四川汉州回京师，旋即致仕（退休），此时的程颢也“厌于职事”，便以其父年老多病，需要照顾为由，请求退居闲职。他回洛阳后，便与其弟程颐一起日以读书劝学为事。神宗去世后，哲宗年幼，由高太皇太后听政，这时，反对新法的旧党人物又被起用，掌握了政权，同时程颢也被召入京，授为中正寺丞，但还未及上路，便病死在家，终年54岁。

弟程颐，字正叔，生于宋仁宗明道二年（1033），死于宋徽宗大观元年（1107），后人称他为“伊川先生”。朱熹在《伊川先生年谱》中，说他“幼有高识，非礼不动，年十四五，与明道受学于春陵周茂叔先生”。他也是一位早熟的道学先生，18岁时，他在太学读书，撰成《颜子所好何学论》一文，得到当时掌管太学的大儒胡瑗之赏识，得以长期以“处士”的身份潜心于孔孟之道，又大量接收学生，从事讲学活动。宋神宗元丰五年（1082），太尉文彦博鉴于程颐“著书立言，名重天下，从游之徒，归门甚众”，就在洛阳鸣皋镇的一个小村庄拨了一块土地，专门为他建修了一座“伊皋书院”，让他在此讲学近20年。宋神宗元丰九年（1086）他应诏入京，受命为崇政殿说书，其职责是教皇帝读书。程颐就职之前，就给皇帝上奏，提出了君子应重视“涵养气质，熏陶德性”，注重道德修养，还要经常接近品行高尚、敢于当面规劝君主之过失的臣僚。此外，他还提出要让给皇帝讲书的侍讲官坐着讲，以示

“尊儒重道之心”①。上述建议，表现了自孔、孟以来，儒家学者不遗余力地宣扬“圣王之道”和以“帝王之师”自任的本色。就职以后，他经常以向皇帝讲书的机会，借题发挥，议论时政。由于他在君主面前敢于“议论褒贬，无所顾避”，因此名声越来越大，吸引了许多读书人向他拜师问学，但同时也引起了一些朝臣对他的不满，要求朝廷惩罚他。在这种形势的逼迫之下，他只好上书，自动要求辞职回乡。程颐自1088年起，便基本上脱离了政治生活，在洛阳从事讲学活动。尽管如此，到了1096年，在新、旧两党的斗争中，因新党再度执政，他仍被定为反对新党的“奸党”成员，被贬到四川涪州（今四川绵阳市）交地方官管制。后来，这种打击又累及他的儿子和学生。1102年，恢复新法的宋哲宗还下令追毁了他的全部著作。程颐在遭受接连不幸的打压之后，不久便病死于家。

2. 洛学的形成

“二程”不仅是北宋时期开创新儒学的“五子”（北宋哲学家邵雍，宋代理学宗祖周敦颐，北宋哲学家张载，北宋思想家程颐，北宋哲学家、教育家程颢）之一，他们所创立的“洛学”，使理学具有完整的形态，因而又是宋明理学的实际创立者。

“二程”兄弟自幼熟读圣贤之书，后来兄弟二人终于成为一代儒学大师，受到各地士人的尊崇，并纷纷拜师于其门下。他们不仅竭尽全力传道授业，并开创了自己的学派——洛学。程颐年轻时在太学一举成名，20余岁就开始接纳门生，教授儒学。他们日以读书劝学为事，当时“士大夫从之讲学者，日夕盈门，虚往实归，人得所欲”。由于兄弟二人长期讲学于洛阳，其所形成的学派因此被称为“洛学”，这个学派在中国学术思想上具有重大的影响。

据宋人范祖禹在《伊洛渊源录》卷二《门人朋友叙述》中记载：

先生（程颢）以亲老求为间官，居洛殆十余年，与弟伊川先生讲学于家……士之从学者不绝于馆，有不远千里而至者。先生于经，不务解析为枝词，要其用在己而明于天。其教人曰：“非孔子之道，不可学也。”盖自孟子没而《中庸》之道不传，后世之士不循之本而用心于末，故不可与入尧舜之道。先生以独智自得，去圣人千有余岁，发有关键，直睹堂奥，一天地之理，尽事物之变。故其貌肃而气和，志定而言励，望之可畏，即之可亲，叩之者无穷，从容以应之，其出愈新，其学者之师也。成就人才，于时为多。

---

① 程颢，程颐．二程集．王孝鱼点校．北京：中华书局，1981.

上面的记载既概括了“洛学”的兴趣及其特点，同时还指出了程颢作为一代儒学宗师的学问、道德风貌和师表范式。“洛学”在学风上着眼于根本，追寻事物的精神实质，着重对儒学经典之精妙奥义的探索与发掘，抓住关键，“直睹堂奥”，从而达到了“一天地之理，尽事物之变”的目的。在学风上，程颐同程颢一样，认为“凡学之道，正其心，养其性而已，中正而诚，则圣矣”①。他认为，学圣人之道，如果“只诵其言辞，解其训诂而不及道，乃无用之糟粕耳”②。他们认为，读书是为了穷理、致用，如果仅仅“滞心于章句之末，则无所用也，此学者之大患”③。他们也提倡学以致用，“二程”说：“百工治器，必贵于有用。器而不可用，工不为也。学而无用，学将何也?”④以为求学治道在于实用，就像工匠制造用具一样，如果无用，工匠就不造它，学而无用等于白学。“二程”所讲的致用，主要是指把孔孟之道的“义理”及其所体现的封建道德、纲常伦理用于修身治国。

（二）“二程”洛学的思想内容和特点

1. 洛学的主张与天理核心

“二程”提出了“理”的哲学范畴，认为理存在于天地万物之中，“一草一木皆有理”。还认为理是“天理”，乃人类社会永恒的最高准则，并以此阐释封建的伦理道德，把三纲五常视为“天下之定理”。洛学以儒学为核心，并将佛、道渗透于其中，旨在从哲学上论证“天理”与“人欲”之间的关系，规范人的行为，维护封建秩序。“二程”洛学是保守和唯心的，但也包含辩证法因素。他们提出“万物莫不有对”，“动静相因，物极必反”，承认事物是相互制约、不断发展变化的。

自宋仁宗庆历初年开始，“学统四起”，至英宗、神宗时期，程颢、程颐创建的洛学与张载的关学，苏轼、苏辙的蜀学，王安石的新学脱颖而出，呈鼎立之势。但“二程”的洛学最终能持续发展，并成为影响最大的一派，其主要原因是“二程”的学说是涵盖中国传统儒家学说诸多内容（包括自然观、认识论、伦理学、道德观等），以伦理学为中心，具有完整理论体系的内省哲学，它把中国传统儒学在理论上提高到新的高度，众多弟子对其信奉不移，使之不断发展壮大。“二程”洛学在北宋并未占据唯我独尊的地位，却在与其他

---

① 程颢，程颐．二程集．王孝鱼点校．北京：中华书局，1981. 577.

② 程颢，程颐．二程集．王孝鱼点校．北京：中华书局，1981. 671.

③ 程颢，程颐．二程集．王孝鱼点校．北京：中华书局，1981. 1187.

④ 程颢，程颐．二程集．王孝鱼点校．北京：中华书局，1981. 1187.

学派的斗争和融合中逐步扩大影响，至南宋最终取得绝对优势地位。

天理论是“二程”洛学的核心，也是洛学历史地位的理论标志。天理论的内容繁多，从儒家道义的要求，前者旨在表达人与自然的关系，后者则指社会道德原则与人欲求之间的关系。“二程”所谓自家体悟的天理，则是兼容二义，认定天理为永恒绝对的社会道义原则。这就是程颐说的“人伦者，天理也”。

他们又指出，父子君臣，天下之定理，无所逃于天地之间。可见，“二程”天理，非指自然物理，天理论也不是一般自然哲学，而是旨在为封建秩序提供世界本原的根据和证明，使孔孟纲常义理获得最高权威意义。“二程”依据其“性即理”原则，将人性二重化，使天理天性与人的自然之性对立起来，提出“存天理，去人欲”的理欲原则。关于理欲关系，《礼记》中曾指出：“人化物也者，灭天理而穷人欲者也。”在董仲舒和韩愈处，以性三品之说，讲及人欲。在张载处，以气质之性概称人欲，认为人欲之中善恶相混，承认其中有饮食男女的合理要求。“二程”不同于历史旧说和当世之论，直将人欲称恶，认为：“甚矣，欲之害人也。人之不为善，欲诱之也。诱之而弗知，则至于天理灭而不知反。”① 把维持生存的正常需求和忤逆纲常道德的言行，统斥为损害天理的私欲，以天理与人欲绝对对立的模式，推出“无人欲即皆天理，灭私欲则天理明矣”② 的信条。

“二程”洛学以天理概念为其哲学体系的逻辑起点，最后确立存理去欲的社会生活价值原则，形成一套较前人更为成熟的理学理论。这一理论适应了北宋中期之后，由社会政治经济发展所导致的利益关系变化和社会等级关系矛盾的新形势，为赵宋王朝长治久安奉献了一套政治伦理的价值理论。它一旦为封建政权所认可，便会登上统治思想的宝座，这一点已为南宋之后的历史所证明。同时，“二程”洛学又是北宋社会理学思想的总结和升华，这一点则为南宋理学所体认，并确定为理学发展的既定方针，被朱熹和陆九渊从两个方向推进发展，并发扬光大。

2. 洛学的发展特征

洛学的出现标志着新儒学的初步形成，标志着汉学向宋学转变的完成。洛学理论体系的建立得益于“二程”，“泛滥于诸家，出入佛老、释者几十年，

① 程颢，程颐．二程外书（卷一一）．台北：台湾商务印书馆，1986.

② 程颢，程颐．二程集·河南程氏粹言（卷一）．王孝鱼点校．北京：中华书局，1981. 1210.

返求《六经》而后得之"[①]，吸收和继承了当世最先进的学术成果。

以伦理学为核心的洛学—理学—程朱理学建立起来的"理本论"，用"天理"统摄自然界和人类社会，使君臣、父子、夫妇的纲常理论得到了完美的论证，克服了前代儒家"君权神授"理论因他人借"天命在我"而危及皇权的局限性，因为对任何王朝来说，都不存在"天理可改"的问题，服从天理就必须服从皇权。虽然统治者对这一理论的认识有一个过程，但一旦体验到它的妙用，这一理论就会成为后世专制王朝常用的治世方针。

"二程"洛学在学术道统上，上宗先秦孟子的性理之学，下开程朱理学和陆王心学的先河，具有承前启后的重要历史意义，成为儒家孔孟道统在宋代复归的基本条件和不可或缺的环节。这种道统地位，程颐曾明白地指出，孟子之后，传圣人之道者，是其兄程颢所代表的洛学。这里虽有自诩溢美之意，但洛学注重发挥孟子思想学说，而开启性理之学的新风，以奠基理学，该事实则为理学后人所称道，为元、明、清三代统治者一再高扬。同时，这也是洛学继孔孟道统的一个证明。"二程"理学上承孔孟，但又非孔孟儒学的因袭；它吸收、改造、借鉴融合佛、道思想，而又不入于佛、道。这一突出特征表明，"二程"理学作为一种具有创新发展意义的新的学说体系，其基本的前提和基础是继承孔孟儒学的根本思想和精神；但从宽泛的意义上来说，已不限于儒学这同一学术思潮和学派，它借鉴融合了其他学派和学说的真知灼见以及积极合理的思想内容，从而得到了丰富、完善和提升，并具有创造性的发展，以更加精致的哲理化形态超越佛、道。这是一种具有开拓意义的极其重要的学术经验，它体现着对于异质文化乃至异域文化的立场、态度和关系，意味着其自身学术道路的拓展和创新，赋予了继承借鉴前人或他人的思想资料以及比较宽阔的理论空间。"二程"的理学哲学和文化的学术立场是非常坚定的，发展创新传统孔孟儒学和提升儒学的哲理化程度的学术态度是十分积极的，对于异质文化和哲学的关系不只是排斥、斗争和攘抑，还加以吸收、改造和融合。"二程"洛学作为宋代新儒学的重要学派和典型代表，继承创新是其突出的理论特征。洛学儒学就是在继承创新的积极理论思维框架下所取得的重要思想成果。它上承孔孟儒学的政治伦理思想和核心精神，援引吸纳、改造融合佛道思想资料，从而使洛学成为具有思辨性和哲理化的儒学新形态，因而具有突出的创新价值和意义。

从哲学角度讲，理学所探讨的中心问题仍然是宇宙自然和人生问题，其着重点主要是探讨社会人生问题。儒家对于宇宙自然的探讨，历来重视不够。因

① 程颢，程颐．二程文集（卷一一）．清同治正谊堂本．

而，孔子很重视“天命”，相信命运之天或主宰之天，因为这个“天”是不可捉摸和不可驾驭的。从经验上讲，天似乎有意志又似乎无意志；孟子也说“莫之为而为者，天也；莫之致而至者，命也”①，强调尽人事、知天命，对有益社会国家的正义事业，要竭尽全力去做，作为一个“君子”，应该对社会负责到底，做得到的是“天命”可为，如果失败了，也“不怨天，不尤人”；荀子却十分重视对天人关系的研究，提出了“天人相分”和“制天命而用之”的学说，他不相信“天命”，认为天是自然现象，没有意志，他特别强调人的地位和作用。汉代的董仲舒亦从神学角度鼓吹“天人合一”，断言天有意志，能主宰万物和社会人事，把一切自然现象都说成是天的意志所为，乃至说人是天的副本，是天依照自己的模样复制出来的。他还提出“天人感应”的理论，断言一切人事皆由上天支配。他从《公羊春秋》出发，把儒学思想同天命神学相结合，从而神化了儒家学说。这种理论经不起社会发展和人类社会实践的检验，因而失去了它作为封建统治者的精神支柱的作用。

作为理学创始人，“二程”虽然也着重研究人道问题，但他们为了从形而上学的高度去论证“圣人之道”和伦理道德的至高无上性，很好地把天道与人道统一起来，其“天理论”是有系统和层次的。概括地说，他们的“天理论”有如下四个层次：

第一，理是超时空的、完满的精神实体。“二程”说：“天理云者，这一个道理，更有甚穷已？不为尧存，不为桀亡。人得之者，故大行不加，穷居不损，这上头更怎生说得存亡加减？这元无稍欠，万理具备。”② 说明理是不以人的意志为转移的永恒存在，它无比完满，“元无稍欠”，没有存亡加减，也不受时间上今与古的限制，更不因社会治乱而改变。这种超越时空、永恒存在、无比完满的“理”，只能判断其为客观精神。《易传》说，“形而上者谓之道，形而下者谓之器”。“二程”谓“一物之中，其可见之形即所谓器；其不可见之理，即所谓道也”③，认为形上形下的区别在于有形与无形，又说“气是形而下者，道是形而上者”④。气虽然无形，却具有物质特性，因而是形而下者。从“二程”把气和道截然区分来看，说明他们的“理”或“道”是完全脱离物质形态的精神实体。

第二，理是世界万物的总根源。“二程”把具有精神属性的“理”视为宇

① 孟子·万章上．杭州：浙江古籍出版社，2004.

② 程颢，程颐．二程遗书．潘富恩导读．上海：上海古籍出版社，2000.

③ 程颢，程颐．二程遗书．潘富恩导读．上海：上海古籍出版社，2000.

④ 程颢，程颐．二程遗书．潘富恩导读．上海：上海古籍出版社，2000.

宙万物之根本和总根源。他们断言，万物都是从理中派生和推衍出来的，所以是宇宙万物的总根源。

在理与气的关系上，“二程”坚决反对张载的气本论思想，指责张载“立清虚一大为万物之源，恐未安”①。所谓“清虚一大”，是指“气”。“二程”认为，把气作为宇宙万物的本源是不妥的。在“二程”看来，万物的“气化”仅仅是该事物的表面现象，在这表面现象的背后，还存在着一个更加根本的“理”，即事物之所以然的东西在起着支配的作用。“如火之所以热，水之所以寒，至于君臣父子之间，皆是理。”② 所以“二程”才说：“一阴一阳之谓道，道非阴阳也，所以一阴一阳，道也。”③ 这就强调了“道”是阴阳二气之所以然，是脱离具体物质形态的精神本体。他们的图式是：理—气—万物。

第三，理是自然和社会的最高法则。“二程”的“理”或“道”包含着规律或法则的意义。他们说：“天下之物，皆可以理照。有物必有则，一物统有一理。”④ 这个观点无疑是“二程”唯心主义体系中同辩证法相符合的合理成分。他们认为，事物之间的对立关系，“天下之理未有不动而恒者也。动则终而复始，所以恒而不穷”⑤。“动则终而复始”的说法反映了“二程”发展观上的循环论思想。所以他们虽然讲变化、讲发展，最终仍归于形而上学。特别是表现于伦理观上，他们坚持说“父子君臣，天下之定理，无所逃于天地之间”⑥。封建的等级秩序和伦理关系定位不易，永远不变。

第四，“理”是封建伦理道德之总称。周敦颐的“礼，理也”一说，被“二程”进一步发展，他们把封建道德原则和封建的等级制度概称为“天理”，也就是说，把封建制度及其作为这种制度的人的行为规范提升到宇宙本体的理的高度，认为如果谁违反了它，也就违背了“天理”。他们说：“理即是礼也。”⑦ 封建等级制度，君臣、父子、夫妇之别，就是理。“二程”说：“天地之间，无所适而非道也，即父子而父子所在亲，即君臣而君臣所在严（一作

---

① 程颢，程颐．二程遗书．潘富恩导读．上海：上海古籍出版社，2000.

② 程颢，程颐．二程遗书．潘富恩导读．上海：上海古籍出版社，2000.

③ 程颢，程颐．二程遗书．潘富恩导读．上海：上海古籍出版社，2000.

④ 程颢．程颐．二程遗书（卷二、卷一九、卷三、卷一八）．潘富恩导读．上海：上海古籍出版社，2000.

⑤ 程颢．程颐．二程遗书（卷二、卷一九、卷三、卷一八）．潘富恩导读．上海：上海古籍出版社，2000.

⑥ 梁韦弦．程氏易传导读（卷三）．济南：齐鲁书社，2003.

⑦ 程颢，程颐．二程遗书（卷五）．潘富恩导读．上海：上海古籍出版社，2000.

敬)，以至为夫妇，为长幼，为朋友，无所为而非道。”① 君臣、父子、长幼、夫妇等上下、尊卑关系，只用一个“理”字概括。在这些关系中，人们只能各安其位，各尽其事，一切视、听、言、动都只能按照封建的伦理道德行事，这才合乎“理”的要求。

在学术思想上，“二程”从宇宙本体的“天理”到完美人格的修养对“理”作了充分的论证，从而构成了一个有机的理学学说体系。此一体系经过朱熹的进一步发展，就成为自南宋以后中国封建社会的官方正统思想；再经过明初的推崇、明中期的反叛和明末的复归，遂在中国儒学思想史上形成非常重要的学术思想长河，这条长河的主流就是洛学的传承。因为洛学在宋朝至明朝这一漫长的历史时期中有如此重要的地位和思想影响，所以洛学传承过程延续至今，对中国文化史、学术史、思想史和文学史均有非常巨大而深刻的影响。仅就文学史上的华文小说创作而言，其创作倾向的嬗变就与洛学传承过程有着相当密切的关系。

由此可见，洛学体系及其后学对这一学术体系的继承、发扬、改造、修正和叛逆，具有十分明显的政治意义，它为高度集中的集权政治提供了可靠的理论依据，并且成为整个后期封建社会统治者的政治思想基础，在很长的一个历史时期起到了维护封建制度的作用。

3. 洛学的历史地位

“二程”对宋明理学的开创之功表现于如下几个方面：

首先，他们最后确立了自韩愈开始所标榜的“道统”说，使儒家的学说在古老的中国重新树立了自己的权威。“二程”终生殚精竭虑，阐发儒经之义理，又吸取佛、道学说中的一些思想成果及其思维方法于理学之中，丰富和发展了儒家学说，并使之更具有理论思维的色彩，从而大大增强了儒学对读书人的吸引力。一种学说之所以能长期独尊于百家之上，不能仅仅靠统治者的青睐与强力推行，如果它本身不具备征服人们思想的精神力量，没有自己旺盛的生命力和独特的生存价值，肯定不可能长期延续下去。

“二程”的理学之所以能够成立和被其后学加以继承发扬，除了他们本身具有独到的思维能力、具有开创学派的聪明睿智之外，还在于他们善于继承和总结前代与同代儒学大师的成果，在这方面，张载、周敦颐、邵雍等人已经为他们奠定了坚实的基础。

其次，在学风上，“二程”开创了有别于“汉学”的治经途径。他们突破

---

① 程颢，程颐. 二程遗书（卷三、卷四）. 潘富恩导读. 上海：上海古籍出版社，2000.

了汉人治经专重名物训诂、严守师传和不敢独立思考的旧习，而特别注重探求义理，阐发孔、孟之道，并提出了“穷经以致用”的主张。这种治学方法虽然不为“二程”所独具，但在他们那里表现得最为充分。他们所探寻的“义理”虽然集中于对儒家经典中“性与天道”和纲常伦理大义的阐发，但它突破了汉学不敢独立思考的墨守成规的治学方法，不失为一种大的进步。当然，后来在理学成为占统治支配地位的意识形态以后，就长期束缚了人们的思想，妨碍了知识分子的思想开放，阻碍了自然科学的发展，故其消极面仍然是不可忽视的。

最后，“二程”所开创的理学被朱熹加以继承和发展，形成了一个庞大的、具有比较严密逻辑体系的学说之后，程朱理学从此便在中国后期封建社会的思想领域中长期占据统治地位。理学中的“心学”一派也是从“二程”那里发展出来的，所谓“陆王心学”，基本上源于程颢的主观唯心论思想，这一理学流派也对后期封建社会产生了重大的影响。自北宋至清末，理学在中国思想意识形态领域占据统治地位长达七百余年，这都和“二程”有着直接的关系。

二、洛学思想对华文小说创作的影响

（一）洛学传承与中国古代通俗小说创作倾向的嬗变

因为洛学在宋朝至明朝这一漫长的历史时期有如此重要地位和影响，所以其传承过程对于中国古代文化史、学术史、思想史和文学史均有非常巨大而深刻的影响。仅就文学史上的古代通俗小说而言，其创作倾向的嬗变就与洛学传承过程有着相当密切的关系。

既往学界对于古代通俗小说的研究多侧重于版本考证、文本鉴赏以及从文学社会学角度对其思想内容和形象意义进行揭示，或者是从艺术赏析角度对其艺术成就进行描述与鉴赏，还有运用外国文学批评理论进行的批评和研究，而从洛学传承与通俗小说演变之关系方面进行的研究则极为少见。

洛学传承与古代话本小说创作倾向之间关系的考察和研究，主要是对洛学传承中的鼎盛期、衰落期、复兴期、分化期和叛逆期的文化精神折射于通俗小说，引起通俗小说思想倾向和艺术倾向变化的情况作描述和考察，从而揭示古代通俗小说创作倾向与洛学传承之间的相互作用与不同程度、不同方式的影响。

洛学传承时期正是中国古代通俗小说发生、发展而至昌盛的时期。这两条文化轨迹的不谋而合，或许有历史巧合方面的因素，但文化整合所带来的相互吸收和影响更是不容忽略的重要因素。因此，研究洛学传承与古代通俗小说创作倾向嬗变间的关系，对开掘古代通俗小说深层意蕴，归纳和总结洛学与小说创作倾向及小说文本思想发展有关的规律，均有不可忽略的价值。

1. 洛学鼎盛期与话本小说的载“理”倾向

程朱理学在明代被确定为官学，奠定了明代知识分子进入仕途的思想基础，也确立了社会市民一般的道德观念。所谓“天理”，即纲常伦理，而纲常伦理发端于男女之欲（男女之交）。程朱理学家认为，现实中男女之欲常常与儒家的理想规范分裂，因而，救赎之道唯有以“去人欲”来“存天理”。

这一组联系主要体现在南宋时代的洛学传承与小说思想倾向上。南宋作为明代通俗小说的奠基时期，当时的话本小说是比较发达的，而这一文学艺术的繁荣恰好是在洛学独立之后由朱熹等人推动而至鼎盛的。其鼎盛的根本性标志是理学在当时逐渐取得了社会思想的统治地位，并由此掀起了理学社会思潮。受这一社会思潮的推动和影响，话本小说在创作倾向上也体现出思想内容方面的载“理”倾向。所谓载“理”倾向，是指小说作者通过人物性格的刻画、故事情节的描述、结构布局的安排以及创作动机的表露所体现出的推崇或崇尚理学思想精神的态度。此中之“理”主要是指宋代以来理学家或道学家在其思想主张和学术努力过程中所宣扬的“天理”。

南宋话本的尚理倾向表现在对日常生活的劝诫和人生品德的关怀上。如流传至今的宋话本《错斩崔宁》、《碾玉观音》、《志诚张主管》、《菩萨蛮》、《冯玉梅团圆》等均带有明显的尚理痕迹。这里以《错斩崔宁》为例作一说明，该话本讲述了由于一连串偶然的因素，崔宁和陈二姐无辜被杀的故事。作者把这桩冤案以巧合的故事情节串成，因为他过分夸大了偶然性的作用，猜测不到隐于偶然性背后的必然性的东西，所以推导出了一些带有劝诫的结论——只因戏言酿殃危，而且告诫人们在“世路狭窄、人心叵测”的社会里最宜谨慎，注意“口舌从来是祸基”。即先是从社会生活的角度进行劝诫，再从人的修养和品格方面提出立身诚实的问题。

南宋文学、艺术的许多方面都对后世有极大影响。元明以来的《古今小说》、“三言二拍”等短篇白话小说，明清时期的《水浒传》、《三国演义》、《西游记》等长篇章回小说，从内容到形式，都继承和发展了南宋盛行的话本小说。

例如，晚明“三言”的编撰者冯梦龙提出的“主情说”同样是对情的推崇，其意义却完全不同。他说：“自来忠孝节烈之事，从道理上做者必勉强，从至情上出者必真切。夫妇其最近者也，无情之夫，必不能为义夫；无情之妇，必不能为节妇。世儒但知理为情之范，孰知情为理之维乎……彼以情许人，吾因以情许之。彼以真情殉人，吾不得复以杂情疑之。”① 可见，冯梦龙的“主情”并非反对理，而是力图纠世儒之偏，认为情是维系理的必要条件，是理的附生物，是理的润滑剂。理的规范要具有可行性，不能脱离“情”。当代一些学者大胆认为，“三言”表现了男女平等以及婚恋自主、尊重女性的看法只不过是某些文学史家的一相情愿。“三言”中不仅有对女性身体的刻意关注（《蔡瑞虹忍辱报仇》），特别是按男性审美要求而书写的三寸金莲（当男性无法战胜灾难时便归咎于它），不仅有对钱色交易的细致描写（《新桥市韩五卖春情》），还有对红颜祸水的倾情演绎。当写到男性没有勇气担当爱情的时候，没有半点指责之意，反而将人格的萎缩看成是良知觉醒之机（《白娘子永镇雷峰塔》）；当写到离乱变故中的女性遭受深重的苦难时，则归结为“女祸论”，而男性的命运反而更加豁达。这就是“三言”的真实面貌。受制于小说编撰者的思想文化意识，小说中偶尔出现的“另类真情”喘息其间，只是如灵光一闪，很快便会消逝，而体现正统理学规范的叙事总是以胜利者的姿态傲立。

由此可见，洛学在南宋的发展传承及其与话本小说创作倾向的关系，为明代通俗小说接受理学和体现理学精神打下了基础。

2. 洛学中兴期与明初通俗小说崇尚伦理纲常倾向

元朝以来，由于外族入主中原，加上对汉文化的贱视，传统的汉文化遭到践踏。在南宋曾盛极一时的洛学也受到异族文化的冲击而迅速衰落，直到元中后期，才逐渐恢复“元气”。洛学出现明显中兴迹象是在明代初年，尽管其时中兴的洛学已非“二程”的原装学术思想，而是经过朱熹推展并集大成之后的理学，但洛学的核心精神未变，所以宽泛地看，这一时期的理学仍可视为洛学的复兴。洛学复兴使得明初成为中国历史上的理学昌盛期之一。

经过两代帝王的推毂，理学思潮在明初蓬勃发展。在这一社会思潮的直接影响下，当时文学家的思想受到严重束缚和压抑，尽管他们的自由天性和浪漫情怀不断地激发着他们拥有合理的人生理想及表现理想的欲望，但他们又不能与汹涌的社会主流思潮相抗衡，于是便出现了通俗小说和戏剧等文学在思想精神方面寓意和迎合社会思潮的情况，其中也包含着曲折地表达出作者的理想和愿望成分。就通俗小说而言，这一时期的主要创作倾向是思想内容上对当时理学思潮精神实质的迎合和崇尚伦理纲常。这在明初问世的通俗小说《三国演义》里有非常明确的表现。

首先是思想特征的表现。该书是一部歌颂英雄、崇尚建功立业的小说，它

① 冯梦龙评辑·情史（全两册）. 长沙：岳麓书社，1986.

刻画了将近一个世纪所涌现出来的英雄豪杰，描写了他们的驰骋纵横和竞争发展。自由、豪壮的气概和超凡脱俗的杰出人物是本书所要表达的目的所在，该小说尽管具有如此的气势和胸襟，却又明显地受理学的拘束，并在深层意蕴上体现出崇尚封建纲常的倾向。证明结论的是该书所体现出的四个突出思想特征：王朝递传上坚持拥刘反曹，伦理道德上崇尚“忠义”，人格修养上主张戒骄戒躁，政治理想上倡导亲贤远佞。这其中有三点就包含着崇尚伦理纲常的倾向。

其次是突出忠义。作者以大量笔墨描绘刘、关、张三人的义气，并特别突出了关羽的“忠”和“义”。在对三人的“义”的描述上，作者采取了正面描写与反面衬托的手法，将这组异姓兄弟之间的“义”写得淋漓尽致：为了“义”，三人中的任何一个都严格地兑现着不求同年同月同日生，但愿同年同月同日死的承诺。他们可以不计得失、放弃富贵，甚至舍弃生命，这在关羽那里有更鲜明的体现。关羽与刘、张结交后，就把自己的一切献给刘备集团的事业，这个事业当时还十分渺茫，但他执著奉献。当他被曹操俘虏后，是“义”使他坚守与刘备的君臣之礼，而一旦得到刘备在河北的信息，便毫不犹豫地放弃曹操所给予的优待而千里寻兄，做出了挂印封金、过关斩将这些令人震撼的事情。这种描述无疑与洛学所强调的“天理”有关，因为“义”就是“天理”的根本内涵之一。

再次是政治导向。倡导“亲贤臣、远小人”是《三国演义》崇尚封建纲常倾向的又一表现。亲贤远佞这个曾经被无数的历史事实证明的朝政真理，在该书中得到了非常形象的体现。书在卷首即开宗明义地把国家治乱的根本原因归结到是否亲贤臣、远小人上，原文如下：

> 推其致乱之由，殆始于桓、灵二帝。桓帝禁锢善类，崇信宦官。及桓帝崩，灵帝即位，大将军窦武、太傅陈蕃共相辅佐。时有宦官曹节等弄权，窦武、陈蕃谋诛之，机事不密，反为所害，中涓自此愈横。

而书的主题，即在对三国政治的描述上，更始终贯穿着这样的主导思想。刘备之所以能在兵不过三千，将不过关、张的情况下，三分天下，建立蜀国，其根本原因在于他得到并亲近了关羽、张飞、诸葛亮、赵云、黄忠等一批贤臣良将。在对待这些贤臣良将上，刘备的“亲和”是无微不至的，其中感人至深的莫过于“三顾茅庐”。而后来蜀国的灭亡恰恰是因为没有继续这样的政治作风和良好传统。后主刘禅置诸葛亮的谆谆教诲于不顾，一味地亲信宦官，排挤姜维等一批贤臣，结果身俘国灭。

如果从以《性理大全》作为全国思想教育和科举指导书来看，以及从当时胡广、金幼孜、吴与弼等理学家的思想倾向来看，明初理学思潮的主流和导向以及精神实质无非是对于理学所一贯坚持的儒家伦理道德的发扬和恪守。“忠义”作为儒家伦理道德的核心内容在这时也理所当然地被提到首要位置，至于在国家政治理想方面倡导亲贤远佞，自然是封建纲常的组成部分。

同样的倾向在明初另一部小说《水浒传》中也有明显的体现。该书以“忠义”为标的的创作意图就是最好的证明，而书中的核心人物宋江的形象更突出表明了这一点。作者在塑造宋江这一人物形象时致力突出他的“孝”和“义”，尤以“孝”为主。众所周知，当“孝”的对象转移为国家和王朝时，就很自然地转义为“忠”。书中宋江作为“山东及时雨”虽广有“义”名，但关键时刻，还是以“孝”为主导。他带领花荣等十几个好汉去投奔梁山，却因为父亲的一封假信而不顾这些追随者的命运前程，决然掉头回家就很明确地说明了这一点。因此，当他掌握了梁山大权，面对朝廷时，这个“孝”就自然地变为对赵家王朝的“忠”。“忠”是《水浒传》里最着力刻画的品格，所以尽管该书“忠”、“义”并提，但作者努力将“义”置于“忠”的统摄下。这就是宋江取得梁山领导权后不久便把“聚义厅”改为“忠义堂”，以及策划和实施并最终将梁山造反群体引导到接受朝廷招安的轨道上来的原因。

如果将《水浒传》的这种思想倾向与当时的社会思潮精神要求相比较，则可以看出两者近似，甚至是一致的。

3. 洛学叛逆期与明中后期通俗小说世俗化倾向

明代中后期是理学思潮式微时期，其时以王阳明为代表的心学作为改良理学的先驱，已取得了决定性的胜利。心学学派无论是在对儒家经典思想精神的绍述、阐发上，还是在主观体悟学问的方式上，都很大程度地改良了传统理学，并为其后新儒学的发展奠定了基础。所以到了明代后期，以何心隐为代表的“泰州学派”以及反传统思想家李贽的出现，就营造出了“掀翻天地”的反传统思潮，从而给传统理学以致命的打击，这可以视为洛学或理学的叛逆期。

由“泰州学派”和李贽等叛逆理学、反对传统所掀起的社会思潮，其思想精神是反传统、重人欲、尚个性。继李贽提出和鼓吹“童心说”后，有以公安三袁为代表的“公安派”和以钟惺、谭元春为代表的“竟陵派”相继倡主文学的“独抒性灵”，并因此掀起反传统、尚人欲、重个性的文学思潮。当时正是通俗小说的鼎盛时期，所以这一文学思潮也就更多地影响和反映到小说创作领域中。在此思潮影响之下，理学威风扫地，名教被批判得体无完肤，人欲得到肯定和高扬，社会出现了重商好货、大胆谈情说性的风气，这自然而然地对当时的文学产生了深刻的影响，其直接表现就是新文学思潮的发生。

“泰州学派”和李贽等在叛逆理学、反叛传统的过程中，最主要的是改变了“天理”的内涵，鼓吹“穿衣吃饭即是人伦物理”，打破了传统儒家一统天下的局面，主张不以孔子之是非为是非，张扬自我，注重内心，鼓吹好色、好货。这些理论和思想主张被引入到当时的文学思潮以后，为通俗小说的发展提供了前所未有的发展环境和土壤，尤其为那些以描写色情及带有刺激性的公案、侠义和英雄传奇为主的小说大开方便之门。另外，这样的文学思潮也必然要求小说描写对象、描写题材以及作者的创作动机上与它相吻合或向它倾斜。于是当时的通俗小说家便大量地写现实题材，描述现实生活中的平凡人物，生动地反映眼前五光十色的商业社会；大胆地描写色情，肆无忌惮地言情谈性，以小说张扬色情；追求日常生活中的“至奇”以耸人听闻，在涉猎生活中的偶然和意外等方面自由驰骋、恣意述写。

在这里最值得注意的是色情小说的那种张扬情欲的思想倾向，它甚至仅从当时作品的命名上就可见一斑，《刘生觅莲记》、《百缘传》、《风流十传》、《花阵绮言》、《三妙合传》、《浪史奇观》、《如意君传》、《昭阳趣史》等等。此外，写实生活的作品所体现出的尚“平中之奇”的倾向也颇引人注目，代表性作品便是《金瓶梅》。这样的倾向发展到明末就出现了以“三言二拍”为代表的世俗化描写高峰。

4. 复兴古学期与明末通俗小说的尚劝诫倾向

1612—1644 年，在这一时期，理学随着明末外患严重和内部政治瘫痪而发展变化，并因明末士人特殊的心态而表现出特定的精神指向。

1616 年清朝立国，继而开始向明帝国大举进攻。明帝国危在旦夕，全国性的救亡运动自此展开。从士人心态来看，此期最为引人注目的变化是从主观的忧虑国家之破亡转到实际救亡上来。

随着士人由忧亡转入救亡，其时的社会思潮也发生了相应的转变。就哲学思潮而言，主要的变化表现为：万历后期，反抗传统、重视个性、肯定人欲的社会思潮开始衰落，以李贽为代表的一些思想家相继逝去，一些支持者逐渐脱离这一思潮，对此，明代思想家顾宪成在《泾皋藏稿·卷一一》中曾有描述：

弘正以前，天下之尊朱子也，甚于尊孔子，究也率流而拘，而人厌之。于是乎激而为王子。正嘉以后，天下之尊王子也，甚于尊孔子，究也率流而狂，而人亦厌之，于是乎转而思朱子。

一个理学传承史上的“复兴古学”时期由此到来，这一时期社会思潮的先驱是顾宪成。顾宪成的学生在《明儒学案·卷五八》中云：

先生论学与世为体，尝言官辇毂，念头不在君父上；官封疆，念头不在百姓上；至于水间林下，三三两两，相与讲求性命，切磨德义，念头不在世道上。即有他美，君子不齿也。

而顾宪成所治之学更加接近朱熹学说，在学术思想的取舍上，他认为朱、王之学皆有流弊，但朱熹高明于王氏，因而他以王学之缺点来论证朱学之高明，在痛恨王学末流空虚之弊时，更多的是以朱学的切实功夫来修正之。但我们并不能因此断言顾宪成的学术思想就是朱熹学术思想的重复，因为在顾氏的学术思想精神里更突出的是在痛恨、否定王学的空虚和肯定，倡导朱学的切实之整合中所体现的用世倾向，能够更贴切地表述顾宪成学术思想的应该是后来复社的口号与纲领，即“复兴古学，务为有用”。这使他理所当然地成为理学复兴期的代表。其后高攀龙、黄道周、刘宗周等人尽管所操学术方法或学术主张有异，但总的思想精神却与顾氏无二，一直到以张溥为代表的复社将这一思潮推向高峰。

“复兴古学”社会思潮的兴起与文学风气的转变影响到小说领域，便使其时小说体现出两个非常明显的倾向：其一是小说批评转向重社会功利，反对小说借男女之情以宣淫，否定无补世道人心的作品，倡言小说具有史书价值；其二是小说创作方面体现出明显的尚劝诫思想倾向。

就第一个倾向而言，自1612年杨尔对《金瓶梅》予以否定后，批评家开始强调通俗小说的价值地位与经史之书相同。在此之前，通俗小说大多被视为街谈巷议之语，其功能主要是“解睡之具”（《百川书志·卷三六》）或茶余饭后的谈资，其价值最积极者仅是补史之余。

第二个倾向主要表现在两个方面：一是在小说序言、跋语和非情节部分刻意强调作品的劝诫价值。如凌濛初在其《二刻拍案惊奇·小引》中说：“其间说鬼说梦，亦真亦诞。然意存劝诫，不为风雅罪人，后先一指也。”在《二刻拍案惊奇》卷一二入话中又写道：“从来说书的不过谈些风月，述些异闻，图个好听。最有益的，论些世情，说些因果，等听了的触着心里，把平日邪路念头化将转来，这个就是说书的一片道学心肠，却从不曾讲着道学。”类似这样在序跋、入话、篇尾中不厌其烦地强调小说的劝诫作用，在《欢喜冤家》、《石点头》、《觉世雅言》等书中也比比皆是。

其时通俗小说在拟名梓行时大都冠以带有劝诫意味的书名。关于此种命名的作用，《醒世恒言》序曾有这样的解释：“以醒人之权与言，言恒而人恒，人恒而天亦得其恒。万世太平之福，其可量乎？则兹刻者，虽与《康衢》、《击壤》之歌并传不朽可矣。”也就是说，这部书是用恒言来警醒世人的；在《石点头》序中，冯梦龙亦解释过该书命此名的含义：“石点头者，生公在虎丘说法故事也。小说家推因及果，劝人作善，开清净方便法门，能使顽夫宬子，积迷顿悟，此与高僧悟石何异？”类似的解释在《醉醒石》、《幻影》等序言中亦可见到。

除此之外，明末通俗小说的尚劝诫思想倾向在其时小说作品人物命运安排和情节结构方式上也有明显体现。明末之前的通俗小说对于人物命运的安排大多是循着自然发展的规律，但明末小说家对人物的命运安排却较普遍地采用了因果顺序，并形成“恶有恶报，善有善报”的模式。在小说情节结构上如当时盛行的奸情小说创作中，许多作家就鹜逐这样一种结构方式，即小说情节布局大抵是在依次的三个主要情节部分中嵌进一条因果链，因果的转化成为情节发展的动力，作者循着由因向果的转化过程安排情节，使小说结构成一因果序列。因小说创作使用这一结构方式比较普遍，以至在当时形成了一种因果式结构模式。

重功利的小说批评倾向也好，小说文本中的尚劝诫创作倾向也罢，这两者的精神实质其实是与当时“复兴古学，务为有用”的社会思潮相吻合或相倚伏的，这也再次让我们认识到理学传承对于通俗小说创作倾向的作用与影响。

通过以上对洛学与古代通俗小说创作倾向嬗变的描述和说明，我们可以得出如下结论：首先，一定时期的哲学，当它发展成为其时社会思潮的主导或主流精神，即可对其时文学产生影响，理学传承过程中的各个阶段对于通俗小说创作倾向的不同作用与影响就是很好的证明；其次，洛学作用于通俗小说并非直接的，而是凭借一定的社会思潮、士人心态以及文学思潮实现的，明初通俗小说的崇尚封建伦理纲常倾向和明末通俗小说尚劝诫倾向便说明了这一点；最后，因洛学的作用和影响而出现的通俗小说创作倾向嬗变，具体体现在小说的题材选取、人物塑造、艺术手法、情节结构方式以及作者主观态度表达等方面。

另外，描述说明洛学传承与中国古代通俗小说创作倾向的嬗变，在论述洛学与小说发展、小说思想发展有关的规律的同时，进而揭示出儒家传统文化对中国小说特别是海外华文小说发展的作用与价值；而从古代中原文化与中国文学发展关系的角度看，这一研究是立足于中原传统文化的背景，因而它对揭示中原传统文化对于中国小说发展的影响也有特定意义。

（二）洛学传承文化与当代海外华文小说创作理念

1. 创作主旨的“精神家园”情结

中国是有着几千年文化传统的文明古国，历史源远流长。“有海水的地方就有华人”，在过去的一个半世纪里，中国人不断向海外迁徙，欧洲、美洲、大洋洲及东南亚各国遍布中国人的身影。华人移民挣扎求存、奋斗不息、吃苦耐劳、勤勤恳恳、坚忍不拔的民族精神品性为他们在移民国扎根发挥了重要的作用，他们对当地的经济发展作出了不可磨灭的贡献。美国西部大开发中，华人移民付出了艰辛的努力，流血流汗甚至付出生命；在东南亚的马来西亚、泰国、印度尼西亚、新加坡等地，华人创造了许多商业上的奇迹，可以说，所在国经济的兴衰与华人休戚相关；在加拿大，第一代华人开矿筑路，第二代华人开店经商，第三代华人学有所成进入科技教育界。海外华人的身份和地位在不断提升，为所在国的社会经济发展作出了自己的贡献。尽管移民海外的众多华人通过一代又一代的努力，不断地改变着他们的命运并提高他们的社会地位，努力地融入当地的文化，接受良好的教育甚至成为社会的主流人物，但主体的身份认同问题及民族国家意识总会不时地浮现，可以说从第一批华人移民到达异邦的第一天起，关于自身归属和文化认同的焦虑就成为一个挥之不去的阴影。无论游子离开故国漂泊迁徙的路途有多么遥远，流淌在血液中的中华文化遗传密码仍然在顽强地提醒着他们以及他们的后代——我们民族的根在中国。

每个民族都有自己的文化，海外华文文学既有中国传统文化的基因，也有与他者文化对话之后产生的多元文化共生现象，成为一种跨文化的汉语文学。“海外华文文学的特殊性，主要表现为它的世界性和跨文化性。海外华文文学的根是系在中华文化这棵老树上的，但由于海外华文作家都处在世界各地，是在他种民族文化包围下写作”，因此，在他们的文学创作中，表现出的是更为复杂的生活环境和生活方式，不同民族文化的交汇与碰撞，作品背后隐含着不同文化的种种纠葛，“其以华文为文心的情缘、墨缘”，并“具有与中国本土文学不同的文化内涵和文学审美形态，是一个具有世界性和民族性的汉语文学领域”①。一个世纪又一个世纪，黄土地上中华民族世世代代、生生不息，中国人的勤劳质朴、崇尚人伦、见贤思齐、以和为贵、以善相应、明体达用，形成一个民族的珍贵品格与精神。中华传统文化中儒、释、道兼容并包，数千年间以儒家为正统。中国人文精神的独特人文性是强调天地人“三才之道”并

① 饶芃子．全球语境下的海外华文文学研究．见陆卓宁．和而不同——第十五届世界华文文学国际学术研讨会论文集．南宁：广西人民出版社，2008.1.

行不悖，构成一个统一的整体，并处于“生生不息”的变化之流中，成就一个人与宇宙的大系统。由于文化的传承性，无论客观社会如何变更，其民族的文艺审美观都无法动摇。

“家园情结”是普遍存在于中外文学作品和作家创作过程中的文学母题，是人类经历了漫长进化过程后形成的一种古老和永恒的情结，本质上它是一种文化认同的衍生物，涵括了与本土文学风貌上产生巨大迥异的海外华文文学，并与洛学文化有着一脉相承的内质。“家园”作为人心灵的归属地，有着极强的向心力和凝聚力，特别是当人们遭受挫折、漂泊异乡，处于孤独无依的境地的时候，更会对“家园”产生强烈的向往。这种向心力和凝聚力一旦受到压抑（如漂泊、放逐），必然要表现出来，形成一种“情结”。

文化诞生以后，以“家园”借代文化或者以文化指称“家园”，就成为一种互释关系。以“文化”为内涵的“家园”，从此跳脱了个体的范畴，积淀为集体无意识，这种集体无意识的表现就是“文化认同”。具体到华文文学就是对汉文化，即对中国传统文化的认同和依恋。外在形态上它表现为故乡、母亲、心灵归宿、精神依托等以及与之相关的一些富有象征意蕴的意象。由于它既作为个体无意识又作为集体无意识存在于创作者的思想中，因此必然会影响到作家的创作和文本的形成。海外华文文学中同样存在这样的情结，同时，出于多种原因，这种情结在文学创作中表现得更加明显。作为特殊的地域历史和文化背景下所形成的海外华文文学，它是游离于母体社会而独自发展的，并在其特殊的生成环境中，维系和延续共同的母体文化，并脱离所处语境的文学主体运动轨道而表现出自己的特殊形态和进程的一种文学状态，不难发现“家园情结”作为文学创作的内核一直影响着作家的创作。本节正是从“家园情结”这一角度切入，阐释海外华文文学书写场域中的创作状况，并从具体的文本分析中得出“家园情结”存在的必然性和普遍性以及与洛学文化的融会贯通，同时表明文化认同的不可避免性及其在文学创作中的普遍性。通过从一般到个别的具体考察，并在此基础上进行归纳和揭示，从本质上审视“家园情结”在海外华文文学创作中的嬗变与流脉，并由此从文化传统角度来展开对洛学文化深度意义之探索，以揭示其具有的与大中国文化一脉相承的民族性及其异变的复杂表现。

2. 对抗异质文化，固守心灵家园

文学中的“家园情结”通常表现为两大类。一是直接的家园意识，通过描写家园来抒发文化、认同感和归属感，如 20 世纪初移民海外的华人作家对故乡的书写。乡愁作为一种怀念故乡的忧伤心情，从古至今都被文人墨客反复吟唱。乡愁文学中的那种恋乡、恋土的情愫都建立在以“家”为核心的文化价值体系中，抒发了作家对故乡的无尽思念。二是对抗异质文化，固守心灵家园。从更深的层次来分析这一表现，仍要归结到对传统文化、母体文化的认同上。具体到海外华文文学书写场域这一创作层面，又包含了更多独特的文学意义和内涵。这里最为重要地体现为心灵精神家园层面上的乡愁，主要是书写在经济制度变更的影响下，人们精神家园的失守和人性的缺失，以及人们对精神家园的不懈追寻。

由此可以得出一个具有指向性的结论："乡愁"作为一种"家园情结"的外在表现形式，是一种文化认同感的有效表达。就心灵精神家园层面的乡愁来说，它所要解决的是一个对抗机械时代和人的异化的工具问题。这种工具不是靠想当然或是信手拈来就可以得到的，它需要具备这样的特点：①为作家和读者所熟悉；②具有对抗时代的力量；③以精神对抗物化、异化。具备这样特点的，文化无疑是最优之选，而选择哪一种文化，通常情况下是作家和读者最为熟悉的那一种。这样，"文化认同"就在这里产生了。

正是基于上述原因，漂泊在海外的作家为了对抗异质文化，尝试在文学创作中寻觅属于自己的文化的"根"。20世纪中后期，更多的作家从不同的写作角度入手，体现多元化背景下的对精神家园的追寻。他们或者通过营造传统文化的唯美世界，借以讴歌对传统文化的赞美，如於梨华的《傅家的儿女们》等；或者直书世态炎凉、人心溃散的社会现实，抨击乡土家园的流失，以引起人们的警觉，如陈若曦的《最后夜戏》、丛苏的《野宴》、赵淑侠的《我们的歌》、白先勇的《芝加哥之死》等；或者关注社会弱势人群的家园之思，如张系国的《他们在美国》、《昨日之怒》，刘绍铭的《二残游记》、《浪子》等都是关注"无根人"与"学留人"的命运；或者力求在多元探索中追寻生命的极致，如曹又方的《美国月亮》，李蓝的《洛阳女儿》、《红唇》等。可以预见，在新世纪到来以后，在更自由的文学创作领域中，无论是何种文学样式，无论是何种文学书写，都不会舍弃自己的"根"，不会舍弃自己的精神家园，"家园情结"会一直蛰伏其中，继续影响作家的创作。

"家园情结"的诞生是伴随着人类的群聚协作共同生活而产生的。它的发生机制流程是：个体融入群体生活（通常此阶段在人一诞生就开始，很快在成长过程中形成）——形成心理依赖——个体独立性的内在要求与群体共性的矛盾——个体与群体精神分离——个体与群体现实上实现分离——生活方式的改变——孤独感、疏离感产生——向往精神家园——向往最初的生活环境——"家园情结"外化，均通过艺术形式表现出来。这是一个完整的流程，事实上未必需要以上每一个环节，"家园情结"仍然可以表现出来，尤其是在不熟悉的、非同种文化的客观环境的作用下，它的表现会更加明显。需要特别指出的是，随着文化的产生，这些情感体验找到了最好的表现载体，“家园”的内涵已不再是简单的地缘属性，而是成为一种传统文化的集合，这就是积聚在洛学文化传承中的“根文化”。这种“根文化”是共同生活环境中的重要组成部分，甚至是最重要的部分，也是共同生活环境中相对稳定、代代相传的部分，从而成为更易形成共鸣共融的内核。同时它也作为一个种群、一个民族、一个国家区别于其他种群、其他民族、其他国家的个性化的独特的意识形态，并且深入到每个种群成员的骨髓中，成为一个民族区别于其他民族的重要内涵和标志。“根文化”就成了种群生活环境中最易保留和传承、相对稳定、易于把握的部分，即便是在异乡，同一文化背景的人群的聚居，也会获得家园感。

当把海外华文文学作为一个主体看待时，我们发现它符合这样的条件：第一，融入了华夏文化（这一过程已经经历了一个多世纪）；第二，与群体的分离（在这里表现为与祖国大陆的分离，如果把洛学文化看作是各个地方文化和各个民族文化的总和的话，它无疑符合这一点）；第三，孤独感和疏离感的产生（漂泊的现状、异域文化与自身传统文化的隔膜导致了这种孤独感和疏离感的产生）；第四，向往精神家园（具体表现在对文化认同、文化寻根和精神家园的追寻上）。这些必要条件就催生了华文文学中强烈的“精神家园意识”。

综观海外华文文学创作领域，由于情境的差别、风格的变易和个体创作的样貌的不同，以及对中国传统文化认同感的不一致，使得“精神家园”在不同的作家、不同的心境、不同的时空和思路下表现出了不同的模式，且涵盖了“家园情结”在华文书写场域中所有的表现。

首先是作家创作中“崇正”精神下的对异质文化的对抗。在海外华文文学创作中，有一类文学创作很受人瞩目，那就是“学留人”文学创作。它的发展一方面依托于20世纪中期的台港留学潮形成的移民文学，一方面依托于对民族情怀、家园意识的呼唤。由于20世纪中期涌向海外的留学生是踏着趋于经济复苏、文明发达的台港之地涉洋跨海到异域留学的，他们大多为官宦富家子弟，出身书香门第，自小饱读诗书，深谙“复兴古学，务为有用”之道，因此，这些留学生骨子里总是将自己看作是华人贵族后代，坚守自己的传统和文化。“学留人”文学主要就是以这些根为中华而家在异域的留学生为创作对象的文学。崇尚中华正统文化，有很多具体的表现，讲究郡望、崇文重教、尊崇礼教诸端则是其中荦荦大者，崇文重教与崇重礼教在精神上又是一致的。至于他们所崇尚的正义，其核心内容还是国家、民族之大义，其“崇正”精神是在漫长的历史发展中逐渐形成的，又是在保卫国家民族的重大斗争中发扬光大的。利用自身的文化优势，把宗族的族群利益与国家民族的利益紧紧联系在一起，凡事讲究一个“正”字，即识大体、顾大局、行得端、坐得正；同时又讲究一个“义”字，即有福同享、有难同当、守望相助。

其次是作品中流露出的崇文重教下的爱国情感和民族意识。由于海外华人作家受大中华文化影响，性格中有着爱国爱家、敢于为国牺牲的刚健精神。作为“学留人”，他们的血液里流淌着不屈的生存智慧，并用这种智慧延续着自己的生活和文化。这种具有传承性的爱国情感和强烈的民族意识无疑是值得欣赏和颂扬的。例如，美籍华裔老作家黄运基的短篇小说《寻》就有着中华海外文化中的社会学历史学价值。袒露在惜字如金的小说中的道德观审美观有着炎黄子孙的品格，却因为吸纳了美国文化中的先进成分，甚少偏激保守观念，可谓是开放的、兼容的。三个镜头、一场对话，简单的事件却表现了洛学文化中乐善好施的人性美和善举情怀，显示了运基先生对平凡生活的感受和把握能力。这种对文化“取其精华，弃其糟粕”的批判精神，正显示出一个海外赤子朴素的爱国情感和强烈的民族意识。

第二节　世界华文小说的创作主题与大陆本土文学共同的文学空间

一、世界华文小说创作与洛学文化的一脉相承

千百年来，旅居海外的华人作家虽然地域生活空间发生了变更，但骨子里却深藏着民族意识、民族感情，民族的传统思想、道德、伦理、价值观念，保持着民族的生活习惯和生活方式。在大量的世界华文小说创作中，我们会发现许多与中国传统文化和中国古典文学一脉相承的因素，或隐或显地存在于文本之中。如果切断了传统文化的根脉，尽管有可能在现代化的世间获取自我意义的欲望满足，却同时也成了无根的浮萍，无法沉潜到文化的深层。深究创作理念，世界华文小说创作或隐或显地表现出与洛学传承文化之间的内在传承关系。“二程”洛学的思想是高扬孔孟儒学精神，强调人伦道德，注重内心生活和精神修养。人伦和谐的道德文化历来是维系中华民族生存命脉的一种精神内核。

马来西亚著名华文作家姚拓的小说，常常表现出中国文化人伦相关的醇厚意味。姚拓生于中原之地，长于洛水之畔，那是一块“没有这块地方，真不

知道中国的历史应该怎样写下去”①的土地，历朝建都，人杰地灵，内孕着无限深邃浩渺的河洛文化。虽久居海外，但生长于河洛文化之地并受到河洛文化熏染的姚拓，其小说描绘的是一种不断变动视野中的伦理文化，其中有血缘亲族的乡土情结，有同一祖先的文化认同感，也有更广阔的、非地缘关系的人类相亲之情。他的小说《四个结婚的故事》讲述了抗战末期云南驻军四个军人的战场和家庭生活：拿破仑式的王连长在大别山血战日寇时，打得只剩下他一个人，“他竟一口气投掷了一百多枚手榴弹”，独身守住了阵地。但这样一个战场上的英雄成家后却“退役”同妻子卖橘子去了。一排长张德明抱着“日本人不走，我永不回家”的情怀不离疆场，最后撇下“等候了十余年而新婚的妻子”撒手人世。小说结尾以“在人面前，我将说：‘我要学习张德明！’但在我的心内，我却对我自己说：‘卖橘子去！’”结束，传递出一种有浓厚儒家传统思想的人生考量和追求。

文化身份的“双向认同”形成了海外移民的矛盾处境，最早的海外华人作家在受到移民国主流文化排斥、挤压的困境中，仍然会不断地回望、寻找、想象故乡，中国传统的文化、风物情思和自然山水不断地涌现在其小说创作中。隔海相望，故国在作家的笔下被反复加以叙述、推演、移绎、解构和重建，承载了游子无限的情思与怀念，“文化的乡愁”更成为世界华文文学创作中不曾休止的音符。

苏雪林在1928年出版的长篇小说《棘心》，是其赴法留学历程的自叙转录。小说题目“棘心”就是出自《诗经·凯风》一诗，“凯风自南，吹彼棘心。棘心夭夭，母氏劬劳”。《棘心》以刻骨的疚心和深深的哀慕，纪念自己最敬爱的有着吃苦耐劳、敬老爱幼、怜贫惜弱传统美德的母亲。在许多世界华文小说创作中，引用中国古典诗词以寄托思古之幽情的作品比比皆是，如庄因的《夜奔》中引用了李商隐《夜雨寄北》，《三国演义》的“滚滚长江东逝水，浪花淘尽英雄”，曹操的《短歌行》以及昆曲《林冲夜奔》。台湾作家琼瑶、白先勇等人的小说中古典诗词的引用、化用也是十分突出的。菲律宾作家佒青的短篇小说《出外人》，题记用了岑参的诗句“故园东望路漫漫，双袖龙钟泪不干”。马来西亚华人作家潘雨桐的小说创作深受中国传统文化的影响，着意营造中国古典诗词意境的叙事情调或者选择某首（某句）古典诗词的意境作为营构小说中心意旨的核心，以此传达华人的生命体验、人生感悟乃至复杂的人性和矛盾心态。小说《分裂》不仅包含了诸如乡土情结、深厚亲情、光宗耀祖、替祖送终等富有中国传统文化色彩的观念，而且叙述的话语结构传

① 黄万华．新马百年华文小说史．济南：山东文艺出版社，1999. 139.

达的意蕴与中国文学传统也有密切的联系。父母的每一句话与其后情语景语的修辞关系，都是对古典诗词的比兴手法的化用。把情与景、话语的表层含义和深层含义、人物语言和潜在主体的回应交错融合，形成一种语义张力场，呈现出丰富复杂的传统文化意味。

"二程"比较注重道德教化，讲究心性修养，强调精神品格的提升，洛学传承文化在世界华文小说中影响颇深，甚至体现在作家对中国传统"国粹"的描绘上。新加坡著名作家孙爱玲的小说散发着浓郁的东方情调，作品中有许多对中国传统文化艺术与古董玉器的描述，例如，清朝茶壶、传统名著、古代珠宝首饰、景泰蓝、雕花手镯、古玉扣、广绣"孔雀图"、戏曲服装、手绘蜡染斑布以及盆栽花卉园艺、茶艺和曲艺等等。中国传统文化艺术及文物古迹的描绘是作家最用心的地方，小说中的女性们往往与这些传统文化发生着联系。例如，在小说《碧螺十里香》中，一罐传统名茶碧螺春象征一位具有传统美德的女性形象；《白香祖与孔雀图》中，一幅广绣"孔雀图"紧系着一个女性人物的命运；《玉魂扣》中，一个古玉扣带出一名女戏子的动人故事；《斑布曲》中，一套中国传统手绘蜡染艺术伴随着小说人物全部的生活。

更有一些世界华文文学作家不仅在异国"固执"地用汉语写作，用自己的母语实现与中国传统文化的对接，描摹极具东方色彩的"文化精粹"，而且在作品的布局、结构上，干脆运用中华传统文化的精粹作为叙事方法。旅英的虹影受中国古代笔记小说的启发，开掘家藏之宝，写了《垂榴之夏》——男有刚、女有烈的现代笔记小说，用她的话说，"将传统连接现代，有意与冯梦龙、纪晓岚等大师握手言欢。以古今辉映的手法，营造出穿越时光、前世今生的魔幻之感"①。旅居荷兰的林湄在长篇小说《天望》中，由弗来得的传道和荣微云的移民两条线索互动，全书则借助五行之说，分"水"、"土"、"火"、"金"、"木"五部分，以"水"象征枯木逢春之希望，以"金"象征拯救与救赎之淬炼，以"火"象征心灵枯竭的人们所承受之火浴，从而把五行循环相克相生的自然观，融入主人公心路历程和求索之道。② 可见，中华文化思想和审美意识深深嵌入了世界华文作家的心灵。

二、世界华文小说创作的主题倾向

许多世界华文作家都有在不同国家生活的丰富经历，异国文化和特殊的生存环境激发了他们进行小说创作的心理动机。故乡的生活经历和在移民国的奋

① 胡辙．解读虹影．世界华文文学论坛，2006（2）．

② 杨匡汉．中华文化母题与海外华文文学．武汉：长江文艺出版社，2008. 22.

斗历程、个体经验就成为世界华文小说创作的两大基本题材内容。有的第二代或第三代华裔作家虽然没有在“原乡”生活的经历，但家族先辈的奋斗历史和民族的忧患意识以及对中华文化传统的血缘承继，成为他们进行文学想象和小说创作的灵感之源。一个半世纪以来，世界华文小说创作的题材丰富多样，主要体现为原乡/异乡、离散/怀旧、文化身份/国籍认同等，小说创作主题总体倾向可以归结为乡愁/家国、放逐/离散、文化身份认同、人性探幽四个方面。

（一）乡愁/家国主题

乡愁是对家乡的感情和思念，对故土的眷恋是人类共同而永恒的情感。剪不断的乡愁、理还乱的乡愁，在中国古典诗词中始终是一曲不绝的终响，无论是全世界华人耳熟能详的“床前明月光，疑是地上霜，举头望明月，低头思故乡”，还是“少小离家老大回，乡音未改鬓毛衰”，或是“日暮乡关何处是，烟波江上使人愁”，“但使主人能醉客，不知何处是他乡”等无以数计的描写远客思乡之情的诗文都是那么意味深长，千百年来吸引并打动着众多的读者。由于众所周知的时空阻隔和人间悲剧，“乡愁”在台湾文学创作中一度占据着主导地位，席慕容、洛夫、痖弦、于右任等众多诗人都写过乡愁主题的诗，在余光中看来“乡愁也是一种国愁”，无数的诗歌作品将“乡愁”化为可触可感的具体意象。在小说创作中，“乡愁/家国”的主题也俯拾皆是。

陈映真成长在台湾，是一个有着强烈爱国思想的作家，“乡愁”是他文学作品的重要主题。他在作品中注重关注小人物的命运，像鲁迅先生那样真诚、深入且大胆地看待人生，并且善于写出人生的血和肉，以此达到思想启蒙的目的。几千年来，关心民众疾苦、关心民族的独立自由这一积淀在中国知识分子身上的传统操守，在他身上得到了延续和发展。在小说《归乡》中，主人公历经磨难，乡愁郁结，积压心头，让他不堪承受。《将军族》是其成名作和代表作，于1964年发表在台湾《现代文学》上。小说讲述了来自大陆的退伍老兵“三角脸”与曾被迫卖身的本省人“小瘦丫头”之间的动人故事。“三角脸”随国民党军队败退台湾，孤苦伶仃地浪迹天涯，缠绕在他心头的是剪不断、理还乱的乡愁，他在狂嫖滥赌中让自己的灵魂堕落；“小瘦丫头”被卖到烟花场中，出逃被抓，又被迫堕入风尘，身世凄苦。他们因同为天涯沦落人而相遇，在同情与互助的交往中相知相爱。如果说“三角脸”的一生是许多从大陆去台湾的退伍老兵的共同写照的话，那么“小瘦丫头”就是当年台湾底层老百姓命运的一个缩影。“退伍兵/老百姓”可以转喻为“外省人和本地人”，进而转喻为“大陆人/台湾人”。因此，《将军族》讲的就是海峡两岸炎黄子孙催人泪下的共同故事。一个是“连个家都没有”，一个是“有家是有家啦，有什么用呢”，无家可归的伤感成为他们之间之所以找到一致归宿的心灵契合点。在这篇作品中，“家”这个意象不仅是一种关于家的具体所指，也包含着祖国的意思。

在对故乡的回望和家国的思念中，无不隐含着受中国洛学文化中儒家思想的深层影响，孝悌是仁的基础，远离家而不能尽孝悌、不能承担应有的道义，心灵漂泊无以皈依，流离失所的痛苦难以言喻。子女对父母的“尊”、“敬”、“养老”的孝亲情感思想往往又与忠于民族大义的精神相结合，深深的“浓得化不开”的乡愁与对故国和家园的怀念追寻可以说是异曲同工。海外华人的“乡愁”往往被扩展了民族和历史意识而成为一种“国愁”。

菲律宾作家仞青的短篇小说《出外人》，其题记引用的岑参的诗句就已经揭示了小说的乡愁主题。小说叙述“我”晚上到戏院去看“九脚戏”（一种用闽南话演唱的民间戏剧），“这种富有故乡情调的戏剧，对于背井离乡的华侨，就像久别重逢的亲人那般可爱”，“我”偶遇同年、同乡一起出洋来的水牛忠，在看戏的过程中，水牛忠想起他们童年在故乡看戏的往事，仿佛通过看戏恍惚回到了故乡。水牛忠三十六年前出洋，一别老母亲和新娘子就是三十六年，几乎是天天都在思念亲人和家乡，他原本怀抱着出洋挣钱，告别贫困，回去过幸福生活的梦想，然而现实却无情地使他的梦想破灭。在小说的结尾写道：“远处隐约飘来凄恻的箫声……‘远望——乡——里’啊，哪儿来的亲切的乡音，流浪人绝望的歌声！那里面蕴藏着寄于家乡的怀念，蕴藏着异邦漂泊、被人欺凌而无处申诉的悲怆。它打动了我的心弦，勾起了我满腔的乡愁。”① 水牛忠这个姓名中的“忠”字所表达的是儒家思想中的“忠孝”之意，然而，三十六年的离愁，使他最终无法实现对亲人和故园的“忠孝”，这是成千上万移民者内心深藏着的巨大创痛。

《城南旧事》是台湾著名女作家林海音的自传体长篇小说，以其7～13岁的生活为背景，描写19世纪20年代北京城南一座四合院里的平民生活。林海音对北京有着深厚的感情，北京是她心灵的故乡。虽远离北京50多年，但记忆中的一切却依然情意缱绻。小说充满着怀旧的基调，文字不疾不徐、温厚醇和、淡泊纯净，具有散文的风格。马来西亚作家李永平的《望乡》讲述的是“二战”时期被强迫卖到南洋做妓女的台湾女子思乡却无缘也无颜回家乡，最终客死他乡的悲惨故事，作者以此类比自身无法消除的离别感伤。

中国大陆散文家楼肇明说：“家是中国人窥视宇宙、亲近宇宙的基地，

---

① 吴奕锜．海外华文文学读本（短篇小说卷）．广州：暨南大学出版社，2009.7.

'国'与'家'通用，'国家'二字连在一起，是溯之久远、垂之永恒的最基本的价值观念，国破家亡即无从安身立命。漂泊流浪对中国人来说终非自愿、出之本心，是故，'乡愁美学'终是压倒了'流亡美学'。"①

（二）放逐/离散主题

在中国历史上，把被判罪的人流放到边远地方称为"放逐"，"放逐"其实就是一种"刑罚"，属于政治性的放逐。对古代士大夫而言，一旦放逐出朝廷，个人（自我）价值的实现也随即化为泡影。《战国策·魏策一》有言："昔者，三苗之居……恃此险也，为政不善，而禹放逐之。"战国时代的三闾大夫屈原、北宋大诗人苏轼及其兄弟等，都经历过流放漂泊、身陷窘境的命运，但在放逐的生命体验中却迸发出了诗文华章。当个体游离于社会主流，被排斥在社会之外时，文人们因长期压抑而缺乏的人文自由在反思中便逐渐生成，对士大夫文人来说，在彻底放逐的背后，一种精神的自由和彻底的反省却给其文学创作创造了新的契机，成就了文学的发展。放逐，在某种意义上，成为放逐者寻找精神家园和故乡的另一种方式。

人类的放逐由来已久，放逐对于西方社会，在古代同属于政治性的境况。放逐所拉开的距离也会让放逐者在文学和意识形态上形成双重视角而别有一番创意，或形成对故国的反思与批判。后来，随着"法西斯主义"在欧洲的肆虐，许多作家选择了自我放逐，"放逐"因而成为20世纪非常普遍的现象。布鲁克·罗斯认为，放逐分为政治性和文化性两种类型，文化的部分是指流亡者从祖国被流放到异地所形成的心灵落差与震撼，使他产生不同的视野与观点，并借此重新反省祖国家园文化。因此，"放逐"经常与批判意识、富于创意的见解相连。放逐有时候也可以是一种"内在放逐"（inner exile），这种行为往往是许多知识分子自发产生的文化与政治上的抗拒行为。②

在世界华文文学的版图上，放逐/离散作为一个突出的生命图景，它表现为多种多样的艺术形态，无论是被迫还是主动，无论是现实层面的还是精神层面的，无论是历史的还是现代的，作为一种人生的际遇、一种宿命、一种文化现象，它都成为文学中一个重要的主题和一种独特的生命体验。人一旦被放逐或流离失散，时空定位发生改变，原本的生存环境和生存价值体系发生变化，

---

① 楼肇明．南天一隅，重峦叠翠，万壑争流的散文风景线．北京：中国社会科学出版社，2003.500.

② 廖炳惠．关键词200——文学批评研究的通用词汇编．南京：江苏教育出版社，2006.97、98.

面对异己的时空，对新空间的顺应和自我精神的重铸都是一个艰难的过程。人类深潜的集体无意识是祖先们世代生存于同一环境的积淀。中华民族在黄河、长江流域繁衍、生存，中华民族的特定民族心理和人文精神、生活方式使华族儿女在放逐和漂泊的生命历程中，无法放弃传统的民族文化之根。

於梨华的名字和“留学生文学”紧密联系在一起，她被誉为“台湾留学生文学的鼻祖”。其代表作长篇小说《又见棕榈，又见棕榈》，1967年由台湾皇冠出版社出版，获当年最佳小说奖。亚热带宽大舒展的棕榈树是台湾同胞熟悉的风景，“落叶归根”的古训让“无根的一代”感到困惑和苦闷，留下还是离开，对于牟天磊来说成了一个难以抉择的难题。主人公牟天磊从美国回到台湾，故乡使他触景生情。小说借助回忆、想象和思索，把他数十年间从祖国大陆到台湾，到美国，又回到台湾的经历和感受，融汇进他主观的意识流中，充分展示了人物的内心世界，再现了在中西两种文化的夹击中，海外学子学业有成后价值取向上的迷惘以及无法找到最后归宿的心灵历程，深刻地体现了“无根”的时代苦闷。

这种“无根”的困扰和痛苦像弥漫的雾一样，萦绕在牟天磊同一时代人的心头，消磨着他们的勇气，这正是20世纪60年代青年留美学人共同的精神压抑症。於梨华的艺术才华在于她能及时地抓住这一心理，通过一则恋爱故事和对牟天磊这一具有代表性的艺术形象的刻画，使得患有这种时代病的人们看到了自己的身影。她创作的“牟天磊式”的无根的幻灭感，得到台湾旅美华人心灵上的共鸣，“无根的一代”后竟成为台湾留学生的代名词。这部作品的创新价值在于作者不仅突破了传统游子文学思乡、忆旧、怀人的框架，而且作者不再是一般意义上的描写坎坷漂泊的生涯，而是发出了对国家富强、民族统一的呼唤，作品中流露出一种身在海外、心存故国的民族责任感。

整个20世纪，困扰人类的有物质家园的毁坏，也有精神家园的失落。从郁达夫到丁玲，从张爱玲到白先勇，都在诉说着无家可归、无枝可栖的孤独感和凄楚。流浪像人类命中注定无以摆脱的幽灵，追逐着人类的脚步；又像一个宿命的怪圈，使人无法从中逃逸。聂华苓在《桑青与桃红》中通过一个女人半生的经历传达了人类这种宿命式的漂流。日本帝国主义发动的侵华战争迫使年纪轻轻的桑青独自离乡背井，逃亡后方；内战爆发后，她奔赴被解放军围困的北平，亲身体验了战争给人们带来的惊恐与动乱；北平解放后，她和丈夫逃到台湾，因丈夫挪用公款罪被通缉而躲到一个小阁楼上避难；后来到了美国，又受到美国移民局的通缉，改名桃红的桑青最后精神分裂，道德的桑青和放荡的桃红两种身份并存。作品的四个部分相对比较完整独立，但在表现主题上却又具有内在的连贯性和统一性。作者在广阔的时代历史背景下展示了她们那一代“放逐者”的灵魂创伤，从而使这部小说具有相当的深度和力度。作家曾经指出她所要表现的是两个世界：现实世界和寓言世界。她所关注的是整个20世纪人类的共同命运，而不仅仅是特定环境中某个特定的人的命运。

聂华苓在《桑青与桃红》中主要采用时空交错的结构形式，以及象征、隐喻和意识流等西方现代的小说技巧，融合了传统小说的叙述手法、戏剧手法、诗的手法和寓言手法，表现了一个现代女性被接连不断的历史变动和打击扭曲了的悲剧命运。小说的女主人公在她的命运之河中愈漂愈险，离精神家园亦越发遥远了，“自我放逐”确切地表述了她的结局。从北平流徙到台湾再到美国，桑青沿途受尽了肉体的痛苦与精神的折磨，最终落得个有家难归、有国难回的结局。直到故事的结尾，她仍为了逃避移民局的追捕，在美国公路上四处搭车流浪，而最终的人生目标却是未知的。浮萍的漂流是生命存在的一种方式，人类的漂流则是一种无可奈何。人类不得不付出艰辛的努力去寻找失落的家园，这种寻找又促成漂流，如此循环不已。

在中国大陆作家莫言看来，“离散是一种千百年来就存在着的人类处境。这种处境可能是一个民族的处境，也可能是一个家庭一个人的处境。造成这种处境的原因可能是战争、灾荒、瘟疫等不可抵抗的外力，也可能是一个家庭或者个人的主动选择。但不管是什么原因造成的离散，都是文学的一个永恒的主题，一个培育文学感情的温床，一种观察世界的文学眼光”①。处在两种文化的挤压与冲突之中的作家们的目光已经不再是被单纯的乡愁浸润着的目光，而是一种冷静的、批判的目光。这些离散的作家是站在一个相对中立的立场上，相对客观地描述着两种文化、两种价值体系的对抗和冲突、渗透和融合。这样的文学对故国或家园的描写已经超越了歌颂与怀念的层面，是一种在全球化的文化视野下的清醒审视。所以说，跨国界的文学是一种新形态的世界文学。

（三）文化身份认同主题

“人类是不能离开身份生活的”②，对自己身份的寻求和确认是人类主体性的表现。海外华文作家都是在双重文化背景中写作的，其作品中常常有两种文化的“对话”，他们是处在居住国主流文化中的“他者”，面对两种文化的包围，他们既要面对一个自身群体文化归属问题，同时也希望能建立同主流文化

① 莫言．离散与文学．2007年11月韩国全州“亚非作家会议”上，中国作家莫言的演讲词，http：//www. shzgh. org/renda/node5661/node7121/userobject1ai1483592. html.

② ［荷］D. 佛克马，E. 蚁布斯．文学研究与文化参与．北京：北京大学出版社，1997. 118.

交流的平等“对话”模式。海外华文文学正是以其不同的“他者”姿态与不同文化相遇、碰撞、影响、渗透和交融，而这些都会反映在他们创作的文学作品之中，呈现出本民族文化生命机制的不同架构。移民作家在异国语言的喧闹中仍然从事汉语写作，既是抵抗失语、失忆而作的努力，也是对母语、母体文化的依归。

“海外华文作家是带有特定的‘价值观念’的，都是在由特定的文化、种族、社会性别、政治经济和个人因素所形成的立场上从事写作，由于文化身份各别，作品也无不深深打上‘身份’的烙印。”[①] 文化人类学家 W. H. 古迪纳夫认为，一个社会的文化指的就是这个社会的成员用以认识、联系、解释社会现象的模式。[②] 作为潜伏在人们行为背后的合理性依据，文化支配着人们的行为习惯，决定着一个文化系统内部人们的心理结构、思维方式和生活状态。“文化身份”这一概念在西方社会学文献中已经被广泛使用，这里的“身份”不仅指新移民为了取得永久居留权——绿卡，解决自己的合法公民身份，而且指更高层次上的抽象和概括，它包括五种主要成分，即价值观念、语言、家庭体制、生活方式、精神世界。[③]“价值观念”是文化身份构成的主要成分，也是作家创作中文化认同的重要标志。“中国传统文化以静止、和谐对称、直觉思维、整体、性善、人治、中庸、平均主义、循环论为本位。而西方文化以运动、斗争战争、分析思维、个体、性恶、法治为本位。”[④] 中国传统文化是以直觉思维为主导致的一个结果，是整体本位思想的产生，其现实表现就是强调国家利益、集体利益高于个体利益的集体主义精神。而西方文化注重分析思维从而导致了它注重个体，并由此产生了个体主义、自由主义的哲学观念。这种哲学观念将个体、个人作为社会的逻辑元点和价值元点，使权利本位成为西方文化的特征。因此，东西方文化在价值观念上的本质差异就在于西方人突出个人，而东方人注重集体。[⑤]

不同层次文化心理结构是各个不同国家、民族的文化传统、地理生态系统环境对社会群体长期作用的产物，形成一种系统的文化范畴。人们一旦跨入另

① 饶芃子，费勇．本土以外论边缘的现代汉语文学．北京：中国社会科学出版社，1998. 35.

② ［日］绫部恒雄．文化人类学的十五种理论．中国社科院日本研究所社会文化室译．北京：国际文化出版公司，1988. 140.

③ 张裕东．从何着手研究文化身份．见耿龙明，何寅．中国文化与世界．上海：上海外语教育出版社，1996. 69.

④ 于语和，庚良辰．近代中西文化交流史．太原：山西教育出版社，1997. 13.

⑤ 史进．论东西方华文作家文化身份之异同．山东师范大学学报，2003（6）．

一个与自己的民族文化心态迥异的国度时，差异便立即十分突出地显示出来，必然在精神状态、人际交往、生活习惯等各方面造成不适，使人们感到困惑，找不到其自身的位置和明确的身份定位。留学生、新移民作为从一种文化进入另一种文化的个体和主体，首先面临的是陌生的背景和语境，随之而来的是自己尴尬、独特的文化身份。由于特殊的身份和文化背景，留学生、新移民在体验人类的共性上可谓得天独厚，两难的文化处境使他们具有一种文化空间上的张力，既对所在国文化有着深刻的思考，又对本民族文化传统具有独特的视角，其特殊的文化身份使他们越靠近西方文明，就越难以抛弃中华民族的历史传统。

台湾作家欧阳子的著名短篇小说《考验》便是一个在东西方文化的夹缝中遭遇情爱困境的代表性作品。小说分析了一个中国女留学生想爱而不能爱美国男孩的心理，女主人公美莲陷入了不能与男友保罗毫无藩篱地打破种族、国籍、文化的界限而相爱的困境。问题的症结在于美莲既要投入新环境，又怕失去自我认同的矛盾心理，这在海外中国人身上是很普遍的现象。美莲微妙的心理变化在小说中得到细致而又生动的展示，保罗与美莲都在为相互间的文化差异、瞬间心理的变化而苦恼、受折磨。

华文文学中的留学生题材小说无论是在20世纪60、70年代的代表於梨华，还是在20世纪80年代的代表查建英那里，其中一个共同而又突出的特点是对留学生在两种文化夹缝中的处境予以充分的关注和表现。查建英的《丛林下的冰河》、阎真的《沧浪之水》和《曾在天涯》、严力的《母语的遭遇》、石小克的《美国公民》、张朴的《轻轻的，我走了》等大量作品都力求表现因两种文化的差异在留学生族群身上所遭遇的种种悲欢离合。每一个留学生都是西方文化环境中出演的“他者”或“过客”，又是置身其中的参与者，他们既是旁观者又是亲历者，既想转身离去又欲罢不能。这种矛盾的心理重负在整体上传达了价值失范和存在焦虑的迷茫。“所谓‘没根的一代’和‘边缘人’，说到底其实就是指留学生们在文化上的难以归依，他们具有了两种文化的素质，却又难以彻底比附任何一种文化。在母体文化（东方文化）和异体文化（西方文化）之间难以抉择的两难处境决定了他们的悲剧结局。”①

海德格尔曾经说：“语言是存在的家。”人不能脱离语言而存在，语言本身打上了人类历史文化的戳记，它赋予人的永恒记忆是人生的见证，它使人找到了一个位置、一个身份。我们看到谭恩美在《喜福会》中讲述汉语和英语

① 刘俊．论美国华文文学中的留学生题材小说——以於梨华、查建英、严歌苓为例．南京大学学报，2000（6）．

两种语言体系指涉意义的冲突与交融是如何影响着母女两代移民对自我身份的理解和指认的，因此也造成了母女间了解与误解以及恩恩怨怨的悲喜故事。语言是文化差异中最为显著的一个表征符号，只有进入到一个新的语言系统中，人才能进入一个新的文化体系。庄因的《夜奔》中父子二人对在家里说英文这件事发生了争执，毛头不愿说中文，而是满口流利的英文，觉得自己就是美国人。但父亲告诉他："我们全是中国人，永远不是美国人！"在父亲的深层意识中，"中国话"代表了"中国"、代表了自己的精神寄托，这便显现了父子两代人之间的"代沟"。从小生活在美国的华裔自认为自己属于西方文化圈，然而自身的民族生理特征又让他们无法得到真正的融入和被接纳。"这跟领养的孩子是一样的，父母再好，不是亲生的！而那一点微妙的感觉，可关系太大了。"缺乏一个明确的文化归属感，这种微妙的感觉该如何处理？小说也讲述了同事孟少白娶了个美国女孩后，两人在生活中因语言、饮食、生活观念和行为方式等方面的巨大差异而导致不得不分手，他们的孩子将在东西方文化的夹缝中生存。

纵观《喜福会》和《女勇士》等华裔文学作品，可以看到华裔对中国传统文化态度的转变过程：从第一代移民的极度留恋到第二代移民的极度排斥，再到最后的文化融合。中美文化的巨大差异决定了华人所面临的更多的是隔阂及难以认同。强烈的冲突使华裔美国人，尤其是使第一代移民置于痛苦与迷茫之中，一方面他们固守着与新大陆文化难以同化的母文化，无法消除对美国文化的排斥态度；另一方面他们也无法被新世界所接受而成为美国白人社会的"他者"。然而这一代人面临着更为痛苦的事：文化的冲突也反映在他们与子女的隔阂上，反映在华人移民家庭里两代人之间的矛盾中。华裔家庭的第二代及以后几代人生于美国长于美国，自幼接受美国本土教育，祖先的文化在他们心里只是一个遥远而富有异国情调的故事，与拒绝融入美国社会的父母相反，他们渴望同化、竭力皈依融入美国主流文化。在《女勇士》中，中美文化第一次最终达到了平衡，这两种原本对立冲突的文化不再使华裔彷徨、痛苦，在完美的和谐中，它们融合成一种声音。

如果说汤亭亭只是在中国古代故事中找到她对于"和解"的渴望，弗兰克·秦在《唐纳德·都克》里描述的是一个在真实社会中业已实现的梦想：通过塑造一个经历了从自卑到自信的在美国的中国城成长的十二岁中国男孩，弗兰克·秦发出了更为强大的声音，试图实现他恢复中国文化传统的目标。从某种意义上讲，唐纳德的思想历程象征了整个华人移民从无条件认同到需要实现自己民族文化价值所经历的意识觉醒的艰难过程。在小说的开始，唐纳德是一个完全被"种族主义"内化的男孩，他讨厌自己的名字和自己的华人身份，对任何有关中国的事物都漠不关心。在躲避华人社会的同时他也为其他华人所排斥，甚至在家人眼里他也是一个“异类”，是一个华人社会的旁观者。然而尽管他做了种种努力使自己成为真正的“美国人”，但他无论如何也抹不去身上的民族烙印，无法抵御的中国城的影响成为他接受真正美国教育的关键。此外，通过梦中连续不断的英雄人物关公及梦境中横跨大陆铁路铺设的先驱者的出现，唐纳德实际上正经历着一场最终促使他脱胎换骨的神话之旅。他开始意识到中国文化的价值与力量，正如卡尔·荣格所说的，是人的无意识深处的一种无意识的文化沉淀。唐纳德十二岁生日的到来正好与中国农历新年相遇，从而暗示了最终与他的中国“根”重新结合，预示着他生命中新的年代的到来。当唐纳德发现“你无法通过放弃中国人而成为美国人”时，小说结尾也表明了作者文化认同的态度，和谐统一应当取代对立冲突。

（四）人性探幽主题

文学写作是一种最具个人化行为的精神劳动，对于人性的关注永远是最具挑战性的，也是作家最感兴趣的勘探领域。梁实秋先生曾断言：“普遍的人性是一切伟大的作品之基础。”因此，对人性的复杂状态孜孜不倦地进行发掘与探索，几乎是所有优秀的文学作品能够在人类历史的长河中不因时间流逝而被淘洗的原因，作品因此跨越时代与国界而引起更多读者的共鸣。聂华苓在谈到《桑青与桃红》时曾说：“这部小说中我想要表现的不仅仅是一个中国人的寻根，而是一种普遍的人性，‘人’被困在各种陷阱中反复地挣扎于被困和逃离之间，这种状态不论中国人还是美国人都存在，就是 human condition。”①

张爱玲的《沉香屑·第一炉香》、《倾城之恋》，施叔青的《愫细怨》，陈映真的《夜行货车》，白先勇的《纽约客》及美国华裔作家哈金的《等待》等等，无不充满着对人性的探索和解密。白先勇的《纽约客》中，客居纽约的中国人在精神和心理上、在生命意识中出现的种种问题无不表现出陷入人生及人性困境的挣扎和痛苦。洛学以儒学为核心，早已从哲学上论证了“天理”与“人欲”之间的关系，并用以规范人的行为。而“天理”与“人欲”关系的无序，在现代社会依然会导致精神的虚无和心灵的痛苦。《芝加哥之死》中吴汉魂的毁灭与他性意识的觉醒直接相关，随之而来的更深层的焦虑则是置他于死地的最终原因。吴汉魂在美国求学六载，除了勤奋读书获得学位这唯一的生活目标之外，没有任何人之为人的乐趣，心如槁木。学业一旦完成，强大的虚无感开始吞噬他的心，性意识也忽然觉醒，他开始以否定性的、怀疑的眼光

① 李静．域外文学与流亡话语．青海师范大学学报（社会科学版），1998（4）．

来重新审视这六年的艰苦付出，对自身的怀疑和否定最终也导致了他对世界的否定和脱节，因而他的存在完全失去了意义和目的性。《安乐乡的一日》和《上摩天楼去》等作品中所叙述人物之间的矛盾和爱欲冲突以及生活意趣的失去，性欲的压抑、个体的被忽视直接导致了他们的悲剧人生。《上摩天楼去》中玫宝对姐姐的感情实际上已产生了越过伦理的错位，《安乐乡的一日》中依萍对丈夫和女儿的爱也因为厄勒克特拉情结而变得痛苦不安。伦理道德、爱与欲的矛盾对立成为人类生活始终“不可理喻”的内容。白先勇的这些作品显示了一种深刻的人文关怀，同时也上升到普遍意义层面，在异质文化差异的背景之下，人性的深层复杂内涵被深刻展示。

严歌苓是在20世纪90年代去的美国，异质的生活与文化给了她很大的冲击，其创作在原本就敏感的基础上又产生了很大的变化。她浸染了西方文艺理论的价值判断，开始吸收西方世界“文艺复兴”以来所形成的对“人”的价值观的透视，也包括西方社会看待“东方人类”的历史文化视点。正是这种精神上的源流主导了严歌苓海外创作的小说总是充满了对“人性”本色的深层关注，她屡屡以错位渲染着一种苍凉凄美的氛围，表现着“无根”华人们的寂寞与隔离，并以丰富微妙的笔触试图去沟通异质文化中人性的冲突和心灵的局囿，并希图冲破文化的樊篱和人性的隔膜。

她在作品中对留学生和留学生生活的表现，每每越过文化的藩篱而集中体现在对人性的深入探讨上。在《少女小渔》中，小渔对意大利老头的同情体现出真正的人与人的关系，而这个“假丈夫”沉睡的人性也被小渔身上的善良品性唤醒了，于是他重拾人性的尊严和慈爱，最后在这两个不同国度、不同年龄的陌生人之间产生出父女般的亲情，显示了作家对人性沟通的良好期许。《橙血》、《海那边》、《心经》、《屋有阁楼》等作品都表现出作者善于从隐秘性心理角度来揭示人物的内心世界，还原人物的真实本相。《女房东》展示的是男女之间那永恒而微妙的相互之间的吸引力；《抢劫犯查理和我》中的“我”和抢劫犯查理之间的那份感情逸出了常理却又那样真实；《簪花女与卖酒郎》则向人们传达了这样一个理念：爱情是可以超越语言、文化和种族的。严歌苓对人性的奥秘有天生的敏感性，这使她能穿越异域生活的复杂表象，看透本质。出国对于严歌苓来说，获得了观察人性的新角度、新参照，这使她建立了全方位地透视和把握人性的基础。横亘在留学生面前的东西“文化鸿沟”已不是她关注的焦点，她要表现的爱情是人类共有的处境和状态。《栗色头发》除了表现“我”对“栗色头发”和娄贝尔夫人那自觉不自觉的文化优越感难以忍受之外，更揭示了人与人之间如影随形的隔膜和孤绝——作品中对同属一种文化的“我”和郭太太一家之间的关系的提及显然深具意味。而严歌苓对人物心理的剖白几乎达到了臻于完美的境地，常常是整篇故事以人的心理推衍，心理与行为、事件互为推动并交织成故事情节的发展。具有精神分析特征的人性书写令严歌苓的创作达到了移民文学少有的高度和深度。而她的长篇小说《第九个寡妇》、《小姨多鹤》等，浓墨重彩地描述人物曲折的命运和不幸遭遇，那些关于历史风云的变幻、世事沧桑的书写常常能引发读者深刻的反思。严歌苓超越民族仇恨、历史恩怨，从性别、人性的角度入手，站在宏大历史叙事之外，以整个人类的高度和客观中性的立场重温历史。

此外，刘敏的《后殖民女人》以及旅欧女作家虹影、旅澳女作家抗凝等人的小说同样值得注意。这些作品更多的是以精神的现实性切入当代生活的本质，以及人性在各种时空的砥砺下的扭曲或伸展，作品的内涵不局囿于海外生活的情景，而是试图表现某种更具普遍意义的生命体验和人性关怀。刘敏的《后殖民女人》逾越了个体的经验感受，通过一种色彩斑斓的丰富性和全景式背景，以变幻莫测的场景和生动活泼的笔法，描写了一个漂亮的跨国女人从第三世界走向第一世界时，面对各种诱惑而产生的各种碰撞和人性的内在纠缠，在当下极具代表性。黎紫书《天国之门》的主人公林传道是教堂的圣职人员，却在欲望中不能自拔，有恋母情结的他一面爱上了已是三个孩子母亲的“弹钢琴的女人”，一面又不舍得放弃那个深爱他的“教主日学的女孩”。在《天国之门》等大量作品中，黎紫书展示出了她绚烂的叙事能力，魔幻主义、意识流等多种现代小说的艺术表现手法在这些作品中都有着巧妙的运用，黎紫书曾说：“写到最后，还是在写人性。人性的描写对我本身的触动最深的，探讨人性的挣扎和无望，比较黑暗的，消极的，无奈的。”从这个意义上说，不管是本土色彩、魔幻色彩抑或是死亡色彩，终究都是为了作品的主旨——人性解剖而服务的。

三、海外华文小说与大陆本土文学共同的文学空间

20 世纪 90 年代，随着全球化时代的到来，在世界范围内，伴随着“流散”现象而来新的移民潮日益加剧，离开故土流散在异乡的华人常常借助文学来表达自己在异域的情感和经历。由于他们的写作是介于两种乃至两种以上的文化之间，因此，对本土而言，其题材内容与大陆本土文学相比具有独特之处，但在世界文学中，它又有挥之不去的民族特征。许多华文作家有这样的自我比喻：“我”好比一棵树，根在中国，枝叶在海外，不论是漂流、迁徙还是离散、放逐，谁都倾情于“海上生明月，天涯共此时”，都会心于“秋水共长天一色”。“海外华文文学母题中渗透着极其强烈的东方儒教色彩和民族存亡意识，这些特点构成了海外华文文学母题的民族性，并成为世界文学宝库不可

忽视的重要组成部分。”①

地域的阻隔并不能割断文字与文化的绾结，也很难摆脱语言自身所蕴涵的中华文化的内涵。杰出的华文小说不会被某一地域所囿或被某一国的生活所困，其“中华性”或称“中国性”绵延在小说创作中，不可泯灭。一位美籍华裔学者对“中国性”从“乡土中国”、“美学中国”等方面作过如下阐释：

“乡土中国”是一种接近原生态的自然化中国，它是作家生长的土地和土地上的风物与习俗，是个体生命的根系，同时也是民族精神的本源。而“美学中国”的内容，则是在“乡土中国”里孕育出的中国精神，是从那里边生长出的几千年中国文化的积淀，是民族的性格，也是作家心性修养的根本。它包括儒家的人伦教化，老庄的虚实自然；有感时忧国的沉郁顿挫，也有遗世独立的飘逸洒脱；有杜甫的“唯歌生民病”，也有鲁迅、郭沫若、艾青等对家园土地的深沉情感……一切和上面有关的人的记忆、梦想、玄思、悲愤，都一点一滴地凝聚成人们心目中具体的中国——“美的家园”的形象。一切使人脱离“美的家园”的流浪与迷失、放逐与分离，都会唤起受到传统文化哺育的中国人情感中沉痛与忧伤的内容。②

可以说，母体文化的强大凝聚力将海外华文小说的创作主题始终定格于中华民族传统文化的“本元”，民族性将大陆本土文学与海外华文文学联系到一起，在客观上形成了一个共同的文学空间。

但不可否认的是，在跨文化的华文文学创作中，特别是华裔文学创作中的“中国形象”实际上已经是一个“异国形象”，在这些作品里，中华文化已成为异质文化的“他者”。巴柔说过：“所有的形象都源自一种自我意识（不管这种意识是多么微不足道），它是对一个与他者相比的我，一个与彼此相比的此在的意识。形象因而是一种文学的或非文学的表述，它表达了存在于两种不同的文化现实间能够说明符指关系的差距。”③ 因而一定文化背景中的自我形象都是通过“他者”而表现的。“‘他者’的在场构成‘自我’得以呈现的背景，这就是为什么人们常说‘自我’无法自己定义自己，只能通过‘他者’获得对自己的定义。”④ 当然，这种“他者”的反射表现是一个动态的过程。

---

① 杨匡汉．中华文化母题与海外华文文学．武汉：长江文艺出版社，2008. 9.

② 杨匡汉．中华文化母题与海外华文文学．武汉：长江文艺出版社，2008. 9.

③ 孟华．比较文学形象学．北京：北京大学出版社，2001. 121.

④ 曹顺庆．比较文学学科理论研究．成都：巴蜀书社，2001. 312.

"'他者'不但可以充当呈现'自我'的背景，还可以与'自我'发生互动，甚至渗入'自我'的肌体，成为'自我'的一部分，从而造成'自我'的变异。"① 探讨华裔作家笔下的"中国形象"实际上是探究中华文化与其他异质文化的互动关系，以及在这个异国形象中所包含的作者所在国的"社会集体想象物"的存在。②

华裔美国作家汤亭亭的《女勇士》和《中国佬》中的"中国形象"实际上是一个"想象中的中国"，或曰"漂浮的中国"，因为在这些作品中的中国形象，早已不是那个对现实进行复制描写的中国形象，而是渗透了华裔美国人成长过程中所深深浸润着的华裔社区与美国社会对中国社会所认识的"社会集体想象"，所以汤亭亭笔下的中国形象是华裔美国人所想象的中国形象，这个异国形象所提供给我们阐释的空间，不是在对中国或曰中国文化的"真实性"描写上，而是在美国社会如何看待中国文化的"美国文化"上。它既不是对创作对象纯粹客观的模拟，也不是作者个人主观想象的产物，而是在本土文化与异域文化的互动中所产生的一个渗透着国家和社会集体想象的、包含着作家个人审美情感的"新"的文本形象，或曰一个"新"的文化形象。

比如在汤亭亭和谭恩美的作品中都十分擅长描绘"鬼"，但她们笔下的"此鬼"并非中国的"彼鬼"，在不同文化语境下，"鬼"的形态和作用都发生了变化，而这种对"鬼"的差异性描绘，便十分"文学性"地显示了中西文化的差异和相互融合的形态特征。一方面，古老的民族文化在历史进程中发展形成的伦理价值不会轻易随着外在物质环境的变化而变化，国籍的改变并不意味着文化身份的改变；另一方面，又表明中国文化这些基本的伦理价值不是僵死的，而是不断适应变化的时代与环境的。

海外华裔作家最喜欢和最擅长的描写范畴是中国神话与民间故事题材，这些题材被不断"复述"，成为海外作者进行自我变形和想象的族裔文化资源。随着海外华人在海外居留时间的延长，其所承继的洛学文化在某些方面已带有地域特征。洛学文化在不断自我更新和丰富的过程中，积淀了其基本的价值，形成了它自己的伦理道德谱系。具有更多民间色彩的关公被海外华人普遍崇拜，他们将传说中的关公视为"武神与文神"，在内涵上关公其实就是"忠义"的象征；花木兰的故事也被广为流传，在海外华人的深层意识中，她其实就是"忠孝"的代名词。汤亭亭以《女勇士》中的花木兰形象批判了旧中

① 曹顺庆．比较文学学科理论研究．成都：巴蜀书社，2001. 315.

② 高鸿．比较文学对华文文学研究的启示与作用．福建论坛（人文社会科学版），2004（11）.

国的传统，但在整体上暗示着对中国文化本位的肯定。寓言故事中的花木兰与主人公的现实生活形成了一种对照，在寓言中——一种白日梦——主人公离家出走，在高人的指点下，通过刻苦的修炼，习得了各种技能，培养了各种人生美德，好莱坞电影《花木兰》（迪斯尼公司1997年出品）将这些中国传统文化的各种道德描述成“美貌、优雅、敬重、协调、忠厚、智慧、传统、勇敢、平衡、力量、友情、孝道、自重、忠实、幽默、好运”，出山后她报国尽忠、杀敌尽孝，成为人们敬仰的英雄。而梦境与现实是相反的，主人公对现实生活充满了失望与不满。汤亭亭说自己“植根于中国文学”，承认中国文化对她的深刻影响。[①] 而关公的形象既是华人民族记忆、乡土观念的组成部分，也是原生文化的象征，他的形象在清朝被圣化为“忠义神武灵佑任勇威显关圣大帝”，在中国人的精神世界里占据着重要位置。汤亭亭在《女勇士》中这样描述，“我们总是会赢的，关公——武神与文神，骑在我们前面”，“祖父的像挨着一样大的祖母像挂在吃饭的屋里，另一张挂像就是关公——武神与文神”。关公身上表现出的英雄气概和高超武艺都是华人在异国他乡险恶的生活环境中所神往的。《中国佬》里的阿公离开铁路工地后，在颠沛流离中来到加州省府拉曼多的华人聚居点，他认出了戏台上正英勇杀敌，与刘备、张飞结拜的红脸长须关公，“阿公重新振作起来”。关公与花木兰等文化符号所具有的象征意义，在西方语境中面临极大挑战的同时，也产生了更强大的民族文化内在凝聚力。

不同民族的思维方式方法可以体现出文化的差异和特殊性，然而，感受不同文化的差异不过是了解现实世界的初级阶段。若从哲学和人本的角度分析，各种文化现象之间虽然存在差异，但同时也存在着本质的相通处和共同点，即文化的普遍性。“全球化的今天，种族、肤色、文化、习惯不同，但人的内心世界和情感意识仍然是相似的，科技和经济发展无法改变人类的情感和七情六欲问题。”[②]

随着全球经济一体化的不断进展，“地球村”的概念已为人熟知，便捷的通信和发达的交通设施，使地区与地区、人与人之间的距离越来越短，飞机、高铁、轻轨……从一个城市到另一个城市的时间甚至比在某个大城市上班的路程更短。空间上的距离不再是阻隔精神和情感交流的不可逾越的障碍。通过网络人们可以在短时间内将信息资讯传到世界任何一个角落，资源的共享和文化

---

① 汤亭亭．东西方神话的移植与变形——美国当代著名华裔小说家汤亭亭谈创作．见汤亭亭．女勇士（中译本）．桂林：漓江出版社，1998.

② 江少川．漂流、再思、超越——林湄访谈录．世界文学评论，2009（1）．

的共融已成为一个不争的事实，世界华文文学的创作空间也越来越相互交叉、重叠乃至“和合”，走向一致。文学所关注的问题跨越国界和文化差异，共享共同的文学空间，集中表现在对人类生存体验、精神家园追索、人生价值叩问和复杂命运勘探等后现代化文明的深层思考上。

正如作家莫言所说：“作家是有国籍的，但文学是无国界的。”在他看来，固然离散是海外华文文学创作的一个重要主题，在今天，“科技日益发达，全球化浪潮汹涌澎湃，母国与家园的意义也在发生着深刻的变化。从某种意义上说，我们每个人都是离散之民，恒定不变的家园已经不存在了，所谓永恒的家园，只是一个幻影，回家，已经是我们无法实现的梦想。我们的家园在想象中，也在我们追寻的道路上”①。

人类具有共性和个性，美好的东西是人类共同向往和追求的，美可以超越国界、超越种族，而假丑恶是人类共同唾弃的。在科技发达、信息膨胀的转型期，“地球村”上的多元文化以及由此引发的种种社会、心理、种族等新问题是值得关注的。信念丧失、情绪迷茫、道德价值衰退、战争和暴力、性别歧视与环境破坏、失业吸毒等社会问题，对历史发展和科技进步的怀疑与悲观，后现代化文明所引发的精神疯癫，因精神体验的再识而顿悟的人们……全人类都面临着各自不同的困境，作家个体虽无法改变整个世界，但在他们个人的文学创作中，可以以悲悯的心态净化和升华自我，以获得更高的视野和境界，从而获得大自然和人类和谐。

海外华文作家开始尝试体验并且描述有别于“乡愁情结”或特殊地域经验的更为复杂真切的艰难生存，他们的视野和文化抱负渐次拓宽，改变了海外华文写作的状况。例如，张翎对文学写作的理解，以及由此而创作的作品中那种不妥协的坚硬质地，充满着人性与历史的严肃考量。张翎的《交错的彼岸》既可以说是一部家族小说、一部地道的情爱小说，也可以说是一部寻根小说、一部留学生小说。小说以女主人公黄蕙宁在加拿大的失踪案追溯了中国的金氏家族和大洋彼岸的汉福雷家族的家族兴衰和爱情故事，描述了黄蕙宁姐妹和彼得对大洋彼岸的情感和生活经历，揭示了他们之间彼此不同的文化传统，表达了不同文化背景的人之间以平等身份互视交融的主旨。不同于以往小说中流露出来的单向文化交流和文化优劣态度，《交错的彼岸》中黄蕙宁和彼得在异国的经历与他们对待本土和异域文化的态度，显示的是文化间的互相包容、融合，生成的是积极正确的他者形象。张翎长篇小说《金山》中的人物性格与

① 莫言．离散与文学．2007年11月韩国全州“亚非作家会议”上，中国作家莫言的演讲词，http：//www. shzgh. org/renda/node5661/node7121/userobject1ai1483592. html.

民族性格之间保持了一种相当冷僻独特且充满力量的对立感，作家摆脱了将文化差异的合理性视为文化等级与价值落差的理论偏见，这不仅使人物和历史生动起来，还有意识地表达了自己的文化观与民族观。

荷兰女作家林湄的《天望》被比利时皇家科学院院士、著名汉学家魏查理（Charles Willemen）称赞是“一部‘坐云看世界’的优秀小说”。这部小说具有现实与梦幻、宗教与世俗、科学与情感、纪实与虚构、本义与喻义、彼岸与此岸、中外文化等多种文化含义，是以小说、诗、散文等连缀而成的一幅幅画卷体似的文学艺术。法国巴黎大学比较文学教授韦遨宇指出：“作者能跳出狭隘视野的东西方‘文明中心论’，以关怀人类的命运、生存状况的博大胸襟和普济之心，推倒横亘在不同民族文化背景间的那堵看不见的‘柏林墙’。在作者笔下的文学世界里，架起了一座不同肤色、不同语言、不同文明、不同文化的人们之间得以沟通、理解、信赖、宽容与博爱的桥梁。”① 林湄坦承自己受历史悠久、博大精深的欧洲文化艺术的熏陶和影响，创作视角、题材思考、人物命运以及思想方式方法均比过去要广阔高深，具有全球文化视野的创作胸襟。

不同肤色、不同语言、不同文明的人们，“彼此有意无意地在解读着对方的惊奇、赞美、痛苦、快乐、误会和希望”②，在世界文化的多样性与差异性中体现着本质的相通处和共同性。“人类喜怒哀乐的感觉是相同的，对于美好的内心世界共识和渴望崇尚真理的心情是一样的，对于人生中不可自救和无法拯救生命的理解与悲悯心理也是一致的。”“《天望》里的麦古思以及阿彩、海伦、翠芯、虹、嘉嘉等人的爱情观是值得探讨的。生命离不开爱情。然而，当一个人的良心退位、理性告缺时，其爱情婚姻也难以健全和完美，只能在自欺欺人的路上游荡。我在解构她们的爱情婚姻时，更多的是对当下全球意识中玩世不恭的讥诮、忧虑和批判。”③ 在作家看来，“天理”不存，“人欲”横行之时，爱情和婚姻就会被毁灭，人类也必将陷入灾难之中。人类必须要靠宗教的力量、“主”的力量去拯救无助的灵魂。

林湄对《天望》中弗来得拼尽性命所追求的“天国的大奖”是这样解释的：“确切地说，‘天国的大奖’是一种反省、反思和呐喊，为的是人类的苏

① 王红旗．深度访谈之五——林湄　寻找人类灵魂的救赎之策．见王红旗．爱与梦的讲述——著名女作家心灵对话．北京：社会科学文献出版社，2010. 83.

② 林湄．天望·后记．武汉：长江文艺出版社，2004.

③ 王红旗．深度访谈之五——林湄　寻找人类灵魂的救赎之策．见王红旗．爱与梦的讲述——著名女作家心灵对话．北京：社会科学文献出版社，2010. 89.

醒：人的幸福、情感和命运不能仅仅依附于物质财富和肉身的享乐，灵魂的富足和高贵才是人生美好的依附和归宿。”① 正如小说所讲述的，科技发展并不能改变人类的情感和命运，弗来得为了“天国的大奖”散尽钱财，身受重伤，而美国的一流医生和太空站研制的新药物都无力回天，恰恰是微云的泪水和真诚热烈的爱吻奇迹般地唤醒了他的生命，因此，只有爱、只有灵魂的幸福和满足才能令世界和谐平安。作品呼唤人类精神的大爱，探索新型的人类文化关系和新型的两性关系，让人们看到人类地球村的理想社会。有研究者这样评价林湄的创作：“微云从遥远的东方‘原乡’里走来与弗来得相遇，历经千辛万苦的坎坷，就是要赶来救人与救火。救世路途的艰辛成就了两位‘拯救者’的形象，他们发现了人类不同文化相连的血脉之根，‘人类只有一种语言’，那就是真爱。”② 宗教信仰是民族文化的一部分，宗教的核心是善良、正直、公义，在宗教中有安慰、有希望，能唤醒悟性，给人以精神力量，令灵魂有所栖息，让心灵安详、平和、宁静。这与洛学传统文化中所一直坚持的“天理”思想核心跨越了时空形成了一种对接和呼应，作为一种自然法则、一个普遍的哲理，天地之间以及全部人生领域无不体现着“理”。因此，在林湄的笔下，“崇理”的中国传统文化基因与宗教的大爱思想相结合，架起了一座不同肤色、不同语言、不同文明、不同文化的人们之间得以沟通、理解、信赖、宽容与博爱的桥梁。

虽然因空间的划分、人群迁移和对话场域的变动而产生某些断裂，但在文学领域内，我们仍然可以展开中华民族普遍经验和个体经验、想象经验的虚构和实写文本的对接与溯源，在全球化的时代背景下，不断共享和开拓海外华文小说与大陆本土文学共同的文学空间。

---

① 王红旗．深度访谈之五——林湄　寻找人类灵魂的救赎之策．见王红旗．爱与梦的讲述——著名女作家心灵对话．北京：社会科学文献出版社，2010. 87.

② 王红旗．穿越人类文化与灵魂的多重困境——解读《天望》里的人类生存风景与核心人物形象．王红旗的博客，http：//blog. china. com. cn/wanghongqi/art/321767. html.

第二章　世界华文小说对洛学文化中载“理”倾向的承继

第一节　洛学“二程”“天理”的核心范畴

一、超越传统儒学的“存天理，去人欲”

“二程”把“理”或“天理”视作哲学的最高范畴，认为理无所不在、不生不灭，理不仅是世界的本原，也是社会生活的最高准则。在穷理方法上，程颢主静，强调“正心诚意”；程颐主敬，强调“格物致知”。在人性论上，“二程”主张“存天理，去人欲”，并深入阐释了这一观点，使之更加系统化。“二程”学说的出现标志着宋代理学思想体系的正式形成。从存理灭欲的理论要求来看，作为理学家的程颐要求人们将普遍的情感欲望从世俗的环境中超拔、净化出来，内化为个人的道德自律。在当时北宋官场腐败、个人欲望膨胀、传统君臣父子的伦理道德规范受到严重破坏的特定历史环境下，这种净化和内化的过程无疑可以唤起人们重塑儒家道德理念的巨大精神力量，从而表现出理学道德的纯洁和崇高。程颐作为观念的倡导者，也率先垂范，其个人的道德修养和道德自律被后世学者所敬仰。

其实，“二程”理学体系也不是空中楼阁，它的孕育和诞生是有着深刻的时代烙印的。北宋时期，学界氛围相对宽松，才使得“二程”拥有充分自由的治学环境。“二程”以孔孟儒学为旗帜，援佛入儒，援道入儒，从而创立了富有思辨特色的哲理化新儒学，将传统儒学发展推进到了一个新阶段，使之拥有了哲学性质的新形态。这一巨大的理论创获有着极其深刻的继承创新意义和学术价值。

（一）确立“存天理，去人欲”的命题

程颢最得意的成就是提出了“天理”的命题，声称“吾学虽有所受，天

理二字却是自家体贴出来的"①。他还认为，人心自有"明觉"，即具有良知良能，只要通过"识仁"、"定性"的道德修养方法，就能达到"穷理"、"尽性"的境界，求得理想人格。这种强调人心直觉真理的倾向已开后世陆王心学的先河。

程颐则对"理"作了深入的探讨，在他这里，理与道往往是同义语。与张载不同，他认为理在气先，天下只有一个理，君臣、父子、夫妇、兄弟、朋友等伦理纲常都是天下之定理，无所逃于天地之间。他提出致知在格物，"涵养须用敬"，认为"无人欲即皆天理"，确立了理学"存天理，去人欲"的命题，并在这一前提下，说出了"饿死事极小，失节事极大"② 那句名言。程颐对理学的基本范畴如理、道、气、性等都有论述，这些论述直接影响了朱熹的学说，从而形成了堪称理学主流的程朱学派。

"二程"自认为其学说是把孟子以后中断 1 400 年之久的儒学"道统"承接了起来。"二程"之学以"理"（"天理"）为最高哲学范畴，所谓"理"，既指自然的普遍法则，也指人类社会的当然原则，适用于自然、社会和一切具体事物。这就把儒家传统的"天人合一"思想用"天人一理"的形式表达了出来，中国上古哲学中"天"所具有的本体地位，现在开始用"理"来代替了，这是"二程"洛学对中国古代哲学的一大贡献。"二程"洛学的思想核心就是高扬孔孟儒学的精神，强调道德原则对个人和社会的意义，注重内心生活和精神修养。在经学方面，"二程"除了与时儒一样重视《周易》和《春秋》之外，还特别重视后来被称为"四书"的《大学》、《中庸》、《论语》和《孟子》。他们曾说过"不偏之谓中，不易之谓庸；中者天下之正道，庸者天下之定理。此篇乃孔门传授心法"③；"学者当以《论语》、《孟子》为本。《论语》、《孟子》既治，则六经可不治而明矣"④。在治经方法上，"二程"反对沉溺于经文的训诂章句之学，强调"独见"、"自得"，重视"经"与"道"的关系，主张"知道"、"求道"。正因为如此，其学术思想在当时又得名曰"道学"。

他们提出了"理"的哲学范畴，认为理存在于天地万物之中，"一草一木皆有理"。还认为理是"天理"，乃人类社会永恒的最高准则，并以此阐释封

① 程颢，程颐．二程集．王孝鱼点校．北京：中华书局，1981. 424.

② 程颢，程颐．二程集．王孝鱼点校．北京：中华书局，1981. 301.

③ 程颢，程颐．二程集．河南程氏遗书（卷七）．王孝鱼点校．北京：中华书局，1981. 100.

④ 程颢，程颐．二程集．河南程氏遗书（卷七）．王孝鱼点校．北京：中华书局，1981. 322.

建伦理道德，把三纲五常视为“天下之定理”。洛学以儒学为核心，并将佛、道渗透于其中，旨在从哲学上论证“天理”与“人欲”之间的关系，规范人的行为，维护封建秩序。“二程”洛学是保守和唯心的，但也包含着辩证法的因素。他们提出“万物莫不有对”①，承认事物是相互制约、发展变化的。洛学奠定了宋明理学的基础，在中国哲学史上有重要地位。其后，宋代的朱熹、陆九渊，明代的王阳明，又在“二程”开辟的方向上发展了理学。宋明理学是宋代之后漫长的中国封建社会的理论基础和精神支柱，而“二程”洛学则开了理学之先河。

“义理”一词，古已有之。汉儒的义理是讲求索儒家经义的学问，他们以此为原则整理和辨别古籍的真伪，形成考据训诂之学，但汉儒之学偏重名物注解，唐代治经又以汉注作疏，立了“疏不破注”的原则，末流所及，更以疑经为背道，破注为非法，严重阻碍了思想的发展。“二程”等宋儒有见于此，主张学贵疑，学贵自得，注重以义理治经，在解释经义中，避免“牵于训诂”、“蔽于注疏”，系统地阐述自己的哲学思想，并初步形成独立的理学思想体系。传统中，儒家论人事有一个基本出发点，就是人与禽兽的区别在哪里，人为什么可以叫做“人”。先秦儒家提出人以仁、义、礼、智作为与动物相区别的标志；汉朝董仲舒则提出人之所以是人，原因是“得天之灵，贵于物”。对于这个问题“二程”洛学思想中提出了崭新观点：人只有一个天理，却不能存得，更做甚人也！洛学中的“天理”或“理”含义至大至宽，其中最基本的含义是指事物的客观法则。比如，“有物必有则，一物须有一理”、“既有止息之理，亦有生息之理”② 等论述统指事物的客观法则。在这一基础上，“理”还有不同角度的其他含义，比如，作为哲学的最高范畴，“理”是宇宙的本原。从价值观的角度看，具体在宋代，统治阶级需要的“天理”、“理”作为稳定高于一切的标准，则是封建的等级制度与伦理道德，社会成员们要严格遵守。“灭私欲，存天理”的理学命题是“二程”洛学解决人之为人的思想核心。“二程”讲：“人心莫不有知，唯蔽于人欲，则亡天理也。人之不为善，欲诱之也。诱之而不知，则至于灭天理而不知返。”宋代文化有着自己的新特征，突破了某些传统的束缚，明显地表现在对儒家经典原义的重新理解和大胆怀疑上。一提到理学，人们马上会想到“存天理，灭人欲”的口号。在理学

① 程颢，程颐．二程集．河南程氏遗书（卷七）．王孝鱼点校．北京：中华书局，1981. 123.

② 程颢，程颐．二程集．河南程氏遗书（卷七）．王孝鱼点校．北京：中华书局，1981. 178.

发达之前，“仁”是儒家的中心思想，虽然是一种有等级尊卑的爱，但“仁”是以人性为基础的。虽然传统儒学也主张孝道和贞洁，但其禁欲色彩并不浓厚。儒学发展到理学阶段以后，则已带有浓厚的禁欲主义色彩。“二程”认为，“大抵人有身，便有自私之理，宜其与道难一”，并指出“无人欲即皆天理”。在宋朝以后，中国就很少再出现像李白这样“狂歌五柳前”的诗人了。

保存心中的天理，消灭人的欲望。天理和人欲的对立，首先见于儒经《礼记》，但是赋予天理特别重要的意义，并且把这样的对立作为道德修养中的基本对立，则是由宋代“二程”首先提出来的。

“二程”认为，气聚合为人，天理就形成了人的本性。由于气质之性阻碍了天理的正常发挥，以致出现了恶，这就是人欲。与人欲相对，天理是纯粹的善。他们认为，人的行为不是遵照天理，就是顺从了人欲，没有第三种情况。天理与人欲是绝对对立的，放纵人欲，就必然掩盖天理；要保存天理，就必须去掉人欲。他们要求，一个儒者应该彻底地去掉人欲，使心中充满天理，达到圣人的水平。这就是所谓“存天理，去人欲”。认为理是宇宙万物的起源（从不同的角度认识，它有不同的名称，如“天”、“道”、“上帝”等），而且它是善的，它将善赋予人便成为本性，将善赋予社会便成为“礼”，而人在世界万物纷纷扰扰、纵横交错中很容易迷失自己禀赋自“理”的本性，社会于是便失去“礼”，所以如果无法收敛私欲的扩张，就会偏离天道，不但无法成为圣贤，还可能会迷失于世间，所以要修养、归返，并伸展上天赋予的本性（存天理），以达到“仁”的最高境界，此时完全进入了理，即“天人合一”，然后就可以“从心所欲而不逾矩”，这时人欲已融入天理中，无意、无必、无固、无我（从“毋”变成“无”），无论做什么都不会偏离天道了。

从道德修养上说，天理即至善，是人必须努力追求并用以自律的普遍道德原则，人欲则是个体为保持生命存在和延续而产生的物质生活欲求。两者之间的关系自先秦《乐记》以来，往往处于矛盾的状态。“二程”认为，人之所以为人最根本的标志，就在于人保有天理。这种作为人的根本标志的天理也就是纲常人伦，人的先天善性、人的本然之心就是天理的表现。本性、本心为善的人之所以会走向恶，就在于其先天之善被后天的物欲所污染，人的本心错聩不明，天理也就被蒙蔽而不得彰显，只有通过去除物欲、泯灭己私，才能复明人的先天善性。

程颐首先提出“知先行后说”，认为先有知而后有行，知是根本、前提，是行的指导，这与程颐在认识论上强调“格物穷理”的在先性是一致的。程颐的知行观中，知与行是分而为二的，不过，程颐又提出真知说，认为知与行存在统一性。真知是与常知相对而言的，真知指生命实践中所形成的真切体会、真实体验、直接经验，与经过见闻或学习所形成的常知即间接认识、间接经验有本质的区别，真知绝对纯真，常知可真可假。程颐认为，“真知与常知异，常见一田夫，曾被虎伤，有人说虎伤人，众莫不惊，独田夫色动异于众。若虎能伤人，虽三尺童子莫不知之，然未尝真知。真知须如田夫乃是，故人知不善而犹为不善，是亦未尝真知，若真知，决不为矣”。在程颐看来，对“虎能伤人”的认识只有那些曾经被虎伤过的人的体会才是最真切的，这种“被虎所伤”所形成的真知必定会使这个人在谈及老虎伤人时作出真实的、异于常人的反应。因为真知是人心在直接活动和经历中所产生的真实知觉，这种真实知觉能够反过来规定指引人的生命活动，实现知与行的内在统一。真知必能行，知而不行只是常知。由此类推，一个人知道自己在做坏事却仍旧要做，就是因为他的这种道德意识并非真实的道德意识，并非真知，如果是真实的道德意识和真知，他绝不会再做坏事。

“存天理，去人欲”属于心性修炼。“天理”是公，是大善，是人的仁爱之心。“人欲”是私，是小恶，是人的自私之情。“存天理”就是存善，追寻天理，循道而行。“去人欲”就是去恶，克己省身，修身养性。简单地说，“存天理”就是向善，“去人欲”就是去恶。通俗地理解“二程”的“存天理，去人欲”，就是要防范个人欲望的过度膨胀，追寻维护社会、道德、政风和民风的和谐与美好。所以，人们必须通过“持敬”、“集义”的修养功夫，“存天理，去人欲”，以达到“与理为一”的道德境界。

（二）通俗小说发展与“存天理，去人欲”

就学派的发展来说，洛学的传承过程既兼容了佛、道的思想理论和思维方式，也表现出了特定的继承、分化、否定和融合；就其对社会的影响而言，这一学派到南宋便逐渐成为中国社会的根本统治思想和社会思潮的主流。洛学在其漫长的传承发展中，因为有着明显的发展阶段性，每个阶段都有其作为主流的学术思想和理论主张，而这些思想和主张又被许多哲学家及其众多后学或发扬鼓吹，或改造叛逆，便在相应的历史时期掀起过特定的社会思潮，并以此作用影响于其时的通俗小说。

洛学传承中的各个相对独立阶段可以大致命名为鼎盛期、衰落期、中兴期、叛逆期和复兴期，而在每一发展阶段上，都曾出现过一批比较著名的哲学家或思想家，他们或以聚徒讲学，或以著书立说，来绍述前贤的思想，发表自己的理论，因此掀起了一个个内容不同的社会思潮，受这些理论思想和思潮的影响，通俗小说的创作倾向也表现出互动或异动，从而体现出具有不同内涵和方式的小说创作倾向。

南宋作为明代通俗小说的奠基时期，当时的话本小说是比较发达的，而这一文学艺术的繁荣恰好是在洛学独立之后由朱熹等人推动而至鼎盛的。其鼎盛的根本性标志是理学在当时逐渐占据了社会思想的统治地位，并由此掀起了理学社会思潮。受这一社会思潮的推动和影响，话本小说在创作倾向上也体现出思想内容方面的载“理”倾向。

“天理”是洛学的核心范畴，“二程”把“天理”提升到宇宙本体的位置，并把全部学说建立在“天理”的基础上，从而开创了宋明理学。这个以天理论、人性论、修养论为主要内容的“天理”之学，虽说是“二程”“自家体悟出来”的，但其体悟过程却主要是通过阐发儒家经典中的义理来实现的。因此，就其实质而言，“天理”仍然是传统儒家的伦理道德精神，只是“二程”在他们长期的讲学中将这些精神逐渐地加入了主观思想和其他文化因素，从而发挥、阐述为更具特色的学术体系。“二程”弟子众多，所以“天理”之学一时大盛，形成了具有庞大传播规模的洛学。洛学再经“二程”弟子于各地大力发展，如杨时在福建东南的传播等，遂形成燎原之势，特别是经过以“严守师说，笃于践行”的尹淳在南宋时期的推展及朱熹在洛学基础上的集理学之大成，“二程天理”之学就以“理学”或“道学”名分在南宋盛行，从而构成洛学鼎盛期。

这是洛学传承的新阶段，也是第一次被发扬改造的阶段。此阶段中，一个值得特别注意的现象是，洛学在“二程”创始时还主要是纯粹的学术性学派，而被朱熹改造后的理学或道学，则由比较纯粹的学术领域逐渐延伸到社会的政治意识层面，异变成一种政治或社会党派和社会生活思想意识的指导理论与原则，也就是变成了实用理学。所以南宋社会思潮的特征便是实用性理学思潮。

南宋理学思潮以朱熹的理论为思想精神核心。朱熹的哲学基础是程颐的“敬畏”，但他把“敬畏”阐发为“居敬穷理”，并进一步发挥为“天”。“天”是宇宙的自然法则，对个人而言则是道德法则和国家政治法则。这种法则的精神和形态被朱熹等人称为“礼教”（亦称“名教”）。在怎样使礼教达到至善的问题上，朱熹认为关键在于个体的人对于天理和人欲的取舍。天理是善，人欲则为恶，所以为了礼教的正常运行就必须扬善而去恶。对于个人而言，如果努力减少自己的欲望，实践天理的要求，就越有可能接近圣人的境界，而在他们看来，减少欲望的主要方法就是对天理所规定的道德内容的崇尚并时刻思念，这也就是“存天理，灭人欲”。在以这样的思想精神为核心的社会思潮下，所有社会和人生行为都被规范到伦理道德、忠君爱国、平治天下上，所有与个人人生和生命有关的欲望、情感、私利等内容都在被“灭”掉之列。

这显然是对“二程”洛学的直接继承并发扬光大。“二程”中的程颐就坚决主张压制人的感情与灵性，认为没有感情和灵性的道德才是道德的极致。他甚至很极端地认为，“人只能做一件事，那就是敬畏圣人，凡是无益于敬畏圣人的言行都是邪恶的，是应该根除的”①。

南宋理学思潮是相当盛行的，在这一思潮的直接影响下，话本小说的创作也体现出迎合、靠拢此一社会思潮的倾向，这就是载“理”倾向。

脱胎于俳优小说和变文等通俗文学形式的中国通俗小说，其最初存在形态是“说话”艺术。“‘说话’可以说是俳优小说从宫廷走向市井，变文从佛寺走向民间的艺术形式。”② 中国古代话本小说产生的具体时间，一般认为是在南宋。1127年，宋室南渡，北方中原地区的大批地主豪绅、商人及市民、农民，为逃避女真贵族的屠杀抢掠，纷纷随皇室南迁，涌入江南大小城市，其中临安等大城市集人众尤多。人员辐凑、国家偏安，遂使这些大城市迅速繁华。其时词人柳永曾写词赞颂过当时最大的城市杭州：

烟柳画桥，风帘翠幕，参差十万人家。云树绕堤沙，怒涛卷霜雪，天堑无涯。市列珠玑，户盈罗绮，竞豪奢。（《乐章集·望海潮》）

很多文献都证明这样的描述并非文学的夸张，而更多的是写实。《梦粱录·卷一三》就有类似的描述：

大抵杭城是行都之处，万物所聚，诸行百市，自宁和门杈子处至观桥下，无一家不买卖者。行分最多……前所罕有者悉皆有上行之所，每日街市，不知货几何也。

周密的《武林旧事》（卷三）对此也有叙及：

贵要地，大贾豪民，买笑千金，呼卢百万，以至痴儿呆子，密约幽期，靡不在焉。日糜金钱，靡有纪极。

城市的繁荣导致市民阶层壮大，这个以手工业工人、店员、小商贩、独立手工业者为主体的市民阶层便有了相对独立的存在，他们逐渐形成了自己的文化意识，并随着当时封建统治的相对稳定和经济繁荣产生了比较独特的文化艺

① 柏杨．中国人史纲（下卷）．长春：时代文艺出版社，1987.
② 曹萌．传统文化与中国古代通俗小说模式研究．济南：齐鲁书社，1995.

术需求，于是与市民欣赏趣味相适应的各种艺术亦即伎艺便蓬勃兴起。对此《东京梦华录·卷五》有叙：

崇观以来，在京伎艺：张延叟、孟子书主张……孙宽、孙十五、曾无党、高恕、李孝祥；讲名：李造、杨中立、张十一、徐明、赵世亨、贾九；小说：孔三传、耍秀才，诸宫调。毛洋、霍伯丑，商谜。吴八儿，合生；纤山人，说浑话。霍四究，说三分；尹常卖，五代史。其余不可胜数。不以风雨寒暑，日日如是。

类似的记述在徐梦莘的《三朝北盟会编》（卷七）和周密的《武林旧事》（卷六）中也有。前者说，其时京城中有杂剧、说话、弄影戏、小说、嘌唱、弄傀儡、打斗、弹筝、琵琶等艺人150余家；后者在《诸色伎艺人》条记叙南宋临安市上知名的说话人有孙奇、朱修等百余人之多。此外《西湖老人繁胜录》“瓦市”一节也非常详尽地叙述了杭州城里专用于“说话”的南瓦、中瓦、大瓦、北瓦、蒲桥瓦，并详列出北瓦13座勾栏里具体说话人和所说科目——说史书、说经、小说、说浑话等。

话本这种中国古代最初形态的通俗小说便随着“说话”艺术的产生而产生。在南宋理学为核心精神的社会思潮的影响下，其时的话本小说带有非常突出的尚“理”倾向，尽管这里的“理”与社会思潮中的“天理”并非完全一致，但其受后者的左右和影响却显而易见。南宋话本的尚理倾向表现在对于人生品行的劝诫和道德关怀上，其核心精神是让人们灭欲遵理。

宋话本《错斩崔宁》、《碾玉观音》、《志诚张主管》、《菩萨蛮》、《冯玉梅团圆》等，均带有清晰的劝诫痕迹。这里以《错斩崔宁》为例，该篇讲述了由于一连串偶然因素的作用，崔宁和陈二姐无辜被杀，巧合的故事串成了这桩冤案。因为作者过分夸大了偶然性的作用，猜测不到隐于偶然性背后的必然性，所以推导出了一些带有劝诫与化俗的结论，即“只因戏言酿殃危”，而且告诫人们在“世路狭窄、人心叵测”的社会里最宜谨慎，劝君出话诚实，谨记“口舌从来是祸基”。即先是从社会生活的角度实行劝诫，而后一方面更从人的修养和品格方面提出立身诚实的问题。另一方面的劝诫内容在《志诚张主管》就更为明确了。该话本写张胜遭遇了小夫人的激情和诱惑，经过曲折的努力，终于克服了个人的情感和欲望，把持住了心中的天理，拒绝和战胜了诱惑。对于这样的行为和人格，作者在故事结尾给予了充分的肯定和赞美：“只因小夫人生前甚有张胜的心，死后犹然相从，亏杀张胜立心志诚，到底不曾有染，所以不受其祸，超然无累。如今财色迷人者纷纷皆是，如张胜者万中无一。有诗赞云：谁不贪财不爱淫，始终难染正人心。少终得似张主管，鬼祸人非两不侵。”这显然是要求人们尽量地压抑和克制自己的欲望，服从“理”的约束，也就是说应该“存天理，去人欲”。

综上论述可以断定，洛学在南宋的发展传承为明代通俗小说接受理学和体现理学精神打下了基础，造就了传统，为后世小说发展传承起到了不可磨灭的推动作用。

二、“天理”思想渗透于世界华文小说创作主旨中

“二程”、朱熹站在时代的高度，在建构新儒学即理学思想体系的过程中，把儒家思想哲理化，把儒家经学义理化，把儒学道统体系化，把儒家学说大众化。在继承孔孟、把握儒学真精神而又不拘泥于原始古义和个别思想文字的前提下，他们结合社会和理论发展的需要，克服传统儒学之不足，吸取其他文化的长处，全面总结和创新，发展了中国儒学，使新儒学不仅成为学术思想发展的主流，而且广泛流传于民间，影响着大众，成为中华民族全民的文化，在中国文化史上占有十分重要的地位并产生了深远的影响。

自从南宋朱熹的《四书集注》问世以来，新儒学便被逐步确立为官方意识形态，此后一直到清末，其前后统治思想界近700年。一代代文人为了荣登科举、光耀家族，对朱熹正统思想的领悟到了“为伊消得人憔悴”的境界。蓦然回首之间，明、清两代的文人们集体无意识地完成了个体生命对“二程”理学的融合、内化。在向仕途进发的过程中，秉承儒家伦理精神、以“修齐治平”为生命信仰的文人墨客们在不经意间把“理”的核心范畴刻在艺术创作的骨子里，融进血液里。儒家的传统思想引领着我们的脚步。700年的积淀，理学色彩的人格也渐渐升华为民族性格，而有理学色彩的文艺作品在体现“格物致知，家国天下”的同时，也展现了浓浓的民族感情所构建的“围城”。这种融进骨子里的民族感情斩不断、挥不去，无论山河破碎、国土沦陷、残照当楼，炎黄子孙尤其是旅居海外的华文作家们依旧情牵家园、心系故土，当他们在进行文艺作品尤其是小说创作的时候，理学的渗透皆有迹可循。

旅居海外的华人作家由于骨子里蕴藏着太多太深的民族意识和传统思想、道德、伦理、价值观念，以及民族的生活习惯和生活方式，所以纵然旅居海外，其生活的地域空间发生了变更，但是这种民族情结依旧表现在海外华文小说创作与洛学传承文化之间的内在传承关系上，无论走多远，终究走不出深深的民族感情所构建的“围城”。确切地讲，海外华文小说的创作主题在面对具有强大凝聚力的母体文化时，其呈现的状态始终是定格于中华民族传统文化的“本元”，而未走出民族文学的“大观园”，民族性便将大陆本土文学与海外华

文文学沟通到一起，在客观上形成一个共同的文学空间。当然，这种对创作小说的渗透是有其理论背景的。

综观海外华文小说，其创作倾向呈现理学的渗透性，具有以下特征：

（一）“天理”学说对世界华文小说作家个体生命的渗透

作家在进行文艺创作的过程中，其思想来源与其成长背景是密不可分的。通过对作家个体生命成长轨迹之探索，可以按图索骥，得出小说作品背后的理学精神。无论是旅居海外，抑或生活在大陆之外的台湾、香港、澳门，作家情怀中的“天理”学说总是在其作品中得以呈现。就本质而言，他们在学习、阅读过程中，对中国古典文学养分的汲取是毋庸置疑的。源于此，他们或用汉语，或用外语写作，但其备受中国古典文学熏染的特有气质不经意间便已付诸笔端，泻于纸上，充盈在文章中。

台湾旅美著名作家白先勇，年轻时曾入美国爱荷华大学创作学习班学习，后又把自己的注意力转向了中国的历史文化和文学研究。对中国民间故事和中国古典文学的喜爱，使他具有深厚的中国传统文学素养，这就是白先勇长期生活在台湾和美国，沐浴在欧风美雨之中，而他的大部分作品却仍能保持着鲜明的民族风格的原因。白先勇从小热爱祖国的锦绣山河，对祖国和民族有较深厚的感情。作者少年时代曾在重庆生活，当他回忆起幼年时见到的巴山蜀水时，至今还非常神往。高中毕业时，由于热爱祖国的锦绣山河，白先勇放弃了保送台湾大学的机会，入了台湾水利学院，而后发现自己对水利没有兴趣，于是转入台湾大学外文系。他对祖国大陆印象极其深刻，并非常怀念。他日夜思念的“家”不是别的，就是自己的祖国和民族。正是这种对民族和祖国的深沉感情，使这位远离祖国的游子的作品散发出淡淡的“乡愁”。正是白先勇的学习经历以及他自觉吸收中国古典经典的营养，使得他后来的作品在风格和气质上都展现了对中华文化有极大影响和贡献的“天理”学说的色彩。

台湾乡土文学的“旗帜”——著名作家陈映真，在维护乡土文学的论战中，坦然宣示“平生最大的愿望，是做一个平凡而胸襟坦阔、脊骨挺直的中国人”[①]。本是文人，偏做斗士。他在接受记者专访时表示，一个分离和对峙的民族是一个残缺和悲伤的民族。“生于台湾的中国人”是陈映真赋予自己的定义，“我为是一名中国作家而自豪”是他面对世人的宣告。

20世纪80年代，陈映真相继发表《铃铛花》、《山路》和《赵南栋》等作品，大胆涉及台湾白色恐怖时期的政治受难者，重现已被社会遗忘的那段历

① 陈映真．陈映真文选．北京：生活·读书·新知三联书店，2009.

史中的动人故事，以温和、稳健、真挚的文体撼动了尚未解禁的台湾。在一个历史的转型期，市镇小知识分子的唯一救赎之道，便是在介入的实践行程中，艰苦地作自我的革新，同他们无限依恋的旧世界决裂，从而投入一个更新的时代。“他始终对未来更美好的生活保持信仰、希望与爱，也始终坚定地站在左翼立场写作与发言。”① 台湾作家蓝博洲如是评价说。陈映真在面对人生困厄时所展现的凛然大气，与理学强调的“为天地立心，为生民立命，为往圣继绝学，为万世开太平”人生训诫极其吻合。悲天悯人、心忧天下的情怀不正是理学突出的生命气节么？生命的终极关怀便是敢于面对、勇于求索。诚然，一位有民族气节的作家面对国土分裂、恐怖统治之状况必当和闻一多先生一样拍案而起，而陈映真更是“怒向刀丛觅小诗，我以我血荐轩辕”，力挺鲁迅先生之傲骨，从容面对，真正做到了“天理”之核心要求“修齐治平、家国天下”。

（二）“天理”学说对世界华文小说创作过程的渗透

“天理”的核心范畴是“格物致知”，只有拥有强烈的家国情怀，才能留下豪气干云、动人心魂的作品。源于华文作家个体生命自觉或不自觉接受中国传统理学的渗透，他们在创作过程中亦不经意地融入了自己的生命体验，精心塑造了自己小说中的典型形象。

首先，以《京华烟云》、《游园惊梦》现实主义题材为代表描写女性的小说为例，通过对时代女性解读来看“天理”学说对世界华文小说的渗透。

《京华烟云》是林语堂先生的力作，“浮生若梦”是此书的主旨。小说给人以一场大梦的印象，这成就了该小说的伟大地位，其代表人生，非仅指在20世纪初叶于北京居住的某两家的生活，还包括无涯的人生。全书受庄子的影响，第三部题为“秋季歌声”，取自南北朝张融的话，“臭腐化为神奇，神奇化为臭腐”，以生死循环之道为宗旨：秋衰之时，春已开始，起伏循环，天道也。故第三卷描写战争，可谓描写旧中国的衰老，其实也是新中国的萌芽。故书中有“晚秋落叶声中，可听出新春的调子，及将来夏季的强壮曲拍”② 等语。木兰作为书中的女主人公，从初期锦衣玉食的富家小姐，后变为村妇，过幽雅山居的生活，及最后变为普通农民，成为忍苦、勇敢、伟大的民众大海中的一滴水。林语堂曾说：“若为女儿身，必做木兰也！”可见木兰是林语堂的理想女子。其中有一段论及人之永生与宝石之永生，可说人之永生是种族的，而宝石的永生是单独的，木兰游观始皇无字碑那一段说得尤为详尽。那一块石

---

① 陈映真．陈映真文选．北京：生活·读书·新知三联书店，2009.

② 林语堂．京华烟云．北京：群言出版社，2010.

头无情无感，故能永远生存，人为有情之动物，故个人死去而家族却永远流传。全书富有哲理地介绍了“木兰”这一典型人物，作为新时代的女性，木兰表现了“孝”、“贤”，既有传统女性的坚韧、隐忍之美德，又有新时代女性勇敢、大方之特点。而这无形中就暗合了“天理”的内涵，可以说林语堂于无迹间做到了对理学的融合。白先勇的《游园惊梦》中的主人公蓝田玉由一位昆曲艺人一跃成为钱将军夫人，也曾经风华蹁跹，烜赫一时，“筵席之间，十有八九的主位，倒是她占先的”①。然而这一切都是“从前钱鹏志在的时候”，现在她不过是一个落魄夫人，王谢堂前的燕子，落入了寻常百姓人家。“台湾的花雕到底不及大陆的那么醇厚，饮下去终究有点割喉的”，这种对台湾的不认同感，并不仅仅来自钱夫人，而是败走台湾的人的普遍心理情绪。比如，来台几十年，窦公馆的人请客仍用上海的厨子，刘副官仍顽固地操着苏北的口音。这些都是去国之人的乡愁的整体表现，他们对台湾和台湾的现状并没有认同感、归属感，而是顽固地坚持过去的生活（如票友会），顽固地眷恋着大陆。这些人在白先勇的笔下都是一群“流浪的中国人”，他们退走大陆，在台湾又不能融入当地的文化，也没有归属感，他们没有自己的家园，在心理情感上处于漂泊状态，所以对故国怀有强烈的眷念。白先勇对中国的传统文化有着深刻的认同感，在《游园惊梦》这篇小说里择取昆曲票友聚会也是有象征意义的。在20世纪60年代，受到欧美电影等新兴文化的强烈冲击，作为中国表演艺术中最精致、最完美的一种形式的昆曲逐渐式微了。小说中坚持喜爱和追忆昆曲这种传统艺术的都是一些从大陆败走的遗民如钱夫人、窦夫人、余参军等。他们既是政治上的遗民，也是传统文化上的遗民。台湾本土的人脱离大陆本土文化的母体，对这些传统文化并没有多高的欣赏能力，也没有多少眷恋。人心不古作为一种现实，文化遗民们无力去改变，便只有承认，而他们对昆曲的坚持和喜爱，仅仅是对故土文化的怀念，也是作者文化乡愁的表现。

由于白先勇背负五千年回忆的重担，作品具历史感，笔下人物的悲欢离合总与家国历史有一定的关系。白先勇曾说：“写作是希望将人类心灵中无言的痛苦转化成文字。”白先勇对笔下人物总充满悲悯情怀，其小说结合中国古典文学与西方现代小说技巧，并渗透中国文化与西方哲学思想，描写新旧交替时代人物的故事和生活，富有历史兴衰感和人世沧桑感。作为新儒学的“天理”学说正是秉承着儒家积极救世，高扬家国天下的旗帜，敢于担当，勇于担当。

白先勇正是借助“钱夫人”对大陆生活的追忆来表达自己的家国情怀。作为文人，理应承担起用笔墨抒怀、唤醒民众之责，天理之道也尽在于此。

---

① 白先勇．白先勇自选集．广州：花城出版社，1996.

其次，通过香港、台湾的新武侠小说来看“天理”在华文小说中的渗透。新武侠小说的价值在于通过特定的历史背景或直接架空历史，浓墨重彩地抒发着英雄情结和侠义精神。台湾古龙、香港金庸，高手过招，千秋伯仲，他们以自己的侠气、豪气、文气展现人物的神韵，虽个性迥异却依旧在理的范畴之内。金庸笔下，豪气干云、孔武有力、斗狠使勇，充其量只能算个壮士，慷慨任事、忠悯待人、义薄云天，也只是个一般的侠士，所以杨过一人一雕往来东西南北，问尽天下不平事，急公好义排忧解难，人称“神雕大侠”，可杨过却拒不接受那个“大”字。郭靖与杨过在襄阳联床夜话，郭靖说：“我辈练功学武，所为何事？行侠仗义，济人困厄固然是本分，但这只是侠之小者。江湖上所以尊称我一声‘郭大侠’，实因敬我为国为民、奋不顾身地助守襄阳……只盼你心头牢牢记着‘为国为民、侠之大者’这八个字，日后名扬天下成为受万民敬仰的真正大侠。”①“为国为民”才是侠之大者，才是侠的最高境界。在《射雕英雄传》的结尾，成吉思汗与郭靖有一段对话。成吉思汗说：“我所建大国，历代莫可与比……你说古今英雄，有谁及得上我？”郭靖答道：“大汗武功之盛，古来无人能及。只是大汗一人威风赫赫，天下却不知积了多少白骨，流了多少孤儿寡妇泪。”② 天下为怀，苍生为念，这才是侠的最高理想，也是金庸的侠意识，更是金庸对中国传统侠意识的突破与贡献。虽曰突破，实则为作者之情怀。理学讲求士大夫心忧社稷：上报国家，下安黎庶。而金庸却别出心裁，在特定的历史背景下续写侠之大者。虽未写书生之中举，却以侠士之宝剑，扶危救困之壮举，力挺理学之精髓。

“小李飞刀成绝响，人间不见楚留香。”古龙作品中的人物有着独有的飘逸、洒脱，彰显着他本人的放浪不羁，然而多有着伦理的羁绊。《多情剑客无情剑》中，李寻欢为了结拜大哥龙啸云而放弃深爱自己的女人林诗音，兄弟如手足，天理已存，唯去人欲，只得佯装不爱林诗音。纵然小李飞刀例无虚发，威震江湖，却依旧有着难以言说的心疾，江湖也好，仕途也罢，理学的伦理精神无处不在。古龙一生放浪亦遵循此原则，可见，理学影响对华文小说渗透之深。梁羽生作为新武侠小说的开山祖师，以一腔正气创造了武侠小说的新格调，并且秉承理学新儒家的积极进取来展现人物的魅力。

最后，通过“寻根小说”来探究理学对华文小说的渗透。寻根文学作为华文文学的重要支撑，起源于20世纪中后期，创作群以从台港地区移民到欧美国家作家居多。这些作家大都受过良好的教育，且出身于书香门第，边喝咖

① 金庸．射雕英雄传．北京：生活·读书·新知三联书店，1994.

② 金庸．射雕英雄传．北京：生活·读书·新知三联书店，1994.

啡边写作，可谓学贯中西、书读四海。然而，异域的落寞、思乡的情愫让他们的小说也打上了尚理的烙印。

以白先勇创作题材为例，思念家国、荣衰对比的感伤情绪和悲剧色彩通过作者笔下人物的命运遭遇，表达了世事无常、人生如梦以及命运的神秘与不可知，明显透露着老庄理念的影响。如《纽约客》，主要表述在台湾岛内失意的年轻人漂洋过海“去寻找美国梦”的故事。然而，在大洋彼岸，他们找到了什么？是希望的破灭。心中的“希望之乡”竟是一片无所归依的“荒原”。《芝加哥之死》主要写一位心在台北身在美国求学的年轻人。如同他的名字，吴汉魂是个没有传统文化之根的人，他没有充分汲取民族文化的营养，就被“连根拔起”，移离了故土。在他的身上，中国质素稀薄得可怜。肉体上他接触不到故土，精神上他失去了传统文化的依托。他拒斥回乡：台北没有20层楼的大厦！睡觉中他梦见自己将母亲猛推入棺中，喻示着他对母亲、对故土的背叛，对中国身份的弃绝。吴汉魂代表着想融入非母体文化的一类人，尽管他有意识地融入西方文化，如饥似渴地背诵文学著作，却进入不了西方主流文化，在中西文化的夹缝之间，他成为进退两难的边缘人。在吴汉魂身上，生存的困窘和精神的虚空使他的人生如同梦魇一样可怕。他的死是失去情感依托和母体文化土壤的生命个体的必然枯萎，也是异乡人对人生的绝望反抗。

白先勇对过去生活的追忆更多的是在心理情感上对故国的眷恋。在这里，故国不仅仅是祖国大陆、旧时家园，而是一种情感，一种对旧时的认同感、归属感。故国更多的是一种心理情感，而祖国大陆、旧时家园只是作为这种情愫的载体。这种情愫以乡愁的形式表现出来。於梨华、陈若曦等女性作家更是以女性特有的视角来反观社会，写出了很多以“寻根”为题的经典小说。

由于文化的传承性，无论客观社会如何变更，其民族的文艺审美观都无法动摇。天理学说的积极意义依旧渗透在华文小说作品当中，这就要求以崭新的视角来重新解读、认知这些已经发表和即将发表的小说。文艺作品的代代更新实则是作家们的代代出新，无论用何种语境、语种来写作，民族感情的纽带即新儒学的传承早已植根于华文作家的个体生命中，其作品依旧折射着传统文化的理学精神。张载指出：“民吾同胞，物吾与也。”① 他高扬自己的学术宗旨就是为天地立心，为生民立命，为往圣继绝学，为万世开太平，表达了理学家最深沉的社会关怀，成为两宋学术中最令后人心仪的精神财富与思想资源。“二程”理学的核心范畴是以人为本，从思想深处解决好认识问题进而实现处理好人与社会和自然规律的关系。“二程”所倡导的“人之为人在天理”中的积

① 张载．张载集·西铭篇．章锡琛点校．北京：中华书局，1978.

极思想是我们今天构建社会主义和谐社会，以人为本、以民为本的思想基础。同时，天理对华文小说的渗透也给我们提出了新的命题，即如何更好地挖掘已有的研究资源以更好地为华文小说的创作提供指导意见。“理学”作为传统文化资源，已经为华文文学天地注入了一汪清泉，华文小说创作必将进入一个新的时期。

第二节　世界华文小说作家对“天理”内涵的传承

自程朱理学问世以来，它以无与伦比的渗透性融入中华民族的性格之中，无论是达官显贵，还是文豪士大夫，抑或是江湖游侠、贩夫走卒，都无一例外地在个体生命中打上了“天理”的烙印。

伦理纲常如同无形之网，身在其间，屡不能脱。然而正是这种人情伦理使得中华文化在异族入侵中原时依旧放射着耀眼的光芒，异族的铁骑可以踏破城墙却不能收复人心，最终依然需要这种夷狄之人所不能领悟的文化来治理江山。这便是天理学说的魅力，它使得中华民族一直屹立于世界民族之林。正是这种民族向心力使得海外华人华侨无论岁月如何更迭、时代怎样变幻，依旧心系故土、胸怀家园。

源于根深蒂固的伦理情操，华人作家们在进行作品创作时不免显示出因理学熏染而留下的痕迹。无论是有大陆家园情结的台湾作家，还是天马行空的香港作家，又或者海外的非本土作家，他们在进行现实主义、浪漫主义文学创作时都或多或少地赋予小说人物以活的灵魂，但同时又囿于理学的范畴。并非作家本身不能超越文体所带来的局限空间，而是在某种程度上对理学影响的认同。

一、小说人物命运安排大多难逃伦理道德的桎梏

伦理道德的无形巨网就其现实性而言，也是相当冷峻的。大陆作家们更是深知其中三昧。因长久的理学统治地位和民族性格基因使然，伦理道德的桎梏注定成为当代华文作家们的笔底波澜。“五四”时期，中国近代新文学的提出便打破了旧文学的枷锁，这在很大程度上促进了新文学的发展。但是，文学虽新，其心也“旧”，人的社会道德性是不会因一时的风云激荡而完全泯灭的，它不时地在内心生长，并最终爆发。所以，一些港台的作家在小说中可以渲染风云变幻的大环境，人物的经历亦可九曲回肠、波澜壮阔，但是人性光芒的折射却依旧遵循理学的轨迹。

（一）金庸在《天龙八部》中对乔峰形象的塑造

乔峰在北宋长大，从小受的是以儒家文化为主的汉人教育，这使他在思想上确立了一套“正统”道德规范，讲究“夷夏之辨”，忠于国家民族，孝敬父母师长，对弱小者仁爱，处事正直公平，反对滥杀无辜。但命运跟他开了一个残酷的玩笑，在他身处人生最辉煌的阶段时遭受了命定的苦难和不幸。乔峰本是中原武林个个倾慕的英雄，丐帮上下人人拥戴的帮主，但是在杏子林中却突然有人揭发他不是中原子民，而是与汉人有世仇的异族后代——契丹人。突如其来的灾变使乔峰难以置信，于是他开始了追索身世之谜的艰难历程。但是，他矢志追索的过程实际上是一个纯粹失去的过程。因为种种事实证明了当年他家世的惨变和他永远无法改变的契丹血统。他由乔峰变成了萧峰（生父是契丹人萧远山），一夜之间由丐帮帮主变成了丐帮及中原武林乃至整个大宋的敌人，由人人崇拜的大英雄变成了遭人唾骂的“契丹胡狗”，师长又变成了当年误杀他父母的仇人。乔峰对真实的追求把自己逼向了毁灭的边缘，在痛苦与茫然中他自愿放弃了丐帮帮主之位，成了孤苦无依的流浪英雄。他的身世使他无法继续生存在汉人世界里，他的教养又使他无法融入契丹人的生活，无尽的诬陷、侮辱、误会接二连三地降临到他头上，天大地大，竟无容身之地。最后在宋辽两军阵前，乔峰以一己之勇胁迫辽王百年之内不犯宋境，以保辽宋边土平安，之后他悲壮地自尽身亡。然而，在这一连串的过程中，乔峰都是无辜的。他的契丹血统并不是他的罪过，空前尖锐的民族矛盾和父辈的罪孽注定了他的悲剧命运。

乔峰的悲剧正是先觉者的悲剧，他接近了真理，却超越不了现实。他没有一个可以去忠实的社会，也没有一帮他可以去引领的群众。当英雄的思想已远远超越他所处的那个时代时，悲剧就不可避免了，他只有把最有价值的东西撕碎给人看，以自己的毁灭来唤醒人们的觉悟。正如西方的一句谚语：“你的认识超出了你的时代，所以上帝为了保存秘密，他就要让你永远地孤独。”乔峰的悲剧是民族的悲剧，也是时代的悲剧。乔峰本人作为当时的绝世豪雄而最终自杀，是颇值得玩味的，更是值得思考的。因为，他可以超越自我去建功立业，却最终不能超越那个时代的伦理制约。他在两难的困境中踽踽独行，任伦理道德所建立的人性撕扯着自己。

困境一：生于契丹，长于大宋；亲生父母无辜丧生（生父萧远山侥幸活下来），铸错杀人者是养育自己的师长；是否报仇，杀，还是不杀？

困境二：辽军压境，兵临宋城，是助辽灭宋，还是协宋抗辽？是越鸟巢南枝而归，还是胡马依北风而往？

辽人汉心，两相纠缠，七尺男儿亦含泪眼！古谚云：“人世残缺，近乎天定，人生不如意者十之八九。”这家国一体的大失意、大矛盾，正是造成乔峰人生悲剧的根源所在，是人格形成之因。面对困境，必然要找到解决的方法，一个身体经受磨难的人必然要诉诸某种人生哲学，以解除内心的痛苦。遍观中华文化，只有儒家以人性本善为出发点，推行“犯而不校”、“忠”、“恕”之道，将君君、臣臣、父父、子子的关系规范得很清楚，制定出一整套解决父子君臣关系的伦理道德，将宗族血缘与国家君臣关系相结合。在这种等级森严的伦理制度面前，乔峰的辽国南院大王和中原大宋丐帮帮主的双重身份，注定了他的牺牲与未来。也许作为作者的金庸并非想让其自杀，当然乔峰也是金庸笔下小说人物中唯一一位自杀的大侠，然而乔峰的结局似乎早已注定，他对抗的不仅是江湖的刀客，更是辽、宋两国对抗的战心，他改写不了这一切，只好在这个大环境下以身殉葬。

小说的最后，乔峰被辽王用计抓住。中原武林人士闻讯以为乔峰此举证实他绝不可能是契丹人，便同段誉、虚竹一行带人攻打上京救出了乔峰至雁门关外，雁门关宋国守军却拒不开门。辽王率大军追至关外，虚竹、段誉在十万大军中将辽王擒获，乔峰逼他立誓赎身，辽王只得当众宣誓终其一生不许一兵一卒越过宋、辽疆界。当时辽王讥讽乔峰可去向大宋皇帝邀功，但“乔峰（对耶律洪基）大声道：‘陛下，萧峰（乔峰）是契丹人，今日威迫陛下，成为契丹的大罪人，此后有何面目立于天地之间？’拾起地下的两截断箭，内功运处，双臂一回，噗的一声，插入了自己的心口。”① 乔峰的用意在今人看来十分简单，他只是想阻止宋、辽双方开战，以免兵凶战危、生灵涂炭，他只想提倡人道的和平、呼吁停战。如果大宋领兵北伐契丹，他也定当全力阻止。乔峰的行为若单纯以人道主义的观念来看，所有的战争都无正义可言，残杀流血是人类的可耻表现，不管各政治集团、军事集团打着何种旗号，受害者始终是黎民百姓。但是，这样单纯的人道主义思想在功利的政治社会是行不通的。中原群雄认定反对辽王向大宋开战的人不可能是契丹人，所以才倾巢来救他们的“同胞”；而乔峰死后汉人也仍不愿相信他是契丹人，也有人以为他是学会了所谓的“大仁大义”又自觉愧对家乡父老而自刎的契丹人。总之，包括辽王耶律洪基在内，人人都不能理解一个名位既高、武功才干又顶尖的人物不为图名图利而叛国，又无任何强迫而自杀。乔峰死后的胜利果实被大宋皇帝剽窃，他没有得到这个世界真正意义的承认。所谓英雄寂寞，壮士悲歌，一个真正的清醒者在污浊之世是无以容身的。所以，乔峰最后选择了死亡，选择了为拯救

① 金庸．天龙八部．北京：文化艺术出版社，1998. 2396.

世人而自我毁灭。他在心理和行为上都超越了具体的历史时空，因此注定要走向毁灭，被这个愚昧的世界所吞噬。这样一个悲悯的拯救者形象无疑具有更强烈的悲剧色彩。

人逃脱不了命运的捉弄，注定要在命运的河流中浮沉，但正是在与命运的抗争与搏击中升华了人生。在乔峰多彩的一生当中，金庸用他如椽的大笔为其描绘了一出出精彩的场面，然而结局的悲怆又给读者新的思考：其命运的浮沉实则是伦理道德桎梏下的咏叹调。

（二）古龙在《多情剑客无情剑》中对李寻欢的形象塑造

古龙笔下的李寻欢是个悲剧人物，他是一曲悲歌中的英雄侠士。李寻欢时常与寂寞做伴，尽管他平生最厌恶的就是寂寞。他内心深处排遣不掉孤寂，其实与一个人的命运相关。他是李探花的儿子，本有豪富的家财和美丽的妻子，但后来失去所有，浪迹四方，处处无家处处家。他总想摆脱孤独，摆脱寂寞，于是故作洒脱，故作放浪，其实他心底里仍然无法排遣这种离情愁绪。内心的苦闷与忧郁使他眼角布满了皱纹，每一条皱纹里都蓄满了他生命中的忧患与不幸，只有他的眼睛还透溢出年轻人固有的光彩。究竟是什么伤心欲绝的事令一代侠士愁肠百结呢？是一个绝色的佳人，她有一个很美的名字，叫林诗音。李寻欢年轻时与“关外三凶”交手，寡不敌众，眼看要死于“三凶”之手，龙啸云来了，他救了李寻欢的命，也成了李寻欢最好的朋友。后来，龙啸云病了，病得形销骨立，追问之下，才知龙啸云害了相思病，爱上的女人偏偏是李寻欢的表妹兼未婚妻林诗音。龙啸云似乎并不知道林诗音就是李寻欢的未婚妻，他求李寻欢成全他与林诗音的婚姻。这是一个难题，一个铮铮男子汉不能让自己所钟爱的女人嫁给别人，但一个侠义之士更不能让救过自己性命的恩人因相思而死。“情”与“义”使李寻欢心中充满了矛盾，痛苦从此无法解脱。李寻欢最后不得不作出痛苦的决定，放浪出走，让林诗音去照顾龙啸云。龙啸云日趋温存，李寻欢日趋“无情”，这种违背自己感情的痛苦表演让一往情深的林诗音心碎了，终于投入了龙啸云的怀抱。可怜的女人一开始并不明白未婚夫的一片苦心，还责怪李寻欢的无情，她当然更无法了解李寻欢为了一个“义”字忍受了多大的痛苦煎熬。李寻欢见时机成熟，含泪离开，他不想再看到自己心爱的人，也不想再看到自己的庄院，还有那昔日给予自己温柔象征的梅花。从此，他成了一个无家可归的浪子。这一段经历，令读者不得不对李寻欢表示同情和敬慕。但这仅仅是戏的开场。后来，李寻欢被迫返回旧宅，看见昔日恋人，误入龙啸云的圈套，但他又不忍伤害龙啸云父子，因为龙啸云的儿子——也是林诗音的爱子，此子虽恶，但他怎能骤下杀手？因为他太爱林诗音，他不能给所爱的人带来更大的痛苦。这其中还穿插了好几条线，如李寻欢与阿飞，李寻欢与林仙儿，李寻欢与上官金虹。这一环扣一环的故事，无一不是为了塑造一个具有正义感而又带有悲剧色彩的李寻欢的艺术典型。《多情剑客无情剑》全书以李寻欢为主要角色，通过他来渲染那种饱经风霜、孤独无奈的悲哀，也通过他去塑造一种正气凛然、善良刚直的精神。然而这种刚直精神下的面皮是憔悴的，是一种难言的苦涩，是生命客体对自我抉择的惩罚。他忘不了，却又不能去表达，他似乎有所逃避，而又敢于面对江湖上的虚伪，用一把把小李飞刀去刺破虚伪江湖面纱下的薄情人生。

李寻欢的一生似乎充满了悲剧色彩，在一片悲蓝的苍茫大地中，他是一抹陈年的白。在围绕着他的悲伤中，他的伟大、他的痴情、他的宽容、他的光芒总是照耀着别人，却永远也照不着自己。李寻欢不是太阳，他是月亮，宁静地照耀着他人，却冰冷着自己。在一片寂寞中，他的生活充满传奇，充满艺术性，是一种悲剧艺术。李寻欢把这种艺术融进了他的生活，又或者他的生活本身就是这样一种艺术。所以，他所做的一切都是在延续这种艺术。而艺术的开始，是一个叫林诗音的女人。李寻欢把他最爱的女人推进了别人怀抱，但他与林诗音间的爱情永远不会消失。热情会冷却，何况林诗音与龙啸云之间本没有热情。然而，爱情的悲伤却可以一直悲伤，只要你不想放开，它就会一直伴你到死亡。从此，李寻欢的人生开始了漫长的悲情。他失掉了妻子，却得到了永恒的爱情。爱情如斯，友情如斯。对于朋友，他总是宽容的，纵然龙啸云背叛了他，他也只会说：“他那样做，总有他的苦衷。”那么李寻欢这样做的苦衷又是什么呢？他的艺术家生涯中，爱情有了，伟大的、无私的友情也有了。接下来，只剩下传奇。整个故事中，事情不少，人物很多。但是到最后，李寻欢还是没有蜕掉他的孤独气。他的气质永远游离于他人之外，他是一个艺术家，所以他是寂寞的。当他用刻刀一刀一刀地刻着那渐渐清晰的面容时，同时也一刀刀刻在自己心里。在那个特殊的江湖时代，作为官宦子弟，他可以超越俗世眼界从容地笑傲江湖；作为兄弟，他也可以用“兄弟如手足，妻子如衣服”来忍痛割爱成就兄弟之义。可是，中国古代儒家，尤其以文人为重，名士精神的体现尤其明显。“富与贵，是人之所欲也；不以其道得之，不处也。贫与贱，是人所恶也；不以其道得之，不去也。君子去仁，恶乎成名。君子无终食之间违仁，造次必于是，颠沛必于是。”即认为生活中的富贵贫贱都是不重要的，重要的是仁德的遵从与否，不论在什么样的情境下，都要以仁德的胸怀来面对世事，这就是儒者对于一个理想的君子的人格要求。这样的人格特点在追求了精神自由的同时，睥睨一切，必然招致封建统治阶级的迫害打击。虽然对李寻欢而言，他对义兄龙啸云已是仁至义尽，而对龙啸云而言，他的江湖地位及盟主身份都无法和李寻欢相较高下，便心存芥蒂，适时下手以显王道。这样，李寻欢在不知不觉间把自己推到了众人的对立面，成为伦理道德下的孤独者。

古龙性本洒脱，却书写了李寻欢这样沧桑、悲戚的侠客形象，可谓暗合了小说人物命运安排大多难逃伦理道德桎梏的事实。

（三）白先勇小说中人物的形象塑造

白先勇小说中人物的悲剧无疑是一出政治悲剧，白先勇却是用日常悲剧的形式来表现的，如《梁父吟》中朴公、王孟养的英雄末路，《思旧赋》中李将军的家破人亡，《花桥荣记》中卢公子的失意潦倒，《谪仙记》中李彤的自沉威尼斯，《那片血一般红的杜鹃花》中王雄的抑郁投海。从达官贵人到平民百姓，都是一出出沉痛的政治悲剧，作者却是用他们日常家庭生活的颓败，个人的失意、潦倒来表现的。而用日常悲剧来表现政治悲剧正是由我国伟大的诗人屈原所开创的悲剧传统。屈原被楚王贬谪流放，是一出典型的政治悲剧，屈原却本能而又天才般地通过自己日常生活的遭遇吟咏来倾诉政治失遇，并通过自己的政治失遇表现楚国的政治悲剧，从而形成了《离骚》中中国文化的悲剧意蕴的主调和核心。用日常悲剧来表现政治悲剧，以艺术的方式从本质上体现中国文化家国同构和中国悲剧意识家国两层面的融通，使日常悲剧和政治悲剧相互映衬、相互深化。中国政治本就充满着礼的伦理精神，这就使政治悲剧的深刻性最适宜用日常悲剧模式来表现。屈原这一开创性的示范，不仅给了日常悲剧意识巨大的影响，加快了日常悲剧意识的范型化，而且使日常悲剧意识的内涵扩大了、性质丰厚了，以后历代陷入政治困扰的人都喜欢采用这一方式来表现自己的悲剧情怀。白先勇也不例外，他在小说中成功地借鉴、运用了这一模式，赋予了这一古老的模式新的时代内涵，使之焕发出崭新的艺术风采。无论是《台北人》还是《纽约客》，都有一个共同的主题，即放逐主题。台湾学者林辛谦指出："在白先勇的小说世界里，台湾孤岛乃是作为中国民族一个流亡中心点的意义而出现，在本质上和美洲大陆具有相同的身份。白先勇所谓的'台北人'在精神层次上和'纽约客'并无差异，即离开故乡故土、流放在外的中国人。"而流亡主题的源头，则不难追溯到屈原的代表作《离骚》——"中国最早以流亡为主题思想的文学作品"。时至今日，这一主题又在白先勇笔下获得了延续和新生。白先勇小说中的人物是被世界遗弃的人群，他们是在政治、历史的巨大变故中，由中心被冲向边缘的人，因此，他们的忧怨既非夫弃之怨，也非君弃之怨，而是世弃之怨。而世弃之怨是中国悲剧意识的重要一翼，在文学上，通过《行路难》、《士不遇》这类主题反反复复地被表现出来。

儒家文化中男儿自我实现的理想是修身、齐家、治国、平天下，然而，各种原因使他们常常入仕无门，或进去后又被抛出来，一身抱负无从施展。这种世弃之情对中国以男性为中心的文化来说，具有极其普遍而深刻的悲剧意义。这正与白先勇小说里的那群曾在社会大舞台上叱咤风云、呼风唤雨而今却被抛在家国之外的人有着天然的知音关系。世弃之怨是流贯于白先勇小说里的主调。悲秋和悲亡是中国文化基本的悲剧意识模式，而这也正是白先勇小说的两大悲剧模式。屈原的《九歌·湘夫人》中“帝子降兮北绪，目眇眇兮愁予，袅袅兮秋风，洞庭波兮木叶下”的描述被公认为是中国文化悲秋模式的来源之一。人生在世的境遇并不一定与自然之秋和历史之亡在时间上相对应。自然和历史的循环有严格的时间节律，人的悲剧境遇却完全是随意的、偶发的。人的情感有遇事而发的特点，萧索的秋便成了宇宙之悲的承担者。白先勇小说的主人公在事业、年龄上大都处在人生之秋：朴公、李将军、华夫人、钱夫人等是垂垂老人或年届不惑，永不衰老的尹雪艳也是四十多岁的人了。他们的人生没有表现出老当益壮，而是颓败、凋零。相对于人生之秋，小说中一再出现的自然景象也是深秋或严冬。《游园惊梦》中钱夫人赴宴会的晚上，是“一片秋后的清月”；《金大奶奶》中金大奶奶惨死在寒冷的十二月，李彤也死在一个飘雪的、冰冷的日子里；《思旧赋》中的景象是一个冬日的黄昏；《梁父吟》中的朴公，则是在一个深冬的午后死去，满地都是紫竹的落叶和萧疏的兰花；还有的直接以“秋思”、“冬夜”为主题等，以自然之悲反衬人生之悲。人生之秋与自然之秋的和谐统一，反衬无限凄怆、悲凉的心境。白先勇正是用这些悲秋之景渲染人物命运之走向，从而说明主人公无论有着怎样的人生阅历与生命画卷，在伦理道德制约下都有着这样或那样的心酸，有口不能言，于心不能抒怀，真正做到了逼仄内心。

二、潜藏在创作客体中道德评价体系的归属性

世界华文小说作家在创作过程中，是以自我的批评眼光去处理作品人物命运之走向的。作为创作主体的作家本人虽起着关键作用，但是，由于作家的选材不同、作品人物所处时代不同，创作客体也起着潜在的导向作用。文学理论中，文学创作客体是特殊的社会生活。一种是客体即“自然”说，认为文学的客体是地理与人之外的自然。这里的“自然”最初指客观存在的自然界，后来泛指社会生活。另一种是客体即“情感”说，认为文学客体是人的心灵，是情感，我们认为社会生活是文学创造的客体。在创作客体中，文学创作蕴涵着道德评价体系的认知。在世界华文文学创作中，反映社会生活的创作客体形成“天理”为概念的集中归属，挖掘潜藏在创作客体中道德评价体系的归属

性则是认识作家传承天理内涵的重要理论导向。

（一）文学创作的客体是整体的社会生活

作为整体性的生活是指不局限于某一方面，也不局限于某一层次的生活，是多方面生活的交融、渗透，是现象与本质、具体与一般相统一的社会生活。

首先，以张爱玲的小说为例。《红玫瑰白玫瑰》讲述了这样一个故事：留洋回来的佟振保在一家外商公司谋了个高职，为了交通方便，他租了老同学王士洪的屋子。振保留学期间，有一个叫玫瑰的初恋情人。他曾因拒绝过玫瑰的求欢而获取了“柳下惠”的好名声。王士洪有一位风情万种的太太，她总令振保想入非非。有一次，士洪去新加坡做生意了，经过几番心灵与肉身的斗争，在一个乍暖还寒的雨日，振保被这位叫娇蕊的太太“囚住”了。令振保始料不及的是娇蕊这次是付出了真爱的。当她提出把真相告诉王士洪时，振保病倒了。在病房里，振保把真实的想法告诉了娇蕊——他不想为此情而承受太多责难。娇蕊收拾她纷乱的泪珠，出奇地冷静，从此走出了他的生命。在母亲的撮合下，振保带着点悲凉的牺牲感，娶了身材单薄、静如止水的孟烟鹂。新娘给人的感觉只是笼统的白净，她无法唤起振保的性欲，振保开始在外边嫖妓。可是有一天，他竟发现了他的印象里没有任何光泽的白玫瑰烟鹂，居然和一个形象猥琐的裁缝有暧昧关系。从此，振保在外边公开玩女人，一味地放浪形骸起来。有一天，他在公共汽车上巧遇了他生命中的“红玫瑰”娇蕊，她已拥有一种中年人的俗艳。岁月无情，花开花落，在泪光中，振保的红玫瑰与白玫瑰是一种现实中的幻影。旧日的善良一点一点地逼近振保，回到家，在一番歇斯底里的发作后，振保又重新变成了一个好人。

主人公振保是“一个最合理想的人物”，他是留学归来的工程师，工作认真，凭本事打天下。一方面，他具有中国传统知识分子的典范美德；另一方面，欧风美雨的熏陶也使得他风流多情，经不住朋友的太太娇蕊的诱惑，陷入了与娇蕊婚外恋的旋涡之中。当陷入偷情的刺激时，在传统道德和本能欲望的交锋中，振保陷入了人格分裂，最终成为一个具有双重性格的人物。但当娇蕊真的爱上他并不顾一切要嫁给他时，振保却选择了放弃，他明白这会危及他的社会地位和名誉。在他的内心深处，有的女人是恋人，是恋爱的对象；有的女人是妻子，是结婚的对象。娇蕊这种交际花显然是前者，所以一旦娇蕊要与之结婚，他就迅速作出反应逃避开来。所以，几年后电车上偶然的相遇，亲眼目睹娇蕊过得比自己幸福的状态，振保才滔滔地落下泪来——他嫉妒曾被自己伤害的女人过得比自己好，皆因为他心目中的妻子并没有带给他美满的生活。其实这种逃避就是深植于心的道德评价体系在起作用，在支配他逃离而不是义无反顾地进入“围城”。

由此可见，张爱玲笔下不论是为获取生活保障而结成的婚姻，还是只为暂时的欢愉而违背常理的恋情，都是畸形不幸的，只不过有的是自愿，有的是被迫而已。婚姻不幸福，夫妻不协调，必然导致各种不健康的男女关系。女人以性换取生活保障，为物质享乐而不惜卖身；男人则多半纵欲声色、玩世不恭，几乎没有健康的感情、美满的婚姻。人性的苦难、人生的苦难、婚姻的苦难、命运的苦难，造成了婚恋的异化。觑视其时的魍魉世界，张爱玲的创作深刻地契合了当时的社会心理和生活现象，在本能的恐怖中和无可奈何的悲哀中，她抒写着“千红一哭，万艳同悲”的畸形婚恋奇观。对畸形婚恋观的描述和游离，其实是对封建伦理道德体系的一种归属。社会生活是一幅动态的画面，尽管历史的脚步在前进，但人性的真善美并未因时代的更迭而发生变化，反而，有时历史深处的一瞥确实令人神往，这就给了作家更多的空间以社会生活为蓝本去重塑心灵世界的江湖。卢卡契说过：“每一种伟大的艺术，他的目标都是要提供一幅现实的画像，在这里，想象与本质、个别与规律、直接性与概念的对立消除了，以致两者在艺术作品的直接印象中融合成一个自发的统一体，对接受者来说是一个不可分割的整体。”① 社会生活无所不包，人物更是千姿百态，这些客观的存在使得善于捕捉心灵画面的作家更好地感怀世态炎凉，真正准确地解读人性之美。

（二）文学创作的客体是具有审美价值的或是经过审美提炼而具有审美价值的社会生活

潜藏在创作客体中的道德评价表明文学创作的客体是具有审美价值的或是经过审美提炼而具有审美价值的社会生活。只有审美的社会生活才能为作家进行道德评价。所谓具有审美价值的生活，指的是本身就具有美的属性的生活，极富于诗意的生活，如社会美、自然美。《射雕英雄传》中金庸笔下的“桃花岛”是这样的：船将近岛时，郭靖已闻到海风中夹着扑鼻花香，远远望去，岛上郁郁葱葱，一团绿，一团红，一团黄，一团紫，一幅繁花似锦的景象。片片桃花、落英缤纷，本身便是极美的自然景物，能激发人的美感享受，属于客观审美价值的事物。作家在挖掘生活时，总是努力去发现和抒发那些本身就具有审美价值的事物。如世外桃源一般的桃花岛为古灵精怪、美貌可爱的黄蓉作了最具有说服力的注脚。青山秀水方能孕育出灵杰人物，不期然间，作家隐藏

① ［匈］卢卡契．艺术与客观真理．马克思主义文艺理论研究（第二卷）．北京：文化艺术出版社，1984. 429.

在创作客体的道德评价已经启动，用超脱红尘外的桃源世界来烘托对小说人物的审美。

当然，文学客体并非只有美的审美意象，丑的意象也是艺术的表现范畴，在表现艺术张力的时候，丑的审美更能达到道德评价的效果。在现实生活中，丑本身并不能引起美的享受，但经过作家的揭露和批评，塑造成新的艺术形象后，便具有审美价值。金庸在《倚天屠龙记》中对“金毛狮王”谢逊的描写就直言其丑陋，尤其是他失明的双目更是让人不寒而栗。然而就是这么一位人物，却有着对张无忌天生的父爱，有着江湖上少有的壮志豪气，成为唯一一位手握屠龙宝刀的大侠。罗丹曾说：“我们不能禁止人们发现‘他们所不喜欢的自然事物’，在自然中人以为丑的东西在艺术中可以变为极美。”[①] 因此，对丑的描写和对美的欣赏并不矛盾，关键在于经过作家的艺术处理后使之具有审美价值。其实，作家在加工处理的过程中已经进行了道德评价，也表明了其自我的审美倾向，所以，挖掘隐藏在创作客体中的道德评价体系的归属性必须全面去把握作家的创作历程，从而更好地解读其内在的思想。

（三）文学创作的客体是作家体验过的社会生活

文学创作的客体是具有整体性的、具有审美价值的或是可以转化为审美价值的特殊生活。当然，当作家本人没有和某种现实生活发生关系，作家没有去感受、体验、思索，与其发生感情交流，它就不能成为作家描写和表现的对象。如果於梨华没有到美国留学的经历，又缺乏深切的个人体会，她何以能写出《又见棕榈，又见棕榈》这部代表留美华人血泪的作品？作为於梨华描写留美华人作品中最成功、最有代表性的一部作品，哥伦比亚大学教授夏志清说：“这一则不太温馨而充分象征时代苦闷的恋爱故事是於梨华小说艺术已臻新阶段的明证。”[②] 小说成功地塑造了牟天磊、佳利、意珊、邱尚峰等形象。尤其是牟天磊，去美国前，他朝气蓬勃、倔强，还有点野，而十年后却变成了另一个人，他的心灵苍老、早衰，这主要源于他在美国独闯天下的痛苦留学生活。带着一颗空茫的心，他回台湾寻安慰、找寄托，看到深深扎根的棕榈树，他忽然醒悟到，自己是“没有根的一代”，这就是寂寞和苦恼的总根源。可见，只有作家本身体验过的生活，才能作为创作客体为其提供源源不断的创作营养。由于作家的体验，文学创作客体的社会生活被知觉化、情绪化、心灵化，外在的现实生活也被转化为内在的心理现实。于是，就文学体裁本身而

---

① 罗丹．罗丹艺术论．北京：人民美术出版社，1987. 23.

② 於梨华．又见棕榈，又见棕榈．南京：江苏文艺出版社，2010.

言，它已经成为主客观统一的具体生活材料了。所以，作家笔下的生活就不那么“客观”了，而是作家经过感觉的提升、情绪的渲染、心灵的升华、全面理性过滤的社会生活。例如，三毛的《撒哈拉的故事》中大漠的无垠、骆驼的哭泣已不再是纯粹的物理环境，而是浸染作家苍凉情绪的心理世界。在小说创作中，作家生命个体体验是一种审美的体验，虽然包含理性的认知与思考，但都已融进作家的情感当中，因此，潜藏在创作客体中道德评价的归属性便找到了依据，它是作家在社会生活基础之上，经过理性过滤达成的审美意象。

三、对“人欲”的反叛

“二程”依据其“性即理”原则，将人性二重化，使天理天性与人的自然之性对立起来，提出“存天理，去人欲”的理欲原则。对于理欲关系，《礼记》中曾指出：“人化物也者，灭天理而穷人欲者也。”在董仲舒和韩愈处，以性三品之说，讲及人欲。在张载处，以“气质之性”概称“人欲”，认为“人欲”之中善恶相混，承认其中有饮食男女的合理要求。而物质的发达进一步促进了思想的解放，先锋思想家们针对“存天理，去人欲”的思想提出了新的观点，他们对只承认“天理”，不承认“人欲”，否认人的自然天性，对人极大蔑视，对人性进行压抑、摧残的行为予以强烈抨击。李贽指出：“穿衣吃饭即是人伦物理，除却穿衣吃饭，无伦物矣。”[①] 认为“好货”、“好色”都是人人应有的、正当合理的要求。其他作家如汤显祖提出的“主情说”、冯梦龙的“情真说”无一不是针对程朱理学的禁欲主义而提出的，要求文学要表现人的本性和欲望。

“二程”不同于历史旧说和当世之论，直将“人欲”称恶，他们认为，欲望害人不浅，人们之所以不为善，皆以欲望为诱因，“诱之而弗知，则至于天理灭而不知反”，把维持生存的正常需求和忤逆纲常道德的言行，统斥为损害“天理”的私欲，以“天理”与“人欲”绝对对立的模式推出“无人欲即皆天理”[②]、“灭私欲则天理明矣”[③] 的信条。“二程”把人性中的善归结为自然是其“天理”的本质特征，恶则表现为人的不合节度的欲望、情感，称为“人欲”或“私欲”。“人欲”是“天理”的对立面，两者具有不相容性，“天

---

① 袁行霈．中国文学史（第四卷）．北京：高等教育出版社，1999. 204.

② 程颢，程颐．二程集．河南程氏遗书（卷一五）．王孝鱼点校．北京：中华书局，1981. 144.

③ 程颢，程颐．二程集．河南程氏遗书（卷一五）．王孝鱼点校．北京：中华书局，1981. 312.

理”盛则“人欲”灭，“人欲”盛则“天理”衰。“二程”把人的正常生理需求也排在“人欲”之列，并认为它们与“天理”的冲突不可调和。虽然海外作家在创作空间更为自由扩大化，但在对“人欲”反叛上仍然脱离不了“二程”理学的藩篱。

现在我们来看旅荷著名作家林湄近年的长篇小说《天望》。在夫妻情爱上亦让“出轨者”面对激情和诱惑，经过曲折的努力，终于克服了个人的情感和欲望，把持住了心中的天理，拒绝和战胜了诱惑。对于这样的行为和人格，林湄在作品中多次阐述这样的概念：生命最大的意义就是爱，“天理”就是“爱”，这个世界没有比“爱”更具有征服力。这显然是要求人们尽量地压抑和克制自己的欲望，服从“理”的约束，就是说应该“存天理，去人欲”。

对“人欲”的反叛呈现在文学作品中便是对女性情爱悲剧的伤痕叙述，这无疑是作家创作的一个显著特征。无论是小雨的《离婚的女人们》，还是凌之的《如果灵魂可以哭泣》，展现的都是女性婚姻情爱的求而不得或是得而复失。后文中的女主人公玲则在一次次追求爱情却屡遭伤害后悲愤自杀。死后，她的灵魂造访了以前的许多情人，并与他们进行了真诚的对话，尽吐各自的内心隐秘。这种心与心的交流让她知道了爱情中的许多虚假与龌龊，也得知失去了某些真爱，但这反而使她的灵魂更加痛苦难安。西贝的小说《一枝桃花》给我们描述了一个从中国大陆来澳洲与男友团聚的痴情少女的变化过程。曾经艳若桃李的园园，在感情的争夺战中逐渐枯萎，外貌鲜明的变化折射了女性在情感追求中所付出的巨大代价。

让我们再审视张爱玲的小说《心经》。《心经》讲述了少女许小寒正值豆蔻年华而莫名其妙地爱恋着自己的父亲许峰仪，她有着恋父情结，“心经”寓意着这种性爱情结的潜在作用。这种畸形的性爱关系是导致这一幸福家庭破裂与她自己健康爱情毁灭的内在原因，许小寒对父亲的血亲之爱逐渐转变为一种对异性的眷念与恋慕，他们之间的关系由自然天伦的父女关系蜕变为恋人关系，进而发展为少女对男子的倾心依恋和狂热追求。许小寒对父亲畸形的缱绻柔情，导致她把母亲视为情敌和排斥对象，她有意无意地用自己的年轻美貌去反衬母亲的年老珠黄，打趣母亲偶尔艳丽的着装，使得这位贤妻良母产生自卑感而离开了丈夫。其父许峰仪在意识到这种畸形性爱的尴尬和危机后，不得不用李代桃僵的办法来解决。

许小寒是一个具有“恋父嫉母”情结的少女。她小时候崇拜父亲的高大完美，长大后变崇拜为爱恋。这一病态的爱情不仅毁掉了父母之间的爱，也使她无法接受任何一份健康的爱情。她的父亲许峰仪是一个事业成功、有身份、有地位的男人。许峰仪是爱女儿的，开始的时候，这种爱是天伦之爱，这种爱给予精神上的慰藉，因此，他才觉得这个家不寂寞。可是对于一个中年男人来说，在寂寞无味的生活里，在他的潜意识深处，未尝没有些许不易被察觉的对女儿的情爱成分，一旦陷入这种畸形的情感，内心也必然会充满矛盾和痛苦。许峰仪和许小寒的恐惧就是乱伦，这种拂之不去的恐惧扭曲了他们的心灵，吞噬着他们的灵魂。女儿的爱蚕食了父母的爱，许峰仪既不能回过头去重新爱他的妻子，又不能违背道德去跟女儿结婚，虽然多年的潜移默化对女儿已有了感情，于是，他就试图从女儿同学身上找到女儿的影子作为退而求其次的寄托。

这篇作品用弗洛伊德的精神分析方法，表现了现代西方文化中的非理性主义与中国传统伦理观念的冲突，同时揭示了这种非理性主义思潮在性爱方面对中国女性的巨大影响。而与此相对的是《沉香屑·第二炉香》中愫细这一形象。愫细“天真得使人不能相信”，她真心爱着她的“罗曼蒂克的傻子”罗杰，两个人本来是自由恋爱而结合的。新婚之夜，天真的愫细被罗杰正常而普通的热情和爱吓得连夜逃回娘家，结果弄得满城风雨，罗杰因此而发疯。神往于自由恋爱的愫细，其思想深处还有一个封建阴魂在作祟，她盼望真爱的降临而又畏惧它，封建观念通过愫细的爱心把罗杰逼上了死路。

金杏《异域》中的蓉子跟随丈夫来澳门，放弃了自己赴法国进修的机会，结果却在丈夫的沉沦中受尽痛苦，最终悲愤地弃夫而去。金杏在这里指出了在男性丧失了生存的战斗力，变得萎靡颓唐、一蹶不振后，那些习惯依存于他们的女人会顿时陷入困境，从而导致越来越多的女人不得不挺身而出，自谋出路，但女性同样看不到前程。莫梦在《风高月黑的夜晚》里的叙述是出人意料的：蓉子在遭丈夫冷落的日子里，被一个入室抢劫的黑人强奸，经过最初的慌乱之后，她体会到了极度的幸福，并主动迎合，情不自禁地发出之前与丈夫不曾有过的充满激情的放浪的叫床声。这让她倍感不安和羞耻，但同时又感到放纵的快乐和满足。结局是戏剧性的，蓉子最后与丈夫离了婚，她“觉得自己和以前已经有点不同了，仿佛一片蓝幽幽的水在熹微的晨光之中细细地散布开去。在灵魂深处一种摸不着形状，却隐藏了许久的，说不出是什么东西的潜意识，正在一点点地复苏”。故事也许并不新颖，却反映出了部分中国女性的被压抑状态。在男性的漠视和压制下，女性的本能、价值、尊严被残酷扼杀了，而其醒悟的过程却是这样一种畸形的方式。

在上述这类叙事中，女性往往是以受害者的面目出现的，社会的传统、偏见、习俗，男人的负心、麻木甚至胆怯、沉沦，都可能是造成女性悲剧的重要原因。女性囿于族性传统，沦为完全的被动者，西方的开放文明并不能诱发她们的反叛行为。男性有时是作为强者出现的，女性依赖他们，把他们看作自己全部生活的希望。这种附庸意识往往伤害到她们自身，使她们的个性和价值退隐于男性世界里而得不到彰显。

再如，陈映真的小说《将军族》叙述了发生在社会底层的一个爱情故事。两个主要人物都没有自己真实的姓名，男主人公叫“三角脸”，女主人公叫“伊”，他们像鲁迅笔下的阿Q一样连名字都没有而只有绰号，也许在那个时代，生活在社会底层的他们名字是不值得一提的，但他们之间的爱情却是深刻、纯洁、感人的。“三角脸”是从大陆去台湾的退伍老兵，年已四十，来到台湾退伍后，孑然一身，只能到康乐队里吹吹小喇叭。“小瘦丫头”是台湾花莲一个贫苦人家的女儿，生活所迫，家里把她卖到青楼当妓女，她坚决“卖笑不卖身”，并逃跑出来，到康乐队里跳跳舞或“用一个红漆的破乒乓球盖住伊唯一美丽的地方——鼻子。瘦板板地站在台上……”饰演女小丑。在“三角脸”的回忆之中，这丫头是又丑又瘦的，他甚至没有时间编故事讲给她听。可是“三角脸”为什么会渐渐对她产生感情，并情愿给出自己所有的钱一声不响地离开？这是因为在他们的相处之中，“三角脸”感觉到，他们是共同沦落在天涯，一个无家可归，一个有家难回，同是天涯沦落人的命运使他们之间迸出了爱的火花：“小瘦丫头”的遭遇使“三角脸”这个曾经狂嫖滥赌的独身汉“油然地生了一种老迈的心情”，他真正地关心起这个身形瘦小、无依无靠的“小瘦丫头”，而有家难回的“小瘦丫头”对这位外省人也产生了好感。于是，“三角脸”作出了重大决定：在一个夜里把他全部的钱留在“小瘦丫头”的枕边，悄悄地离开了康乐队。这两个人对家园幸福自由的渴望是相似的，他们是纯洁的，并且向往健康的、美满的家庭生活。所以在相同的境遇之下，他们走到了一起。而再见面的时候“小瘦丫头”并没有因为他的倾囊相助脱离苦海，反而被嫖客弄瞎了一只眼睛，但想见“三角脸”一面的信念使她勇敢地活了下来。五年后的邂逅原本是欢喜的团聚倾诉衷肠，可是在大环境的逼迫之下，一个因为怕自己身子的不干净愧对对方，另一个说“我这副皮囊比你还要恶臭不堪的”，于是两人为了纯洁地结合在一起，决意共同放弃生命，一同自尽于甘蔗林里。《将军族》中的故事情节随着人物的意识流动，现实与回忆交叉切入，具有明显的跳跃性。外省人“三角脸”在台湾的“沧桑传奇”，本省人“小瘦丫头”的不幸经历，不是随着人物意识的流动展示给读者，就是通过人物的对话予以展示。这样既避免了叙述人不必要的交代，又在今昔联系中增强了人物感情的浓度和历史的沧桑感。

《将军族》的结局是惨烈与震动的，宣扬了一个纯净的心灵世界。没有名字的主人公身份虽然卑贱，却有着对理想的追求和对生活的渴望。一个老兵，一个妓女，他们的身份界定了他们没有尊严，可是他们却偏偏用生命的凋零来展示生命的尊严，这是对薄情人生的一记幽默耳光，同时，也是对那个黑暗、腐朽的时代人欲禁锢的反叛。死得无声而有力，一切伦理精神下的虚妄在两人的尸体面前都会显得苍白无力。主人公的尊严就是在这样一种宗教认同中得到实现的，死也就被认为是男女主人公寻找理想乐园的最好方式，以终为始的结尾便续写了一曲生命之歌，久久萦绕于读者的心中，动人心魂。作者在小说中对死亡场景的设置上也体现了独特的手法，对笑的处理就是其中之一，伊大声地笑着，取回制帽戴上，挥舞着银色的指挥棒，走在他的前面，也走着正步，而“三角脸”则是吹起“王者进行曲”！吹得兴起，便在堤上踏着正步，左右摇晃，作者以喜的形式表现了悲的结局。笑这一面对死亡时少有的态度与表情是复杂而深邃的，这里有着最后放纵的味道，既是对能彼此陪伴而脱离人生苦海所感受到的一种畅快，又是以挑衅的态度来对抗世事的无爱与不仁，同样有着笑声背后所隐含的对于苦难感到的辛酸，笑成为写给死神戏谑的一笔。最终两人的死尸在人群眼中看来两个人躺得直挺挺的，规规矩矩，就像两位大将军，一语点明题目，成为全篇的点睛之笔。男女主人公的形象忽然在人的眼前变得高大而威严，不再是“三角脸”，不再是“小瘦丫头”，结尾的处理充满了对立的形象与概念，一死一生、一始一终、一喜一悲、一庄重一卑微的强烈反差于一瞬完成，实现了生命的涅槃。同时这一系列对立相互之间顺次展开，并且颠覆了人们既有的认知，死为始为喜为庄重，相反生却是终是悲是卑微，这可以说又是作者在结尾处对于台湾当时的黑暗社会辛辣的讥讽，具有相当的写实意义与历史感。在历史的厚重感中，人欲的光环也在男女主人公将军般的尸体呈现的瞬间而被撕碎，生命的意义在于追求，越是卑微的生命个体越能高扬反对人欲的大旗。

尊重人欲之必需，追求人性之真情，是海外华文小说作家创作的出发点之一。无论是金庸的架构历史展现为国为民之大侠，古龙的架空历史重铸江湖的侠骨柔肠，还是白先勇浓重的家园情结，抑或是李碧华的鬼神人的别样冷暖世界，都无法脱离人的本性去表达自我之真情实感。他们在创作过程中或许没有意识到感情诉诸笔端的思想激流有着理学的内涵在流动，但是人物命运在时代环境中便呈现出受到社会伦理道德的制约，即便迎着社会大潮呐喊也难免有过彷徨。于是，小说中的人物命运在不知不觉中便已置于理学的思想范畴。诚然，“存天理，去人欲”也难免受到人物激进之冲击，通常却回到伦理精神的桎梏之中。

第三章　世界华文小说对洛学文化中伦理纲常倾向的崇尚

第一节　宋明理学思潮的主流导向和精神实质

一、宋明理学思潮的主流导向

（一）概述

宋明理学是中国思想文化史的重要组成部分，它经历了酝酿、奠基、形成与发展等长达八百余年的漫长历程，在先人学术精华与宋明思想芳泽的浸润下，它逐渐成为中国儒家正统思想的代表和东方文化的精神内核。在前文中，笔者已经详细论述了宋明理学的发展历程、主体风貌与流派作品等，在此，笔者将作一简要的总结，从多个角度阐释宋明理学思潮的主流导向与精神实质。

宋明理学是当代学者对宋明时期主流学术思潮的通称，关于“理学”之名，历来说法不一。许多学者将这段时期的学术思想称为“宋学”或“道学”，由于它们所指称的对象有大量重叠，人们时常会将它们完全等同起来。事实上，这些名称在历史上各有其意义。

“宋学”之称出现于清代。清代经学家将历史上的经学分为汉学、宋学两大派别。《四库全书总目提要》提出：“要其归宿，则不过汉学、宋学两家，互为胜负。汉学具有根柢，讲学者以浅陋轻之，不足服汉儒也。宋学具有精微，读书者以空疏薄之，亦不足服宋儒也。”[①] 此后，宋学之称流行天下。清代学者所指的宋学，主要是指宋代程朱之学及明代阳明之学。由于宋学主要指宋明时期以义理解释儒经的濂、洛、关、闽的宋明理学，故而后人往往将宋学与理学交替使用。事实上，宋学作为盛行于宋、元、明三朝的断代学术思潮，其指称的范围要更为广泛，不仅包括濂、洛、关、闽之学，还包括北宋的新

① 永瑢，纪昀．四库全书总目提要·经部总叙．北京：中华书局，1959.

学、蜀学，南宋的永康、永嘉学派等。

“道学”之称由来已久，唐代韩愈为昌明孔孟之道以对抗佛老之学，曾作《原道》，但没有正式提出“道学”的说法。宋代以后，一些理学家开始提出该说，如张载、程颐、朱熹等，都热衷于以“道学”相标榜，而程朱学派又成为正统学说，因而后世往往称理学为道学。但是，道学之称有着极大的局限性，有着排斥其他学派与学者的意思。“理学”的出现晚于“道学”，在理学思潮盛行的南宋时期，一些大谈道德义理的儒家学者开始将自己的学说称为“理学”。但是，南宋学者所讲的“理学”有广义与狭义之分。广义的理学不仅包括濂、洛、关、闵等纳入道学范围的学派和学者，还包括欧阳修、王安石、苏洵、苏轼、苏辙以及南宋的浙东学派的学者等。狭义的理学则指在上述重义理之学的前提下，具有标榜对孔孟道统的传承、注重心性天理的形上思考、强调修养身心功夫等思想文化方面的一般特征。

宋明理学是中国学术史上的重要组成部分，它的整个思想体系的建构与异动都紧扣着历史的脉搏，澎湃着时代的潮声。回顾历史我们不难发现，宋明理学思潮是旧有价值体系在多重社会矛盾与冲突的压抑下化解冲突、自我蜕变的结果，这些冲突体现在经济、政治、文化等多个领域。

首先，从经济领域来看，唐宋之际社会经济的重大变革胎息着新思潮的萌芽。随着王朝的兴替与政治权力的下移，魏晋南北朝时盛行的世族门阀制度逐渐走向衰亡，取而代之的是庶族地主阶层对经济与政治的控制。租佃制的普及使农民对地主的人身依附关系相对减弱，一方面在一定程度上促进了生产力的发展；但另一方面，这种新的经济制度也存在着致命的弊病。由于废弃了均田制，土地可以自由买卖，使得土地兼并现象日益严重，因而加剧了社会各阶层之间的矛盾。宋代以后，经济有了重大发展，矿业、冶金、印刷等行业的兴盛都促进了商业的繁荣，带动了市民阶层的兴起与扩大，因而，自宋代起，经济格局的变动使思想价值体系拥有了更为丰富的内涵，一股具有转型色彩、适应时代需要的新思潮应运而生。

其次，从政治领域来看，宋明时期的政治风貌为宋明理学的形成划定了轨迹。唐末，藩镇割据、宦官专权等恶行使王朝走到了风雨飘摇的边缘，致使伦纲扫地、道德凌夷，世人饱怀忧生之嗟，任凭精神家园荒芜零落。赵宋王朝建立后，统治者吸取前代之教训，通过重文抑武和改革科举等政策进一步加强中央集权，这对避免因藩镇割据而带来的战乱有积极意义。但是，极端的中央集权也带来了严重的弊端：庞大的官僚机构致使冗员增加，使宋朝财政陷入困境；高度的中央集权也使统治者的人格、品行等与国家治乱休戚相关，暴虐专横的君主更加危及国家的长治久安。为了稳定社会秩序，增强国家凝聚力，宋代理学家必须重整伦理纲常，重塑世人的价值体系与精神家园。宋代兴起的理学思潮致力于传统儒学的复兴，使儒家伦理建立在对形上本体的信仰和实践的基础上，在新的历史语境中，更好地发挥儒家伦理的道德调节功能。于是，主张“存天理，去人欲”等理念的理学思想适应了王权统治的需要，也进一步成为钳制世人思想的精神枷锁。

再次，从文化领域来看，宋明理学思潮的兴起与整个中国文化发展史的背景、走向及意义密切相关。

第一，宋明理学思潮的兴起与发展是复兴儒学的必然阶段。早在先秦时期，孔子创立儒家学说，并为孟子、荀子等先贤发扬光大，而此时的儒学还处于懵而未启的状态，仅是诸子百家中的一个派别。自汉武帝实行“罢黜百家，独尊儒术”的政策起，儒学便开始成为国家的意识形态和中国学术的主流。两汉时期，儒家经学研究甚为昌明，但经学独尊的局面并未永久地维持下去，魏晋、隋唐之时，以道家学术思想为基础的玄学、中国本土的道教和从印度传入的佛学等相继兴起，佛、道之学演化为新兴的学术思潮，儒家经学的地位遭遇动摇。面对这一前所未有的局面，一些儒家士大夫开始呼吁复兴儒学。唐中叶韩愈、柳宗元等倡导的“古文运动”便是这场复兴儒学文化思潮的开端。然而，复兴儒学运动虽然产生了深远的影响，却仍无法改变儒学衰落的局面。儒学复兴使命的真正完成是在南宋。从“宋初三先生”胡瑗、孙复、石介开始，儒士就继承了韩愈、柳宗元提倡古文、复兴儒学的精神，致力于道学的创建。其后，大量学者相继涌现，如“北宋五子”周敦颐、程颢、程颐、张载、邵雍，南宋大儒朱熹、陆九渊，明代学者王阳明等沿袭了先人的学术精髓，建立起了一套新的儒学价值体系。

第二，宋明以来的疑经之风也是宋明理学兴起的必要条件。如前所述，两汉时期经学独尊，儒者治学无不恪守“师法”、“家法”，依经立义，尺寸不逾。汉儒治经又有古文、今文之分，今文经学注重以经学缘饰吏事，往往牵强附会，专讲“微言大义”，其结论不免浅薄疏鄙；古文经学则重视对经书的考据、训诂等，但又有繁冗琐碎、偏离经义的弊端。唐初，孔颖达等著《五经正义》，仍沿袭汉儒治经传统，遵循“疏不破注”的原则，使学术研究愈发僵化和晦涩。唐中叶，由于社会矛盾的暴露与思想格局的重组，疑经之风已初露端倪。赵匡、陆淳等学者将大胆疑古的精神融入经学研究中，对汉唐传注经学提出了质疑。北宋以后，由于学术环境的宽松与世人学识的普遍提高，疑经之风逐渐成为学界的主流。仅就《诗经》学研究而言，便有欧阳修、苏辙、朱熹等众多学者纷纷著书立言，对汉儒研究方法与《诗序》存废等问题提出了独到的见解。疑经思潮的出现表明学术界对汉儒传注经学提出了质疑和批判，于是，注重阐发经典义理的理学作为一种新的解经方法和治学观念便逐渐取代了传统的依经立义学风。

第三，三教合一的思想趋势也促进了理学的发展。佛教初传始于西汉哀帝时期，自传入东土时起，佛学与传统的儒家伦理道德、思维方式、生活习惯等发生了激烈冲突，同时也在积极寻求着融入中国本土的安顿方式。魏晋、隋唐之时，儒、佛、道三家学说成鼎立之势，历史上虽然有几次灭佛事件，但终究无法从思想上清除佛教信仰。唐代，儒衰佛盛的状况已逐渐明晰，作为官方意识形态的儒教受到外来佛教和本土道教的挑战。如何将儒、释、道三教思想融合起来，达到维护一统的目的，成为当时思想界关注的焦点。唐中叶以后，韩愈、柳宗元、李翱等为抵御佛教影响，倡导了复兴儒学运动。宋代以后，理学家们多数都经历了从“出入佛老”到“反归圣学”的历程，佛学、道学中有关宇宙化生、心性本体、精神修养的思想均成为理学家们重新阐释儒家经典、建立理学思想体系的重要资源。对于多元一体的中华民族来说，需要有一种文化共识作为精神纽带，把所有成员凝聚起来，这样的文化共识必须有广泛的可接受度。在儒、释、道三种文化资源中，佛教和道教属于宗教文化形态，只对宗教徒有可接受度，而对于非宗教徒则不然。大多数中国人并不是宗教徒，因而佛、道二教不可能在中国扮演文化共识的角色，所以三教之中，只有儒家具有广泛的可接受度，因为它是一种非宗教的文化形态。文化共识是一种精神现象，可是，经学形态的儒学主要是一种政治哲学，而不是人生哲学。这样的儒学在政治生活中占有明显优势，而在精神生活领域却不占有优势。它可以发挥“以儒治国”的功能，却难以收到“治心”和“治身”的功效，因而在精神生活领域中，经学无法同佛、道二教抗衡。如果不改变这种情形，儒学便不能成为全民族的文化共识。如何在政治哲学的基础上，进一步从儒学中讲出人生哲学，使之兼有治国、治身、治心的功能，为全民族提供必不可少的文化共识，这是历史给理学家们提出的重大课题。在社会形态、政治体制没有发生根本性变化的情况下，理学家在政治哲学领域不可能取得什么理论创新，只有把儒学的发展空间向人生哲学领域拓展才是他们可能的选择。在宋明理学出现之前，中国佛教哲学的讲法，已经不完全是印度佛教那种真俗二谛对立的讲法，而是回到了中国天人合一的轨道。在华严宗和禅宗那里，此岸世界与彼岸世界之间的界限已经变得模糊。他们的价值取向已不是印度式的外在超越，而是中国式的内在超越了。道教的内丹学尽管还保留宗教哲学的形式，在内容上则越来越靠近人生哲学。佛、道二教这种变化为宋明理学的产生提供了合适的语境。在这种语境中，宋明理学家“出入于佛老”，吸取佛、道二教的哲学理论思维成果，援二教入儒，得心应手地把儒学从一种政治制度的论证方式讲成精神生活的安顿方式。宋明理学在三教合一的过程中得以复兴和崛起。

（二）发展状况

宋明理学走过的发展历程贯穿宋、元、明、清四个朝代，大体可以概括为以下五个阶段：

1.“北宋五子”初创理学

在宋明理学草创阶段，周敦颐、邵雍、张载、程颢、程颐都作出了理论贡献，在学术史上人们称他们为“北宋五子”。他们试图改变儒学中本体论缺失错位的情形，并提出了体论理念。周敦颐从道士陈抟的《无极图》得到启发，提出的本体论理念是“无极—太极”。邵雍从陈抟的《先天图》得到启发，提出的本体论理念是“太极”。张载从道教“太虚”的观念中受到启发，提出“太虚即气”的本体论学说。“二程”从儒家的礼教中，体悟出“天理”，以此为最高范畴，提出价值本体论学说，这为纲常伦理规范找到了形而上的理论依据。在“北宋五子”中，周敦颐和“二程”的贡献最大。周敦颐首先开启儒家本体论思路，被视为“理学宗祖”；“二程”提出的“天理”观念被大多数理学家所接受，成为理学的核心范畴，因而是正统理学当之无愧的奠基者。

2. 朱熹集正统理学之大成

到南宋时期，理学在理论上更加成熟，出现了正统理学集大成者——朱熹。他以“二程”的“天理”为核心范畴，吸收张载的“元气”观念，综合周敦颐的“无极—太极”说和邵雍的“太极”说，建立了一个庞大的理学体系。在这个体系中，价值本体论和存在本体论合二为一。他用毕生精力编纂的《四书章句集注》后来成为科举取士的依据。在中国古代社会后期，朱熹是社会影响力最大的理学家。

3. 陆九渊转向心学

为了突出“理”的本体论地位，朱熹将其置于万有之上，描述为自在之物。可是，理作为自在之物，如何转化成为我之物，这对于朱熹来说，显然是个难题。朱熹强调了“理”的超越性，却忽略了“理”的内在性。与朱熹同时代的陆九渊觉察到了这个问题，不再凸显“理”的超越性，转而强调“理”的内在性，提出了“心即理”学说，在宋明理学中开启了心学方向。陆学与朱学尽管有分歧，但都属于正统理学内部的分歧。他们都认同“理”为本体，只是对“理”在天上还是在心中，看法有所不同。

4. 王阳明宣告正统理学终结

朱熹注重本体的超越性，陆九渊注重功夫的内在性，明代的王阳明则把这两个方面统一起来，构筑了更为精致的“道德形而上学”体系。他是最后一位正统理学大师，宣告了正统理学发展历程的终结。王阳明去世后，在古代社会中当然还有人讲正统理学，不过基本都是“照着讲”，再也没有出现有能力“接着讲”的人物了。

5. 清初非正统理学的余波

对于正统理学来说，清初朴学无疑是一种反弹，大多数朴学家都对正统理学提出尖锐的批评。正统理学家有较强的哲学意识，但文化意识比较淡薄，他们注意发扬儒学的理性主义精神，却不太重视儒学的历史主义精神；他们注重发挥儒家内圣学，却忽略了儒家的外王学。正统理学的局限正好构成清初朴学的生长点。对于非正统理学来说，朴学思潮则是继承和发展。从这个意义上说，朴学思潮仍为宋明理学的余波。朴学家当中在哲学方面贡献最大的，当数王夫之。他是接着张载的气学讲的，并且比张载讲得更深刻，使气学理论臻于完备。

朴学家的哲学理论视野比正统理学家更开阔。他们认为，人不能只沉湎于理想的精神世界，更要正视现实的生活世界；哲学不能仅仅关注主观世界，更要关注客观世界；只讲“穷理尽性”是不够的，还得讲“经世致用”；只讲人生哲学是不够的，还得讲实践哲学。由于中国古代社会的性质没有变，朴学家的讲法不可能成为主流话语。在某些方面，朴学的理论深度超过了正统理学，但没有改变正统理学占主导地位的情形，正统理学仍旧是主流话语。清代涌现出了张履祥、陆世仪、陆陇其、熊赐履、汤斌、李光地等一批理学名家或名臣。皇帝还亲自出面扶植理学，诏令编纂《朱子大全》，科举考试从《四书章句集注》中出题。

宋明理学虽是中国古代哲学发展高峰期的主流话语，但并不是一个严格的学派。许多研究者喜欢把宋明理学划分为若干个派别，不过，倘若只着眼于“分”，恐怕有无见于“合”之嫌。其实，各派之间不过是大同小异，并不构成截然对立的关系。造成各派之间存在差异，固然有观点不同的原因，但主要还是因侧重点不同使然。由于侧重点不同，各派的差异恰恰构成互补关系。宏观地看，宋明理学大体上可以分为正统派和非正统派两大系列。正统理学一系以“理”为本体论范畴，涵盖程朱理学和陆王心学；非正统理学一系以“气”为本体论范畴。

总括起来，宋明理学的主要派系，可以归纳为以下三种类型：

一是程朱理学，由北宋程颢、程颐兄弟发其端，南宋朱熹集大成。这一派的最大贡献在于提出了“天理”观念，对佛、道二教的本体论作出了有力的回应，把超越的本体转化为本根本体，建立了儒家的本体论学说，为儒家的道德理想主义奠立了哲学基础。他们突破了经学家用政治哲学话语讲儒学的方式，而采用人生哲学话语讲儒学。朱熹沿袭儒家以人为本的传统，讲哲学仍以人为主要话题。他所讲的人不仅仅是政治哲学意义上的规矩的人，而且也是本体论意义上的明白的人。他把儒家的世界观推向了高峰，把儒家的超越性诉求讲透了。

二是陆王心学，由南宋陆九渊发其端，明代王阳明集大成。这一派的贡献在于把佛、道二教的超越本体转化为内在本体，提出“心”或“良知”的观念，把本体和主体统一了起来。他们强调道德实践的自觉性，有力地凸显出儒家哲学的内在性品格，成功地将禅宗的佛性修养理论改造为儒家的心性修养理论。王阳明把儒家人生观推向了高峰，把儒家的内在性诉求讲透了。在人学方面，他既主张明明白白地做人，更主张堂堂正正地做人。经过王阳明的阐发，儒学不仅能发挥“治国平天下”的政治哲学功能，而且能发挥“安身立命”的人生哲学功能，为普通民众提供了一种精神生活方式。在王学的推动下，儒学不再是文化精英的专利，它逐渐演变为一种大众文化。儒学终于走出了庙堂，走进了民间。明代后期，心学盛行一时，对于纠正程朱理学的僵化倾向，促进思想解放，发挥了一定的积极作用。

三是张王气学，由北宋张载发其端，明清之际王夫之集大成。他们继承中国传统哲学有关“气”的思想，以“气”为最高范畴建立存在本体论学说，把事物之间的普遍联系建立在物质基础上。他们比正统理学更为彻底地扬弃了佛教哲学，重新恢复了唯物主义的权威，并且力求把唯物主义同辩证法结合起来。气学一派没有把理论重心放在人生哲学方面，不太重视精神生活的安顿；而是把理论重心放在了实践哲学方面，比较重视对现实生活的应对。王夫之把儒家实践观推向了高峰，把经世致用的诉求讲透了。在整个宋明理学思潮中，气学一派虽不占正统地位，但有其独特的理论贡献，并且同朴学思潮相衔接。气学派和朴学家有共同的诉求，他们不反对明明白白地做人，也不反对堂堂正正地做人，但更看重轰轰烈烈地做事。

二、宋明理学的精神实质

（一）博大精深的学术精神

宋明理学通过一系列学术精神生动地呈现出来，这些学术精神即中华民族精神的整体风貌，也是时代精神的精华，它们的内容博大精深，集中体现了宋明理学思潮的精神实质。

首先，宋明理学体现出强烈的理性思辨精神。宋明理学主张格物穷理，从根本上是一种理性主义哲学。这种求理精神是两宋时期社会文化思潮和民族时代精神的显著标志，体现了中华民族最深层的生存方式和文化核心以及由此转化的自觉生存智慧和价值观念。“理”即形而上的哲学本体，又是包含于世间万物的普通道理，对于“理”的穷究，是理学的最终目的，即为了在理性原则的指导下从事道德实践，通过道德主体的自觉操持，实现万物存在的价值和人生意义。理学家们把理的精神和原则推及一切领域，自然、社会和人生都被召唤到理的天平下，使儒学理性精神发展到极限，其穷理精神正是现代社会对自然、社会科学孜孜以求的精神源头。

其次，宋明理学体现出强烈的忧患意识。在宋明理学体系，特别是在程朱理学中，这种忧患精神是非常明显的。这种精神体现为当人们处于忧患境遇时，对人性的伟大和尊严以及人的存在意义进行着深刻体验，并力争通过人们自身的生命力量超越忧患境遇，以达到真、善、美高度统一的文化心态。宋初面对唐末五代的情境，道德文化与学术思想的当务之急是重新构建社会理想和人格理想，重新确立儒家伦理和道德原则。理学家们怀着“先天下之忧而忧，后天下之乐而乐”的济世情怀和忧患意识，积极参加社会政治经济改革，以实现其道德使命和人生理想。自觉而深沉的忧患精神，煎熬并锤炼了理学的思想意识，驱使它不断超越时代的局限，从形而上学本体论的高度反观人伦的存在价值，文化的生命意蕴和道德永恒的力量，促使其打破学术的门户之见，出入佛老，综罗百代，终于使以儒家伦理为代表的民族文化显现出崭新的姿态。

再次，宋明理学体现出强烈的求实精神。程朱理学始终以批判佛教之空、道教之虚、老庄之无为为其治学宗旨。理学家大多讲求实学，针砭时弊，辨析心性义理，旨在重建社会道德价值理想和伦理生活秩序。讲实学、求实理，是贯彻于理学思潮始终的求实精神的体现。

最后，宋明理学体现出强烈的道德精神。重伦理、尚道行，是宋明理学道德精神的重要特征。理学家们用理来说明物之为物、人之为人的内在根据和终极原因，并论证人的心性本体以及道德价值的永恒性。在功利与理想、利益与公德、公与私的冲突中，理学家主张以公灭私、以理灭欲。他们将儒家仁、义、礼、智、信等道德规范抽象化、本体化，使其成为不可颠覆的权威，又依据这些理想化的原则处理实际的人伦关系，提出了“存天理，去人欲”的修养准则。理欲之辨的初衷是试图规劝统治者，以利于国家的长治久安和道德教化，但统治者利用这些思想来控制民众，使理欲之辨由道德修养性的圣贤功夫转化成政治奴役的工具。

（二）消极懈怠的社会影响

宋明理学在历史的发展进程中对国家安定与伦常建构起到过积极的作用，

但也带来了许多消极的影响。

首先，宋明理学压抑人性，忽视物质利益和社会实践。儒学本来就是一种经世致用之学，即“内圣外王之道”，其精神便是“修身”、“齐家”、“治国”、“平天下”。但儒学所致力的经世致用并非一般意义上所理解的关于“治”、“平”的追求，重心并不在于“外王”。从本质上来说，其经世致用理论和实践的起点与终点都归结于内在的道德自觉和人格完善，即“内圣”。也就是说，儒学是以“修身”为体，以“治国”、“平天下”为用，以“内圣”为体、“外王”为用。宋明理学对儒学精神“外王”的一面较为忽视，仅在“内圣”这一基点上片面地发展和强化了儒学精神。它把先秦儒学所强调的道德自觉和人格修养的理论前提进一步推向了极致。宋代理学家把作为儒学理论核心的道德修养、等级秩序、伦理纲常等，抬升到了精神本体的高度，将其纳入到“理”的范畴之中，以至宣称“理”是超越天地万物之上的实体。“天理”既是宋明理学的最高哲学范畴，又是其奉行现实性的道德践履的终极尺度。人们的一切欲望、追求和行为，甚至隐秘的“一念发动处”，都必须在天理的道德法庭上接受验证和裁决。在具体的道德实践方面，先秦儒学认为人性本善，因而在“内圣”、道德修养方面注重个人的自觉，“反求诸己”，主张通过个人的内在觉悟，在“外王”行为过程中，使“善”的可能性变为现实性。所以宋明理学更极端地强化了天理与人欲、义与利的对立，强调以理节欲、以理制欲，必“杀心中贼”。对于物质利益，表现为重义轻利。由于它在“公与私”、“理与欲”和“义与利”的关系上偏重对公、理、义的理解，及其囿于“圣贤不为利”的陈腐儒家观念和对于务实、理财、功利行为的忽视，不仅使自身丧失了真正的经世致用的实践品格，而且对社会生产力的发展，对经济和实业文化的运行及新生更是造成了深远的负面影响，从而窒息了社会历史进步和民族发展的活力。宋明理学的这种局限是先天性的，在其学说的生成过程中就已经深深打上了历史的烙印。宋明理学还割裂了人与自然的关系，过分地追求“去人欲”，忽视物质利益和社会实践，严重压抑了人的本性。

其次，宋明理学过分重视道德理性而忽略自然本性。道德作为一种调整人们社会关系的行为规范，渗透于社会生活的各个领域中，对人与人之间、个人与社会群体之间的关系起调节作用，从而在一定程度上改变或维护着社会生活秩序。所以在宋明时期，宋明理学十分重视道德的作用，提倡道德理性。这使得作为中国古代社会立国之本的儒家伦理纲常理性化、秩序化，排斥宗教的干扰和感性的影响。宋明理学心性论除张载气学一派外，均把道德理性提升为宇宙本体，其结果是把自然界看作理性的产物，而不是把理性看作自然界的一部分。可以说，宋明理学的道德理性超越了其意识范畴，颠覆了自然界的主体地位，将道德理性凌驾于自然界之上。

再次，宋明理学逐渐成为社会发展的桎梏和世人思想的枷锁。宋末至元初，宋明理学的理论价值和现实社会意义开始被统治阶级肯定。元朝仁宗时，宋明理学特别是朱子之学被列为科场程序，开始成为钦定的官方意识形态。明初，朱元璋等都尊崇“理学”。以朱熹为《四书章句集注》和理学家注释的“五经”命题取士，“理学”便成为统一全国意识形态的官学。后来，朱棣敕令胡广等修《四书大全》、《性理大全》、《五经大全》，合宋元理学之说，《四书章句集注》成为科举取士之典，于是获得了真正的、普遍的、法定的“独尊”地位。以“理学”为标志的儒学的独尊地位就被绝对确立了，其他思想均被看作“异端邪说”而遭到压制和排斥。其结果是一方面促使思想越来越僵化，它成为中央集权专制的思想武器，因而墨守师说，众人一口，严重地禁锢了人们的思想；另一方面，“四书”、“五经”一旦成为科举考试的标准答案，人们便把它当成教条，只能遵守不能怀疑，士子们以它为获取功名利禄的手段，不能标新立异。原典的生命智慧被削弱了，其自身的生命力被窒息。如果某种事物失去发展的动力，那么它必将遭到历史的淘汰。封建社会统治集团为了加强中央集权，巩固等级制度的社会，极力突出和强化宋明理学中的三纲五常。父为子纲、夫为妻纲严重地强化了“父权”、“夫权”，君为臣纲则是以父子为中心的宗法制度的延续和扩大。理学中的三纲五常在统治阶级手里就是统治人们的“天理”。这样封建统治秩序就具有至高无上的、永恒的、绝对的规定性，人、物、禽兽都包括在内。佛、道也不能除外，以调和纲常与佛、道的冲突，巩固中央集团的统治。理学的三纲五常成为统治阶级的统治手段，“族权”、“夫权”、“皇权”这三副枷锁紧紧地捆绑着人们的手脚，束缚着人们的思想。此后演变的结果是这样的：首先，统治阶级片面运用和强化理学家的思想，如从“去”到“灭”的转变。忽视理学家的“存天理，去人欲”中“去”的本意，强调“圣贤千言万语，只是教人明天理，灭人欲”中的“灭”，从而大兴文字狱，残杀违“理”之人。其次，节妇、节孝、节烈之事愈演愈烈，“饿死事小，失节事大”在封建宗法的极力倡导下，理学的原有价值已经流失。

（三）对政治道德的影响

宋明理学尽管存在诸多弊端，但其历史价值仍不容忽视。

宋明理学重塑伦理，维护社会的治理与稳定。理学一方面批判释老学说，避免了宗教冲击人文的现象在宋元发生。另一方面也反对汉唐训诂之学，而以《论语》、《周易》、《中庸》、《孟子》等古代儒家经典为依据，回答了释老所提出的问题，使儒学达到了更高的理论水平，维系了宗法社会的思想稳定。面对五代十国出现的人无廉耻、道无正道、社会动荡的局面，理学家强调品德修养，导致宋元以后名节观念深入人心，其影响尤为深远。南宋时期的发展奠定了理学在封建正统思想中的主导地位。理学被钦定为封建正统思想和官方哲学，确立了程朱理学的独尊地位，两宋时期开创了儒、佛、道“三教合流”，“以佛修心，以道养生，以儒治世”。宋代理学大盛所带来的积极的一面是人们在日常生活中烧香拜佛、修炼养生的同时，也遵信三纲五常的伦理训诲，佛、道与儒家的观念并无很大冲突。南宋时代，义役、社仓、赈灾等公益活动十分蓬勃，社会秩序基本稳定。

宋明理学以理抗势，从道不从君。儒家认为，士人以天下为己任，辅佐君王是作王者师而不一定是忠君不二。如果君王违道，就要“格君心之非”；如果君王是一位“贼仁”、“贼义”者，纵杀之亦不为过。孟子非常注意培养学生藐视权贵的气概，主张“从道不从君，从义不从父，人之大行也”。后人所称道的古代士子的骨气、操守、名节之真正含义，就在于这种“从道不从君”的殉道品格。韩愈在这个基础上把统道之人归于师儒。在韩愈提出“道统说”之前，统道之人除孔子外，均是帝王。自韩愈提出“道统说”，就把统道之人归于师儒。在他看来，儒家的道统虽然是由古代的圣王开创的，却是由孔、孟、荀、杨、韩等师儒所继承和传授的。也就是说，韩愈把统道之人由帝王转移到了师儒。这具有某种以道统限制君主，使之按道行事的意义。韩愈这一思想还体现在他的《师说》里。他说：“道之所存，师之所存也。”他认为道不能脱离师儒而存在，师儒肩负着传道授业解惑的重任。这一思想对宋代理学家的道统论影响很大，他们也效法韩愈，以道的传人自居，彻底改变了帝王道统的传统观念。道统论是宋代理学的重要组成部分，道统论的一个基本特征就是提倡从道不从君，强调仁义之道高于、重于君主之位。朱熹等均反对不行仁义的暴君，认为桀纣虽居君主之位，却是贼仁、贼义的独夫，独夫可诛，诛独夫不是诛君，这是儒家思想及理学道统论的一个基本出发点，理学修身的最终指向是与道的合一，而不是与君合一。气节不只是表现在敌国、敌人面前的浩然正气，更表现在昏君庸贵面前的岸然傲骨。在理学那里，从道与从君虽然在总体上是统一的，但类与个体毕竟不是二而一的东西。那些不能从根本利益上把握自己的君王，历史上叫“昏君”。故昏君为政，谓“无道”，明君为政，则曰“有道”。

儒家主张有道则现，无道则隐。这就是说，现，是为了道；隐，也是为了道。两者虽是两极行为，但在道那里统一起来了。这就是讲究入世的儒者为什么有时候也承认出世的原因，也是为什么人们常常把“卷而怀之”的隐者也看作是有骨气操守之士的原因。理学的兴起，进一步形成了“道统”与“政统”之间的分立与抗衡。宋儒在隋唐诸儒的基础上，开创了道学或称宋明理学的新儒学思想体系，以普遍适用的“道”或“理”为一切自然与社会存在的原理和原则，对现实社会进行批评和提升。以理抗势、从道不从君一直是宋明理学所提倡的。

（四）对中国文学和艺术的影响

宋明理学不仅在政治道德等方面对世人影响深远，更影响了中国文学与艺术的发展。在诗歌创作方面，理学的发展使宋代诗歌更趋于对哲理的阐释，宋代哲理诗站在传统儒家人生哲学的立场，使传统哲理诗中玄奥义理的表现进一步由抽象走向具体，充满社会人生之内涵，表现出强烈的实用性意味。

正因如此，宋儒大多喜好作诗，并运用诗歌来阐述哲理，理学家则形成颇具规模的理学诗派，在一般诗人身上则表现为宋诗言理的重要特征。在思想史上，理学被认为是宋学最本质特征的体现；在文学史上，江西诗派则被认为是宋诗最本质特征的体现。而宋学由北宋后期的新学、蜀学、关学、洛学等众多学派的争鸣到归位于理学一宗，宋诗由隆宋诗坛的王安石、苏轼、黄庭坚、陈师道等并列到凝定于江西一派，这两者恰呈同步状态，理学与宋诗的关系在这一段历史进程中无疑表现得最为明显。在宋诗独特风貌的建构及其进程中，形成了一种有别于前代的诗学观念，其成因有多个方面，但占有重要地位并逐渐成为统治哲学的理学，显然对宋诗观念的形成具有渗透性影响乃至支配性作用。

宋诗表现内容既重理性议论，又多内向自省；语言风格既力求生新拗峭，又追求平淡自然。由此挺立的一改唐音的宋调，正是情、理冲突的诗学思想规范和影响的结果。在词学发展方面，宋词的发展过程中出现了言志、以诗为词、以文为词、典雅化的现象，它们与词体的娱乐性、通俗性和艳科内容是相矛盾的，实际上是对词之体质的破坏。然而这种情形又是宋词发展所不可避免的，而且宋词正因有了种种异质才使得其词体之各种潜能得以充分发挥，它的文学价值与社会价值才得以相应提高。如果说，这些异质最初是由宋词内部发展而造成的必然结果，那么，宋代兴起的理学思潮则是作为社会意识形态而从外部加速了其发展。在古文创作方面，宋初古文复兴运动经历了柳开、石介以及范仲淹等人的筚路蓝缕之后，到庆历年间，经欧阳修等人的实践，使宋初文坛的古文运动达到新的高潮，还出现了一大批古文高手如曾巩、王安石、“三苏”等，形成了文以载道的主流。这种创作思潮的兴起，以儒家道统为文章的灵魂，以为时为事为文章的血肉，以散体畅达的语言为文章的筋骨，上承唐代韩愈、柳宗元倡导的古文运动，摆脱“西昆体”的束缚，使散文创作步入了新的天地，并带有明显的理学精神色彩。在以“宋六家”为主体的宋代古文运动兴盛之际，以宋初“理学三先生”为先驱的理学思潮也迅速扩展，涌现出了周敦颐、张载、“二程”等学者。尽管他们大多重道轻文，甚至认为作文害道，但他们的笔触也经常从故纸堆里拔出来，指陈现实，直面人生。

因而，理学家的古文也有务实切用的一面。理学家的古文也受到古文运动的熏染，其文风呈现出两面性：一方面运用哲理思维，倾力于对儒家经典进行阐释，发挥儒学义理；另一方面，其文章形式生动活泼、不拘一格，有些精彩的文章几乎可与古文家的文章媲美。在小说戏剧的创作方面，多数作品都渗透着理学的色彩。例如，在《三国演义》中，作者通过“格物”思想展示了汉末大乱中曹、刘、孙之所以能成就大业，从而形成三足鼎立的原因，是他们都具备了全部或大部分的成功条件，即施仁政、惜人才、讲义气。在刘备身上，这三个条件最为充足，在其政治生涯中，始终将“民为邦本”作为治民思想。刘备对人才十分珍惜，以“义”作为原则，他的政治生涯由桃园结义而起，也以殉义而终。正因如此，刘备才获得了百姓的拥戴，三分天下而有其一。历史演义与英雄传奇，每一部的核心思想都是“天理”，作者们匠心独运，努力让情节结构为表现“理”服务，把情节结构纳入小说整体之中。《水浒传》的结构对纲常观念的表现十分突出，先写高俅的发迹，然后写一个个英雄好汉被逼上梁山的故事，以反映作者对纲常观念的理解，即君仁是臣忠的基础，没有仁君也就没有臣民之忠。君行不仁，社会黑暗，臣民尤其是无法安居乐业的下层百姓欲忠而不能。综观元代杂剧，几乎没有不涉及人伦道德的。中国封建社会本身就是一个伦理型的宗法社会，其杂剧反映生活，无论是对现实的批判还是对礼教的叛逆，都离不开人伦道德的内容。元朝统治者重视儒家文化，试图建立程朱理学的思想统治。影响所及，元朝早期杂剧揭露黑暗现实、反礼教的作品少了，取而代之的是浓厚的道德教化意味，有的作家受程朱理学影响，甚至以维护风化为目的，脱离现实，纯粹宣扬封建道德。到了明代中后期，随着程朱理学的式微并受到王学左派思想的影响，戏剧创作呈现出了新的面貌，许多作家通过作品表达强烈的反理学、反教化思想，具有极大的进步意义，其中，汤显祖的《牡丹亭》是最杰出的作品，它深刻体现了情与理的激烈冲突和缘情反理的精神。

宋明理学在绘画艺术的发展历程中也有着深远影响，例如，宋代新儒学是在糅合儒、佛、道三家的基础上形成的，宋代绘画的发展也映照着宋学发展的脉络，对佛、道非但不排除，还将之放到突出的位置上，这是当时以儒为宗、三教合一思想的形象诠释。

（五）形而上学的理论片面化

毋庸置疑，宋明理学在儒学发展史上有着极其重要的地位和作用，但这毕竟是一种历史的存在，它在历史的演变过程中也暴露出了理论上的缺陷和矛盾。例如，宋明理学固然建立了以“理”为本体的道德形而上学，但这个本体是超验的，是无须也无法作出科学证明的道德本体，它混淆了主体与客体、人文与自然、真与善、知识与价值的界限；它虽然承继了儒家“内圣外王”、“修己治人”的传统理想，但在实际主张上又过分地向“内圣”、“修已”倾斜，即过分强调个人道德修养，而忽略通过“外王”、“治人”的社会实践改造社会并满足人民实际生活需要这一面。这种几乎以“内圣成德”、“超凡入圣”为唯一目标的道德形而上学，其理想境界高则高矣，然而充其量只能成为极少数道德高明之士的人生目标，它对大多数社会成员，特别是对人民大众来说是缺乏号召力的。总之，宋明理学自始就存在着理论脱离实际、理想超越现实的弊病，存在着求善之念（道德理性）真切而求真之念贫乏的问题，或者可以说是道德说教有余而人文关怀不足。加上封建统治者对其道德说教的片面利用，使之愈益教条化和僵化，从而使宋明理学不仅在人民群众中而且在知识分子中丧失威望，因而它必然要受到历史的批判。

宋明理学在经过历史的批判与洗礼后，其中某些曾为封建统治者利用和服务的非人道观念，如所谓“存天理，灭人欲”之类的道德说教，已经或正在被历史淘汰。但它作为一种确立道德主体性、执著地追求人生精神价值的道德人文主义哲学，加以现代的注释和理论转化，在现代社会中则是有其存在的意义和价值的。

三、宋明理学的现代诠释和积极影响

（一）现实理论研究窥探

当代，在研究宋明理学中，大多学者采用实在论视角去窥探、发现它与现实社会的连接点。其典型表现为：一是从宇宙论的角度对道德理性作出符合宇宙演化和社会发展的阐释；二是从存在论或认识论的角度对道德理性作出符合人的一般认识进程的说明。相对于宋明理学本身的特质，应当说这种视角本身并不足以揭示道德理性的超越性与绝对性，因而在现实的宋明理学研究中，对它的否定远远多于对其所应有的肯定，而理学也往往是作为一个负面概念出现在人们的言谈中的。如果说宋明理学本身就代表着儒学发展的一种较为高级的形态，那么这种根本不到位的研究既影响着人们对它的认识，同时也深深影响着传统文化的推陈出新，影响着传统文化的现代化。

先从两种不同的研究视角看看宋明理学的实质所在。

第一种研究视角首先主要是将道德理性的天道观基础仅仅归结为宇宙演化的说明，因而它往往是从自然世界之发生发展或人类社会之发展变化的角度来说明宋明理学，并由此说明道德理性的形成；其次则是将道德理性归结为一种对自然秩序之扭曲性的认识，或者从自然秩序之发生发展的角度来说明道德理性的生成。第二种研究视角则是将宋明理学的道德本体论仅仅作为揭示客观世界的存在论或作为一般的认识论来把握，所以它往往将宋明理学概括为一种在对客观世界的认识基础上所形成的知识论或概念化体系，并诉诸人的一般认识进程来把握，即运用所谓的客观存在论来说明理学家的精神世界，运用所谓的认识规律来比照、套解宋明理学的范畴关系。对于宋明理学来说，前一种研究主要是将其意义定位在宇宙生化论上——道德理性只有在作为宇宙演化与社会发展的产物时才有其价值，并且也只有在宇宙演化和社会发展的过程中才有其意义；后一种研究则往往将其意义定位在对古代社会的揭示与认识上，虽然它也承认宋明理学是一种道德本体论，并且也特别重视道德修养，但这种道德修养论说到底也只有认识古人之道德心理方面的意义，并且还存在着社会历史的局限性。前者的问题在于没有看到宋明理学对汉唐气化宇宙论的扬弃，后者则又完全无视从张载到程、朱、陆、王所一贯坚持的道德理性之于物理认知的超越性。

实际上，宋明理学作为儒学发展的一种高级形态，其根本特征主要在于对道德理性之本体化思考与本体论论证上，而这一论证既是对传统天人合一主题的极大推进——由宇宙演化论推进到道德本体论，同时也是对人之为人精神的一种穷根究底的探索。因此，宋明理学的真正价值，主要也就集中在其对做人之基本精神与道德关系的思考与提炼上；而其超越性的意义，也就在于它真正塑造了一种具有“为天地立心，为生民立命，为往圣继绝学，为万世开太平”精神的儒家知识分子。这种“四为”，既是理学家担当精神与为人气象的表现，同时也是其最具有现代价值和最值得推陈出新的精神。

理论联系实际，研究宋明理学乃至整个儒学的现代意义和价值问题，首先应当把这个问题放在当今世界的社会背景特别是当代中国的社会背景中去考察。但这个问题十分复杂，在此只能作一简略的分析。从宏观角度而言，现在整个世界处于政治、经济、文化、思想各方面多元竞争、和平共处的局面，但从某一特定国家、特定社会的微观结构而言，则无论是东方还是西方，资本主义的美国还是社会主义的中国，在政治经济、思想文化方面都是“一元主导，多元互补”的局面。当然，这种一元与多元之间的主导与互补关系，并非完全的和谐统一，而是有矛盾、有竞争的辩证统一。在当代中国，暂且不论大陆与台湾的现状及未来的政治发展前景，仅就大陆社会内部而言，也完全可以说是一个“一元主导，多元互补”的局面。即在政治体制上是共产党领导的多党合作制，在经济体制上是以社会主义的公有制为主导，包括私有经济在内的多种经济辅助补充的结构，而在思想文化上则是以马列主义、毛泽东思想为指导的社会主义文化为主导，以中国传统文化和西方先进的科学文化为辅助补充的局面。在这个多元文化结构中，中国传统文化是其中的一元，儒学又是传统文化的主流，宋明理学则是儒学发展过程中的一种具体形态。从理论逻辑上看，如果说中国传统文化能在中国的现代化进程中保持其多元文化结构中的一元存在并发挥积极作用，那么儒学和宋明理学自然就有其在现代中国存在的意义和价值了。

（二）社会积极影响

宋明理学反映了中国古代社会后期有思想、有见识的中国人在思考和解决现实社会问题与文化问题中所产生出来的哲学智慧，它深深影响了中国古代社会后半期的社会发展和文明走势，以至现代中国人仍然不得不面对由它所造成的社会及文化后果。然而也正是这个智慧成果，成功地回应了佛老而使儒学重新树立正统地位。我们研究理学哲学智慧，不仅在于了解它对回应与解决当时社会与文化问题作了怎样的解答，更重要的还在于通过这种研究来帮助我们思索一些诸如“什么是中华民族的精神”、“如何正确回应外来文化”、“如何正确面对和处理社会成员中普遍存在的信仰危机和道德危机”等对当代仍至关重要的哲学问题。重新树立国人的信仰，正是理学智慧的意义所在。

由此而言，宋明理学本身的理论资源中也确实有符合现代社会需要的成分。例如，宋明理学的道德主体性理论，提倡人们树立正确的义利观，反对见利忘义的不道德行为，这对当今崇尚金钱万能、唯利是图的一些人来说，不失为对症良药，它有助于提高个人和社会的道德水准；宋明理学家提倡的“修己”、“慎独”、“致良知”等思想主张，有助于人们培养高尚的道德情操，引导人们做正直有德之士；宋明理学提倡的“民胞物与”、“明德亲民”及其人际关系理论，有助于培养人们重视亲情、仁爱、互信、互助的高尚情操，使人们树立正确的人生观和伦理观，明白人生的意义、价值和做人的道理，并有助于家庭和睦与社会安定；宋明理学的“天人合一”、“物我一体”、“理一分殊”理论，有助于人们认识并建立人与自然和谐一致、多元统一的关系，也有利于消除工业化社会带来的滥用自然资源、破坏生态平衡从而危害人类生存的弊病。当然，治理一个现代社会，主要靠的是政治、法制、科学和教育，而不仅仅是道德教育的精神力量。但人总是需要精神力量的鼓舞，而现代社会中的许多精神弊病，光靠政治、法制和科学的手段是不能解决问题的，还必须辅之以道德教育。所谓“心病还须心药医”，道德的堕落及道德信仰的危机应当依靠强有力的道德教育去拯救。而宋明理学乃至整个儒学作为一种强调道德主体性的道德人文主义哲学，其中有许多可供现代道德教育借鉴利用的理论资源。这就是我们肯定宋明理学仍有其现代意义和存在价值的主要原因。当然，宋明理学的现代意义和价值，不仅限于道德教育方面，它的宇宙观、政治观、历史观及其思维方法论中也有许多值得现代社会借鉴和吸取的思想资源。作为中华传统文化的继承者和现代精神文明的建设者，应当深入发掘宋明理学中的思想精华，以求古为今用、推陈出新，使之在现代社会中充分发挥应有的积极作用。

第二节　世界华文小说作家对“忠义”伦理道德核心的传承

就实质而言，“天理”仍然是传统儒家的伦理道德精神，儒家把天理看作本然之性。“二程”在长期讲学中将在这些精神中逐渐地加入了主观思想和其他文化因素，从而发挥、阐述为更具特色的学术体系。在理学思想体系中，“天理”的核心观念是封建道德和伦理纲常，而理学最重要的思想主张“存天理”的根本内容就是遵守、坚持和实行诸如君臣、父子、夫妻、兄弟之间的“忠义孝悌”一类的道德、思想与观念。宋元明清时期，历代统治者多将“二程”和朱熹的理学思想扶持为官方统治思想，程朱理学也因此成为判断人们日常言行的是非标准和识理践履的主要内容。在南宋以后600多年的历史进程中，程朱理学在培养人们的理性思维、教育人们知书识理、陶冶人们的情操、维护社会稳定、推动历史进步等方面，发挥过积极的作用。当然，我们也要看到它对中国封建社会后期的历史和文化发展带来的巨大的负面影响。

宋末明初理学思潮的主流导向和精神实质无非是对于理学所一贯坚持的儒家伦理道德的发扬和恪守。“忠义”作为儒家伦理道德的核心内容在这时也理所当然地被提到首要的位置；至于在国家政治理想方面倡导亲贤远佞，自然是封建纲常的组成部分。只是这种体系经历了历代的繁衍，或多或少地在各地得到过大力的发展和传播，特别是现当代的世界华文小说无不打上了“天理”之学的烙印。华裔作家笔下的中国形象和家国想象中包含了多种文化成分，但对中国文化的认识上却有一个共识，即儒家文化在中国传统文化的历史发展过程中凸显出了其巨大的影响力，如新儒学所言，儒家文化的伦理价值“在某些方面主动地塑造了中国文化的认同”① 是不争的事实。儒家文化的“忠义孝悌”等伦理价值在中国传统文化的反思大都落实在儒家文化的价值观念上。因此华裔文学中儒家文化的表述占据重要位置，同时我们也能体会到作为中国文化中其他文化成分在华裔文学中的面目。②

一、从“两岸情结小说”等的创作主旨来看崇尚封建纲常的伦理观念

个人、家庭乃至民族、国家的伦理观念，“忠义”作为儒家伦理道德的核心内容当然会被提到首要的位置。莘歌的《家》描写了一个跨越祖国大陆与宝岛台湾并长期隔绝的典型家庭中的夫与妻、父与子之间生离死别的悲剧，传达出台湾同胞盼望突破人为的政治障碍，实现亲人团聚的呼声。陈映真是一个对社会充满热情的理想主义者和人道主义者，他的小说折射出了对社会理想和爱情的深刻思考，具有丰富而又深刻的思想内涵。他的小说创作建立了民族文学的风格，充满着深沉的民族主义内涵和强烈的爱国情感。爱国主题和爱国情感是其小说不变的主题，表现了丰富而复杂的台湾的“内心”。尤其是他的《山路》和《铃铛花》对民族命运作了进一步的探求，显示了他深邃的思想和坦荡的胸怀。这两篇小说无论是在题材上还是在艺术表现形式上都取得了较大的突破，在台湾文坛上产生了较大影响。《铃铛花》的主人公是一位曾被日本人从台湾征到大陆去打仗的年轻人，可到了大陆“却投到中国那边去做事了”，回到台湾后，他做了教师，并领导学生同不合理的教育制度作斗争。他领导学生勤工俭学，使学生获得实践知识，使“升学班”的学生对“放牛班”的学生欣羡不已。他告诉学生：“分班教育是教育上的歧视，说穷人种粮食却要饿肚子，说穷人盖房子却没有房子住……”终于这位青年从事革命活动被当局发现，最终被追捕后杀害。小说讴歌了这位坚强的义士。

在《山路》中，作者集中笔力赞美了一位深明大义的女青年蔡千惠。作品以倒叙的手法，从蔡千惠如何莫名其妙地一病不起，而又拒绝就医的奇怪状况开始铺叙。小说结尾才把原因揭开，使真相大白。仰慕革命者的青年姑娘千惠，由于战友李国坤与未婚夫被自己的哥哥所出卖，导致一位被杀、一位被长期监禁，她怀着对革命者的敬重、爱慕和一种深深的负罪感、羞耻心，毅然决定让仍然是少女的自己来到李国坤贫穷的家，千辛万苦地照料老人和小叔子。

① 杜维明．现代精神与儒家传统．北京：生活·读书·新知三联出书店，1997. 383.

② 胡勇．文化的乡愁——美国华裔文学的文化认同．北京：中国戏剧出版社，2003. 78 ~ 79.

在给未婚夫的遗信中她写道："我狠狠地劳动，像苛毒地虐待着别人似的，役使着自己的肉体和精神。我进过矿坑，当过推煤车的工人，当过煤栈间装运煤块的工人。每一次心力交瘁的时候，我就想着和国坤大哥同时赴死的人，和像您一样，被流放到据说是一个寸草不生的离岛，去承受永远没有终期的苦刑的人们。每次，当我在洗浴时看见自己曾经像花朵一般年轻的身体，在日以继夜的重劳动中枯萎下去，我就想起早已腐烂成一堆枯骨的、仆倒在马场町的国坤大哥和在长期监禁中、为世人完全遗忘的、兀自一寸寸枯老下去的您们的体魄，而心甘如饴。"在她的深层意念中，她用自己的辛勤劳作和肉身的牺牲、衰老替自己的哥哥赎罪，同时，也是为了心中的理想信念、爱国主义情怀，勇于承担和自我牺牲。小说中，千惠个人的命运与国家民族的命运深深地缠绕在一起，她以个人的终身幸福为代价，以求换来内心的宁静和更多人的幸福。千惠看似平凡、微不足道的一生，其实是伟大的奉献的一生，支撑她作出这个重大决定并恪守到底的，即洛学传承文化中传统的"仁义"思想观念，因为"义"就是伦理的根本内涵之一。她的美好心灵和有情有义的女性形象是作者所倾力歌颂的。

后来李国坤的弟弟长大成人并娶妻，便把千惠当母亲一样奉养。小说同样以浓墨重笔描写了月香照顾千惠给她喂饭的生活细节，对毫无生存意念的"老嫂子"照顾得无微不至，为她能吃一点鱼肉而欢欣雀跃，为她的健康一日日衰竭而忧心忡忡。千惠、月香……一代一代的女性悉心照顾着年老体衰的长辈，体现出宋明理学中"忠孝"思想的深厚影响和传承，情节感人。在儒家文化的种种表述中，"孝悌"是最基本的关键词。即如钱穆所说："《论语》里的'仁'字，这是儒家思想中人道的代表。仁是一种人心的境界与功能……儒家常喜用'孝悌'两字来做这一种心的境界和功能之示例。'孝悌'便是人类超个体而相互感通的一种心境。孝是时间之直通，悌是空间之横通。故人心有孝，则人生境界可以悠久无尽；人心有悌，则人生境界可以广大无穷。"孔子《论语》除却"孝悌"外，还常说到"忠恕"。"'尽己之谓忠，推己之谓恕'，忠恕也是指点人心而言。譬如人子尽他的心来孝顺父母，此便是其忠。要孝顺父母，必须先意逆志，了解父母的心理，此便是恕。故孝、悌、忠、恕仍只一心，唯'孝悌'专对家属言，忠恕则泛其朋类。这种孝、悌、忠、恕之心，便是孔子最看重的所谓仁，也便是'人与人相处之道'，随后孟子又补出'爱敬'二字。"①

在儒家文化理念里，家庭结构与中国社会结构有着巨大的同构性，所谓家

① 钱穆．中国文化史导论（修订本）．北京：商务印书馆，1994. 80～81.

国一体，“天下之本在国，国之本在家”（《孟子》）。国家与社会的政治伦理是宗法制度的纲常伦理的社会化。“国家是一个靠从家庭延伸出来的共同价值所凝聚的民族。”① “中国传统社会结构的基础是亲属关系。”② 因此，在海外华文小说作家的笔下，家与国的命运是息息相关的，“忠义”是伦理思想道德核心，既体现在个人、家庭或家族的具体日常生活中，也折射和体现着对民族、国家命运的理想想象。

著名华文女作家赵淑侠的作品具有强烈的文化认同感和对故国家园根深蒂固的怀恋，她作品中的中国意识表现得十分突出和深挚。青少年时代所经历的战乱和动荡不安的生活，培养了她的忧患意识，近代中国的积弱、贫穷和落后，更使她感受到了时代加在她身上的责任。《塞纳河之王》代表了赵淑侠短篇小说的最高成就，她借其表现出强烈的民族精神。小说的开头，作者采用了欲扬故抑的手法，把一个外号为“塞纳河之王”的画家王南强，写成一个人人讨厌的活宝。他到巴黎 17 年，每天画画，却一张画也卖不出去，整天闹穷；身上一件黑长袍，剃个平头，被大家看成是怪物，被众人欺侮和嘲笑。在这种众人鄙厌的氛围中，作者着力表现他的伟大人格和对艺术的执著追求。他一生唯一的崇高理想，就是要为中国画开拓一条新路——把中国的艺术精神介绍给世界，让中国画的美融入西方艺术里，为全世界人们接受，而不只局限在中国。为了追求自己的理想，他宁可一张画也卖不出去，也不愿意接受顾客的要求，在他的画上稍作改动。他的凸显中国精神的画作，终于为西方艺术界所接受，一位画商打算买下他全部的画，开一个画展。他的一部介绍中国艺术精神的论著也将出版。然而，就在他走向成功的时候，却被心脏病夺去了生命。小说塑造了一个为艺术和理想而献身的艺术家形象。赵淑侠在她的反映海外生活的系列小说中，描写了形形色色的海外中国人，王南强无疑是其中最典型的代表。他的宽厚、谦和、仁爱、操守以及他对绘画艺术孜孜不倦的追求、埋头苦干的精神，都是中国文化的具体体现，而他希望创造能体现中国精神的艺术，希望中国艺术能走向世界，无不体现了儒家伦理纲常中的“忠义”思想，也是他爱国主义精神的极致体现。

《我们的歌》中的江啸风，也是与王南强属于同一类型的人物，但他的行动更积极、更果敢，可以看作是王南强形象的进一步拓展和深化。赵淑侠在《我写〈我们的歌〉——兼答读者》中曾这样诠释自己的创作意图：“‘歌’

① ［美］邓尔麟．钱穆与七房桥世界．蓝桦译．北京：社会科学文献出版社，1995. 8.

② 费孝通．乡土重建．上海：上海观察社，1948.

在这里应该只是一个象征，象征着我们民族的精神。我们要同声齐唱‘我们的歌’，正表示我们应该并肩携手，同往一个大目标前进，这个目标是要中国人找回自己的原来面貌，以自己的文化和传统为荣，自信、自强、自爱。”江啸风年轻英俊、浪漫潇洒，具有超凡脱俗的音乐才华和志向高远的抱负，他有披肝沥胆的赤子之情、始终不渝的报国之心以及中华民族“舍生取义”的崇高精神与种种美德。回台湾后，在一次因台风袭击引致海水上涨的自然灾害中，他为了救起落水的老人和小孩，牺牲了生命。作者将中华民族的忧患意识与“民族魂”集中在江啸风这个英雄人物身上，他对国人崇洋媚外、丧失民族自尊和对民族文化弃之如敝屣的行为忧心如焚，他对织云说：“我们的文化正在慢慢地被侵蚀，民族的自尊一点一滴地被剥落，可怕的情形就像一幢大房子被白蚂蚁蛀蚀，日子久了，我们的文化会面目全非，人们会忘了自己从哪里来，会不知道民族的自信自尊为何物。你想一个国家连自己的文化都不坚持的话，还能谈到别的吗？如果我们要争取外国人的尊敬，必得要拿出一个强而美的中国式的中国，而不是跟在人家背后追赶的中国……我们中国人，需要找回真正的自己。”①

在作品中，作者塑造了一群命运、遭际、抱负、理想、前途和人生目标各不相同的中国留欧学生的形象：余织云、江啸风、何绍祥、廖静慧、杨文彦、贾天华、谢晋昌、“警报老生”、“天才儿童”、“青春偶像”、苏菲娅刘、汤保罗……这些先后从台湾抵达德国留学的中国学子，虽然他们“功成名就的有，一败涂地的有，知足常乐的有，整天骂街怨天怨地的也有，什么样的都有”②，但不管怎样，他们虽然也有“断根”的苦恼与忧愁，却没有牟天磊（《又见棕榈，又见棕榈》)、钟乐平（《考验》）那种刻骨铭心的“无根”的迷失与茫然；他们虽然也有寄人篱下的孤单与辛酸，却没有吴汉魂（《芝加哥之死》)、李彤（《谪仙记》）那种失魂落魄的孤寂与幻灭。除了那位数典忘祖、一心想留在异国的汤保罗外，《我们的歌》中的绝大多数留欧学生都表现出了对于祖国和中华民族的认同感与归属感。江啸风、贾天华、“警报老生”先后学成返回台湾，“青春偶像”、苏菲娅刘双双回到了香港，并各自做出了令人刮目相看的成绩。即便是当初那位拿到了法律博士学位却宁愿选择在异国他乡开饭馆赚钱的杨文彦，在为省钱亲自开车贩菜而发生交通意外不幸断了一条腿之后，

① 赵淑侠．我写《我们的歌》——兼答读者．见赵淑侠．我们的歌．北京：华文出版社，1991. 735.

② 赵淑侠．我写《我们的歌》——兼答读者．见赵淑侠．我们的歌．北京：华文出版社，1991. 578.

也还是决定重拾旧业，“要把多年的所学贡献给自己的国家，尽一份国民的义务”①。他毅然卖掉了很赚钱的“杨子江”餐馆而携妻儿返回台湾，在大学里教授法律、培育英才，正如其妻廖静慧当初对好友织云所说，“依着我，觉得不如回去，回去我们都是有用的人，在这里我们什么都不是”②。小说充满着一股理想主义的豪情壮志，以及对祖国、民族精神与意识的热情颂扬。这正是这种浪漫的民族想象带来的选择结果。③

陈若曦的《向着太平洋彼岸》小说开篇从以贞母子三人一同庆贺中国农历新年开始，一家人决定做一顿中国传统的年夜饭。蒸年糕和萝卜糕、包饺子、蒸山东大馒头，老少三代喜气洋洋过大年，家里充满了节日的欢乐气氛。小说中的人物如德明、德清、以贞的名字中，暗含着崇尚中国传统的道德“清明”、“贞洁”的意味，也有小说所体现的“忠贞爱国”思想。以贞的丈夫德清“是那么的爱中国，永远以中国人为傲。他50年代初学成便从英国赶回去参加新中国的建设，从来就没有生过在异国落户的心思。‘文革’十年的倒行逆施伤了他的心，也摧毁了他的健康。为了孩子的前途，才抱病出国。即使这样，临终时还念念不忘中国”④。他嘱咐以贞，“要他们不忘记做中国人”。希望有一天，他的“骨灰躺回家乡的土地上”。丈夫的拳拳赤子之心，以及乔健光所说的“中国人总想给中国做事”等朴实无华的话语，其实就是宋明理学中“忠义”的封建伦理纲常在20世纪80年代的一种表达。乔健光接受回国教授国际法的邀请后，毫不可惜地贱卖了美国的房子，在中国改革开放之初，国内急需法律人才的时候，他希望在有生之年能够为国效力；以贞虽然离开农大几年后生疏了专业，但得知国内同事需要最新的研究资料时，也再度投身图书馆；以贞的婆婆在美国依然按照中国传统的衣着打扮自己，非常强调乡土观念，她认为，“传统不能丢，忘了故土，就是忘了根本，那就像一片浮叶，随风飘荡了”。正如小说引用的王粲登楼赋中“人情同于怀土兮，岂穷达而异心”诗句一样，太平洋彼岸的故乡，始终是“以贞们”内心最深的牵挂。

2001年出版的小说集《忠孝公园》是陈映真用心经营的一部作品，是他数十年苦苦思索的结果，也是其创作的又一高峰。小说以2000年台湾“总统

---

① 赵淑侠．我写《我们的歌》——兼答读者．见赵淑侠．我们的歌．北京：华文出版社，1991. 604、60.

② 赵淑侠．我写《我们的歌》——兼答读者．见赵淑侠．我们的歌．北京：华文出版社，1991. 60.

③ 钱虹．赤子·浪子·游子——论海外华文女作家赵淑侠小说的民族想象．华文文学，2008（4）．

④ 李黎．海外华人作家小说选．广州：花城出版社，1983. 328.

大选”、“台湾人开始当家做主”为背景，以高度的政治敏感描写了在民进党掌握了台湾政权、国民党变为在野党后，过去依附于国民党的人的震惊、愤怒和不安以及搞“台独”者的种种阴谋勾当，在“忠孝公园”中，不孝子孙们上演着“不忠不孝”的卑劣行径。小说寓意深刻，表现了陈映真那思想家兼艺术家的敏锐目光和超凡胆略。在近三十年来的台湾新文坛上，没有一个作家能像陈映真一样以如此独特的使命感、深刻的思想性、坚定的政治立场和敏锐的现实感捕捉住台湾历史的真实，他反思现状和直面现实的精神确实令人叹服。著名台湾文学研究专家赵遐秋教授说：“陈映真是中华民族的骄傲，他用他的笔，为我们描绘了在民族分裂、国土分裂的时代下动荡不安的台湾社会，反映了在这样的社会里各种各样人的生存状态和复杂的文化心态，表现出了台湾社会生活的某些本质方面。从这个意义上说，陈映真正是当代台湾社会的一面镜子。”①

二、从“新武侠小说”的情节内容来看崇尚封建纲常的倾向

新武侠小说创作的最大文化价值在于它具备了大量中国古代文化资料。无论是善于对中国历史和传统文化进行描绘与诠释的“一代宗师”金庸，还是偏重于对现代文化进行鉴照与折射的古龙，抑或是崇尚史料、弘张正义的梁羽生，他们创作的小说中那些驰骋纵横和竞争发展、充满自由豪壮气概和超凡脱俗的杰出人物是此类小说创作表达的致力所在，尽管这些小说具有如此气势和胸襟，却又明显地体现出受理学的拘束，并在深层意蕴上崇尚封建纲常的倾向。

以梁羽生的小说为例，他把侠士们放在广阔的历史背景中，无论是宋、金、辽的并存对峙时代，还是明末清初的战乱时期，动荡的历史背景和江湖背景衬托出侠士英雄们力挽狂澜、拯救民生疾苦的英雄气概和伟大的人格力量，而这种英雄气概和伟大人格在古典武侠小说中是难以发现的。在塑造侠士形象时，他注重表现出一种忧国忧民、深明大义的崇高思想境界，小说中侠客的争斗往往是正义和邪恶之间的较量，如《七剑下天山》中的凌未风和刘郁芳是一对心心相印的爱侣，但在民族危难之际，他们毅然割舍了个人的恋情而投身于挽救国家命运的民族圣战中。《白发魔女传》中的练霓裳是坐山分赃的女强盗头子，她的高强武艺和心狠手辣并没有掩盖其锄强扶弱、以国家民族大义为重的豪侠气概。练霓裳本来和明朝军队作对，杀贪官污吏，劫富济贫，但当她

---

① 黎湘萍．台湾的忧郁：论陈映真的写作与台湾的文学精神．北京：生活·读书·新知三联书店，1994.

听了李自成“我们虽然也与明朝皇帝作对，可是若然异族入侵，那么我们就宁愿与官兵联合，共抗异族”的劝告后，认识到了自己的狭隘，于是决心和明朝共抗外侮——清兵的侵略。她还把多年储存的珍宝献给李自成的义军，视钱财如粪土。当情场失意头发全白后，她回疆十多年仍是劫富济贫，不改英雄本色。梁氏塑造了一系列先国家民族后个人的英雄，如岳明珂、卓一航（《白发魔女传》），张丹枫（《萍踪侠影》），凌未风、刘郁芳（《七剑下天山》）等。梁氏小说中英雄的核心性格是侠之大者为国为民，他们身上无疑具有明显的儒家济世精神和崇尚封建纲常的倾向。

金庸当年在谈及武侠小说何以在香港、海外流行时曾说：“我觉得最主要的大概是武侠小说比较根据中国的传统来着手……武侠小说，一方面形式跟中国的古典章回小说类似，另一方面它写的是中国社会，更重要的是，它的价值观念在传统上能让中国人接受。是非善恶的观念，中国人几千年来的基本想法没有很大改变。”[①]“飞雪连天射白鹿，笑书神侠倚碧鸳”，金庸小说不仅以奇妙的情节、动人的语言、神异的武功带给读者无穷的艺术享受，更重要的是小说所表达的思想内涵、阐发的价值观符合中国人的传统道德观念，使读者在阅读过程中能产生认同感。尤其是金庸塑造出来的一位又一位武侠人物的儒道思想以及其中蕴涵的现代意义大放异彩，使得小说具有更加深刻的文化底蕴与精神内涵。

金庸小说体现出宋明理学体系中的“仁、义、信”等思想观念和崇尚封建纲常的倾向。他在为吴霭仪《金庸小说的男子》一书写的小序中说：“在武侠世界中，男子的责任和感情是‘仁义为先’。仁是对大众的疾苦怨屈充分关怀，义是竭尽全力做分所当为之事……教人尽力为人，追求世事的公平合理，其极致是‘杀身成仁，舍生取义’。武侠小说的基本传统也就是表达这种哲学思想。”“仁”是儒家思想体系的核心，也是儒家在思想史上的主要贡献。“仁”源出《尚书》：“予仁若考。”指人所具有的柔顺巧能的美好品德。“仁”体现多方面的伦理道德价值，也是各种优秀品德的高度概括，它的核心就是“爱人”。《论语·颜渊》记载：“樊迟问仁。子曰：爱人。”孔子认为“仁”不是具体的规定，而是一般的精神。“爱人”的前提是“立人”、“达人”，即把他人当作平等的人来对待，推己及人，为他人着想。新武侠小说的主题，往往围绕着尊师重道，杀身成仁，舍身赴义，忠孝节义，急人之难、解人之危，理之所在、身不由己等传统价值观念去设计情节。通过在书中设置悬念引人去

---

① 刘晓梅．文人论武——香港学术界与金庸讨论武侠小说．见费勇，钟晓毅．金庸传奇．广州：广东人民出版社，1995. 117.

追索，当人面临忠与孝、情与义的尖锐矛盾时，他究竟是如何抉择与取舍的。小说中的封建伦理纲常的思想观念，渗透着宋明理学文化思潮的特质。

在《天龙八部》中，大侠乔峰陷入了一个各种复杂感情强烈交织的世界：杀父的仇人，绝交的朋友，亲手杀死的爱人，理不清的家国情仇……乔峰在寻仇、复仇的过程中险些变成一个被仇恨控制的恶人。然而他的仁爱本性使他不仅化解了私人恩怨，也化解了派系和种族的偏见，更以自己的一腔碧血将一场一触即发的刀兵之祸消弭于无形。他的所作所为，正表达了作者的仁义理想。乔峰不是凭自己的快意恩仇而一决私怨，他首先想到的是芸芸众生，这体现出大“仁”思想。金庸的《鸳鸯刀》这部中篇小说讲述了正派与邪派争夺宝刀的故事，传说中这对宝刀中隐藏着一个能无敌于天下的大秘密，小说在末尾揭开了这个秘密，原来鸳刀的刀刃上刻着“仁者”，鸯刀的刀刃上刻着“无敌”，即孟子的名言：仁者无敌（《孟子·梁惠王上》）。金庸将“仁”当作人们所向往的一种理想和最高境界而加以颂扬。

在新武侠小说中，“侠”与“义”总是联结在一起，但“义”的文化内涵却是复杂的。金庸认为：“侠是不顾自己生命危险，主持正义，武侠小说是侠义的小说。义，是正当的行为，是团结和谐的关系……中国是横面讲的，讲究人际，所以集体、群体发达。义，是中国团结发展的重要力量。”[①] 儒家把“义”作为区别小人和君子的人格试金石，认为“君子喻于义，小人喻于利”，主张“崇义而薄利”，以至“舍生而取义”。义也就是道义，这种尚义、重义、讲道义、行侠义、舍生取义、宁死不屈之义，是武侠精神的实质。而其反面就是不仗义、背信弃义，侠士所要惩戒的就是这种“不义之徒”。金庸小说中的人物从陈家洛、袁承志、郭靖、杨过、张无忌、乔峰、令狐冲、石破天等，在他们身上无不体现着“侠义”精神，同时他们身上也有浓重的封建纲常的思想倾向。

“侠义”精神是金庸小说中的重点内容，它的主持公道、锄强扶弱、惩恶扬善、重义轻利，甚而舍生取义作为传统伦理道德观念至今仍被人们所认同，“为国为民、匡扶正义、已诺必诚”的内涵在当今时代仍有十分积极的意义。金庸把“民族大义”置于“义”的首要位置，他笔下最杰出的英雄人物都深明大义，都能自觉地为群体、为民族、为大多数人利益而奋斗，乃至献出自己生命。这些形象体现了中华民族一种最高的人生价值观，这也是金庸对武侠精神的一种新的提升。[②] 从《射雕英雄传》到《神雕侠侣》，郭靖都义无反顾地

---

① 裘小龙，张文江，陆灏．金庸武侠小说三人谈．上海文艺，1988（4）．

② 孙扬．论金庸小说武侠人物的儒道思想及现代意识．文教资料，2010（6）（上旬刊）．

坚持抗元，死守襄阳城，一守就是十几年，明知蒙古兵力强盛，自己迟早会失败，但只要能多守一天，就竭尽全力，绝不轻言放弃。黄蓉原想到最后关头他俩可乘汗血宝马脱身，但郭靖坚决反对，不做苟且之人，誓与城池共存亡，这种视死如归的精神可歌可泣。郭靖之所以能坚守襄阳城十多年，正是因为他坚守“为国为民”的民族大义。在《天龙八部》中，乔峰从自己的悲惨身世和在宋辽边界的所见所闻出发，深深地感悟到了民族矛盾所带来的痛苦。他不忍心看着汉人与契丹人互相厮杀，希望用一己之力来化解两国的仇恨。他用自己的生命换得了两个民族之间的和平，用自己的鲜血来代替两国千万百姓、士兵的生命，这一顶天立地的英雄形象就是对“义”的最高层次的诠释。

金庸笔下的“义”，范畴极广，几乎见于武侠世界的各种人际关系之中。《雪山飞狐》中的胡一刀夫妇与苗人凤的交往诠释了何为“义薄云天”；《神雕侠侣》中郭靖不念杨康之杀师旧恶，抚养孤苦伶仃的杨过，以德报怨；《倚天屠龙记》中的张无忌虽未成年，却千里相送纪晓芙临死托付给他的女儿杨不悔，义不容辞；《天龙八部》中的乔峰虽不喜欢阿紫，却一直关心和照顾阿紫，绝不背信弃义。朋友之间的信义、夫妻之间的节义、奴仆对主子的忠义等封建纲常在小说中都有淋漓尽致的呈现。

金庸小说在洛学传统文化的熏染下，塑造了一系列温柔敦厚、重义轻利而又自强不息的侠义英雄形象，表现了对义、勇、信等人格胆识的推崇。金庸所礼赞的人格理想实质上可概括为司马迁在《史记·游侠列传》中所言：“其言必信，其行必果，已诺必诚，不爱其躯，赴士之厄困，既已存亡死生矣，而不矜其能，羞伐其德。”儒家文化思想以恭、宽、信、敏、惠作为人格修养的道德标准，认为“恭则不侮，宽则得众，信则人任焉，敏则有功，惠足以使人”，要求人们做到为人庄重、待人宽厚、做人诚实、办事敏捷、与人慈惠。金庸笔下的英雄人物基本上都是这种人格标准的典范。乔峰武功高强，但决不恃力伤人，大凡出手杀敌，不是对方欺人太甚，便是为形势所迫。尽管他明白自己母亲是为中原武林同道所残害，却能审时度势，原谅中原群豪，理解他们的苦衷。显然，这个人物被打上了儒家忠恕之道的烙印，闪烁着古典人道主义的微光。①

在新武侠小说中，还可以看到不少对封建伦理纲常无条件尊崇的宣扬。例如，许多作品处处强调“尊师重道”的观点，不仅一日为师，终身为父，而且“师要弟子死，弟子不得不死”。对师长的话，弟子必须绝对服从。新武侠小说常见的情节是做师父的如何磨炼徒弟，弟子除了报家仇国恨是理所当然

---

① 李茂林，谢清风．论金庸新武侠小说的理想人格．益阳师专学报，1996（18）．

外，代师雪耻、为师复仇也是天经地义。中国传统价值观看重人情，特别是讲求信义与承诺，除了君君臣臣父父子子的“责任伦理”，还讲究“天地君亲师”的封建纲常，中国人的师生关系，是伦理关系中仅次于父子和母子关系的核心成分，对师门和师父意志的服从，不亚于“君要臣死，臣不得不死”的地步。例如，古龙的《浣花洗剑录》中东海白衣人挑战中原各大门派，某门派自知不敌，但门下六大弟子为了师门仍以死相拼，并不临阵脱逃，在毫无意义的争斗中牺牲了。金庸《碧血剑》中的玉真仅靠师父的一件小信物就可以为非作歹，威慑木桑道长向自己下跪，木桑为了表示对师门的尊敬，险些命丧他手。金庸《倚天屠龙记》中的灭绝师太临死之前逼迫周芷若答应她三件大事：不能与张无忌交心、交往；接峨嵋派掌门之位；用阴谋和美色来诱惑张无忌，得到武功秘诀和倚天剑、屠龙刀。这三件事看起来都不合情合理、不合乎道义，但为了师命，周芷若也必须违心地答应下来并对天发誓，因此这不仅直接造成了周芷若的爱情悲剧，而且导致了她后来的性情异化和人格沦丧。这些当然是崇尚封建伦理纲常倾向在新武侠小说中的极端表现，带有时代和传统文化特定的局限性，从而给读者带来历史真实感和悲剧意味。

儒、释、道、墨等诸家精神在新武侠小说中都有体现。如儒家忠君、爱国、求仁、尚义的进取精神；道家以退为进、豪放不羁、崇尚精神人格自由的人生境界以及独特的对宇宙的体悟和认识的方式；佛家无我无相的魔界，悲天悯人的慈悲之心，与戒贪、戒痴等克制自我和欲望的道德规范等等。

古龙作为台湾著名的武侠小说家，其作品之所以受到广大读者的欢迎，不仅仅是因为其奇崛诡异的故事情节和诗化空灵的语言风格，还在于其作品中蕴涵着丰富的中国传统文化意蕴，尤其是浓郁的道家文化色彩和深刻的哲理性。他以高超的艺术技巧展示了中国道家文化思想的不朽魅力。尤为明显的是道家的“道法自然”、“物我两忘”和“重道轻器”的精义。[①]《浣花洗剑录》中的方宝儿之所以能够练成绝世的剑术，就是因为受到了“道法自然”的启示，他说：“这流水中正是包含着无上武学至理。你且看江流水中的波浪，骤眼看去，俱都相同，但仔细一瞧，便可发现波浪与波浪间其实大不相同，其中变化之微妙复杂，当真是奥妙无穷。这正与那白衣人的剑法有些相似。”[②] 学艺期间，方宝儿只是呆望奔流的江水、拂树的晚风、晚间星辰的升落、日间白云的变化，最终从这些大自然的奇妙变幻之中悟出了武学的真谛和人生的哲理。“物我两忘”、“人剑合一”是古龙笔下的众多武林高手所追求的至高武学境

① 吴立响．试论古龙武侠小说中的道家思想．世界华文文学论坛，2008（4）．

② 古龙．浣花洗剑录．西安：太白文艺出版社，2001. 234.

界。西门吹雪［《陆小凤传奇系列（下）》］堪称“剑神”，他的人与剑已经融为一体，只要他的人在，天地万物都是他的剑。薛衣人［《楚留香传奇系列（二）》］号称“天下第一剑”，他全心全意都已融入剑中，到了忘人忘我的境界。紫衣侯（《浣花洗剑录》）虽然剑法登峰造极，但是比起他的师兄来仍然稍逊一筹。他只是将天下所有的剑法全部记住，而其师兄在全部记住之后又忘记。他解释说：“我那师兄将剑法全都忘记之后，方自大彻大悟，悟了‘剑意’，他竟将心神全都融入了剑中，以意驭剑，随心所欲，虽无一固定的招式，但信手拈来，却无一不是妙到毫巅之妙着。”① 这得之于道家重精神实质的传统，正是《庄子·外物》所谓的“得鱼而忘荃”、“得兔而忘蹄”、“得意而忘言”。

例如，新武侠小说中的僧、道、尼、隐本来在人世中不问世俗、不究是非，在小说中他们却往往被刻画为身怀绝技的好手；青楼女子往往出污泥而不染，有更加贞淑的情操和志节；出场形态最为柔弱的女子，一旦武功出手，往往可以气盖男儿；流浪儿、乞丐在社会中往往是最被轻视的小人物，在新武侠小说中，丐帮却是天下第一大帮，组成了一个自成体系的秘密社会，有原则，讲信义，锄强扶弱，赈危济困，并且隐藏着不少义士高人；断腿、独臂、聋哑、痴呆、盲目的残疾人，常被处理成莫测高深的武林高手。这种处理，寄予了对弱者的同情，隐藏着对强者的警示，也是老子“离强于弱、柔肠胜刚强”道家思想的形象化。②

同样，佛家的“缘起”、“因果报应”等观念在新派武侠小说中更是广泛存在，有时甚至构成作品的结构框架。“缘起”理论认为天下众生，均是因缘而起，因缘而生，因而不应委屈执著、自寻烦恼，万事随缘即可。在武侠小说中，几乎时时处处有缘分、有机巧。而“因果报应”作为佛教的一个基本理论，强调轮回、善恶有报。从金庸、梁羽生到古龙、温瑞安，其小说情节无论如何曲折、变幻莫测，最终总是以“善有善报恶有恶报”为大团圆结局。

在人物塑造方面，作者显见有着道德教化的意图，甚至还用佛教中的善恶报应观念处理人物命运。武侠界里同样是物欲横流，侠士们被“贪”、“嗔”、“痴”等欲望所困，为了占据更高的江湖地位和拥有更多的财富，大部分侠士被卷入夺位或寻宝的厮杀中，杀人或被杀，毫不珍惜他人和自己的生命。金庸《连城诀》中的戚长发师兄弟三人，为了得到价值连城的宝藏，杀师灭徒，互相残杀，暴露出丑恶的嘴脸，行径令人发指。古龙《绝代双娇》中的“十大

① 古龙．浣花洗剑录．西安：太白文艺出版社，2001. 125.

② 何新．侠与武侠文学源流研究——论海外新武侠派小说．文艺争鸣，1988（2）．

恶人”也正因自身的贪婪而自相残杀，最终同归于尽。对地位和金钱的贪欲就像《连城诀》中涂着毒药的珠宝，使人发狂发疯，丧尽天良，最终毁灭了生命。这是小说对“存天理，灭人欲”的宋明理学思想的生动阐释，是对人类毫无节制之贪欲的清醒批判。

在金庸小说中所体现出来的佛学思想，严格来说是佛教在中国流传最广的一个支派——禅宗。禅宗思想与儒家思想的结合是在中国的两宋时代，尤以“二程”、朱熹为代表的程朱理学最为著名。他们结合儒、佛两学，融会贯通，将天、地与仁合而为一，视理为其贯通之处，将心、性、情三分，视仁为心之理，性理相通，天人相通。① 从学术范畴，以禅宗讲求悟道的特点与儒家杂芜而随意的感悟结合，使儒学思想在哲学体系上进一步完善。《天龙八部》一书的名字就是取自佛经典故，而题记中更是确切表明要以鬼怪来象征人世。书中的大小人物个个像是中了魔一般，慕容氏、段延庆的野心，乔峰父子的仇恨，江湖中人的偏见，段氏父子、阿紫、游坦之的情痴，还有马夫人、王夫人的情欲和因爱成恨……各人内心中的种种疯狂深藏在各自的潜意识中，时刻想冲破束缚，尽情宣泄。正如佛家所说，苦难的根源在于欲望，欲望与失望的交织就会在人的心底产生一个邪恶的魔鬼，左右着人们在尽情的放纵中走向毁灭。

《天龙八部》正是要通过刻画一群心理失常的人间邪魔来达到讥刺世事、唤醒灵魂的目的。

最能体现金庸佛家思想的小说是《鹿鼎记》。这部小说的情节取材于汉民族与少数民族之间的关系，但是，宋明封建纲常倾向一样占据着主导地位，将历史民族的文化遗迹展现得淋漓尽致。君君臣臣关系表现在王朝递传上是坚持嫡脉相传，伦理道德上崇尚“忠义”，人格修养上主张戒骄戒躁和政治理想上倡导亲贤远佞等等。

三、从“寻根文学”的情结流露来看崇尚封建纲常的理念

1976 年美国黑人作家哈利的小说《根》问世，震惊了美国黑人的灵魂，并唤起了他们强烈的寻根意识，进而在全世界产生了广泛的影响，震动了全世界漂泊不定的游子们的灵魂。“根意识”不是狭隘的，不是某一个民族所独有的，而是全人类所共有的一种文化情结。赵毅衡认为，由于中华民族具有过于悠久的独特文化，因此中国人移居后失去文化根基的感觉还是会长留不去、沉重难忍。对于深受华夏传统文化浸染且安土重迁的中国人来说，根和乡土、家园永远是有着内在关联的。父母所在之地，自己出生之地，血缘所系、风俗所

---

① 高全喜．理心之间．北京：生活·读书·新知三联书店，1992.

迁，这种根深蒂固的乡土意识对于远离故土、漂泊异乡的海外华人来说尤为突出。“祖国，这一神圣不可侵犯的字眼，在游子心目中永远是至高无上的。她是民族尊严的象征，是故土情民族爱的化身，是游子生命的源泉。因此，越是躯体漂泊，形骸浪迹，游子越是魂系梦绕，心存祖国。”①

杨匡汉先生曾说：“所谓台湾及海外华人的‘寻根文学’，实际上就是指作家所描写的华人的一种怀恋民族乡土的思想感情，即由于他们远离祖国，渴望故土，思念亲人，感到无根而产生的一种痛苦的内心世界——乡愁。”② 在海外华文文学中，根的意象为早期的美华留学生文学所反复吟咏，根总是系于大地，在海外生活，如同得到了闯荡的天空，却失去了眷恋的土地。丛苏认为土地象征着他和他祖国的根源，一旦失却，就只能四处飘荡，而海外华人的无根感正是远离了自己的母土。这里的根是指“深蕴在中国人血液中的民族文化之根，是海外华人文化归属的象征”③。

台港澳暨海外华人的“寻根文学”上可以追溯到台湾日据时期，下可以延伸到20世纪80年代的异域。如日据时期赖和的《一杆“秤仔”》、杨奎的《模范村》、吴浊流的《亚细亚的孤儿》，光复后叶石涛的《狱中记》、钟理和的《原乡人》、钟肇政的《浊流三部曲》等作品，都在不同程度上表现出或认同，或回归，或关怀思念祖国大陆的倾向，这些作品中所创作的主人公及他们的行为都显出悲壮而雄浑的风貌。这些作家不仅是当时台湾文学后来的中流砥柱，也为台湾文学的发展奠定了坚实的基础。20世纪50、60年代以来的台湾“寻根文学”可以说是继承了光复前台湾文学的这一传统，而且有所发展。其创作群以台港地区移民到欧美国家的作家居多，这些作家大都受过良好的高等教育，且出身于书香门第，边喝咖啡边写作，可谓是中西文化结合的精英。然而，异域的落寞、思乡的情愫使他们的小说创作打上了尚理的烙印。

聂华苓的《千山外，水长流》一书中的主人公莲儿是一个混血儿，身世独特，小说以莲儿的美国寻亲之旅为主线，展开了40年历史的叙述，然而，莲儿充满希冀的寻亲梦最终破灭。在女主人公莲儿身上不仅寄托着作家对家园故土的乡思情结，而且承载了一代又一代中国人身在异国他乡却频频思乡的归根意识。这种“认祖归宗”的传统封建纲常观念，不仅在台湾寻根小说中有大量的书写和流露，直到21世纪它在海外华文小说中依然被不断书写。例如，

① 殷仪．魂系中华——三论游子文学．上海大学学报（社会科学版），1994（1）．

② 古继堂等．台湾地区文学透视．西安：陕西人民教育出版社，1991. 165.

③ 李亚萍．故国回望——20世纪中后期美国华文文学的主题比较研究．北京：中国社会科学出版社，2006. 32.

张翎的长篇小说《金山》中，方得法的儿子锦山虽然与印第安部落的混血女子桑丹丝产生了感情，但一句“祖宗，不认你的”便成为最终逃离婚姻最不可违抗的理由。

台湾旅美著名作家白先勇曾被夏志清先生赞誉为“当代中国短篇小说家中的奇才”，他自幼便受中国传统文化的浸染熏陶，具有深厚的古典文学根基，而在美国留学生活经历，使他对西方现代派文学也有深入的了解。兼具中西文化背景的他，在文学创作中巧妙地将现代派的叙事技巧与传统的叙事方式紧密结合起来，形成了独具一格的“将传统融入现代”的文学风格。白先勇远离祖国，渴望故土，思念亲人，在异域文化的压抑下，感到无根而产生一种痛苦的乡愁。作者的这种乡愁源于一种强烈的民族认同感，随着乡愁日深，白先勇便开始了《纽约客》和《台北人》的创作。思念家国、荣衰对比的感伤情绪和悲剧色彩在这两部作品中均有体现，作者通过对人物命运遭遇的描写，表达了对世事无常、人生如梦、命运的神秘与不可知的喟叹，其中明显透露着老庄理念的影响，例如，《纽约客》中的“念天地之悠悠”，无根一代远离祖国又看不到出路的孤独、寂寞和悲凉的情感，以及《芝加哥之死》中主人公解脱不了的耻辱感和罪恶感，在不动声色中面对着人生、历史沧桑的喟叹，这些都产生了震撼人心的效果。“生命是个痴人编成的故事，充满了声音与愤怒，里面却虚无一片。”这是《芝加哥之死》中引用的一句诗，流露着作者对命运的神秘和不可把握的失望感。吴汉魂苦读六年，终于成为芝加哥大学的文学博士，期间他放弃了爱情，远离了社交，卖命地工作，甚至没能回台湾参加母亲的葬礼。但是当他拿到博士文凭时，不仅没有苦尽甘来、夙愿已偿的喜悦，反而陷入了迷惘。他急切地试图寻回自己生存的价值和继续奋斗的勇气，然而他发现在陌生喧嚣的芝加哥面前，他依然是个局外人。酒吧、萝娜、黑夜交织成的巨网和迷宫令他窒息，令他无所适从，他唯一可做的是赶在白昼来临之前葬身于密歇根湖，获得自戕式的拯救。吴汉魂的自杀固然与他在阴暗潮湿的地下室死啃书本六年，又受到虚无主义思想的影响有关，也与他性意识的觉醒有着直接的关系，但最主要的原因却在于他心灵上的困惑。他虽长期身居异国，却念念不忘自己是中国人，不忘自己祖国的文化传统，他对西方文化无法产生认同感，“汉魂终不灭，林茂鸟知归”可以说是对他的一种写照。

出于对“文化中国”的眷念，白先勇的创作一直执著于可以体现“整个中国文学的传统”的创作主题，即一种“兴衰感、历史感”。在小说集《台北人》的卷首，他化用了刘禹锡《乌衣巷》中的诗句，“王谢堂前燕，飞入百姓家”，表达的是“对历代兴亡、感时伤怀的追悼”，无论是《游园惊梦》、《梁父吟》还是《国葬》，都向我们展示了台湾上流社会荒淫无耻的画面，深刻地揭示了这个社会必将灭亡的原因。这种揭示上流社会由盛到衰必然灭亡的写法，明显有《红楼梦》的影子。这个贯穿整本小说集的大主题在《游园惊梦》里也得到了充分的展现：钱夫人等人都是随着国民党政府的溃败而逃亡到台湾的，钱将军去世后，曾经风光无限的她独自过着寂寞而凄凉的生活，当她在窦夫人的宴会上回忆起昔日的繁华，心潮澎湃，感慨万千，仿佛一切都只是梦境。文中多处对景物、衣饰、人物个性进行描写，与《红楼梦》中的描写有诸多相似之处。《游园惊梦》是最能体现作家的创作思想和艺术特色的小说，白先勇亦自称它是“整个写下来，最苦、最美的一篇”，“下了最大的工夫”。在小说中，封建纲常理念的崇尚在细节中不经意便流露出来，例如，窦夫人宴请宾客，描写众人入座即席时，客人们进去后都你推我让，不肯率先落座。

“还是我占先吧，这般让法，这餐饭也吃不成了，倒是辜负了主人这番心意！”

赖夫人走到第一桌的主位坐了下来，然后又招呼着余参军长说道：

“参军长，你也来我旁边坐下吧。刚才梅兰芳的戏，我们还没有论出头绪来呢。”

余参军把手一拱，笑嘻嘻的道了一声：“遵命。”客人们哄然一笑便都相随入了席。到了第二桌，大家又推让起来了，赖夫人隔着桌子向钱夫人笑着叫道：

“钱夫人，我看你也学学我吧。”

窦夫人便过来拥着钱夫人走到第二桌主位上，低声在她耳边说道：

“五妹妹，你就坐下吧。你不占先，别人不好入座的。”

钱夫人环视了一下，第二桌的客人都站在那儿带笑瞅着她。钱夫人赶忙含糊地推辞了两句，坐了下去，一阵心跳，连她的脸都有点发热了。倒不是她没经过这种场面，好久没有应酬，竟有点不惯了。从前钱鹏志在的时候，筵席之间，十有八九的主位，倒是她占先的。钱鹏志的夫人当然上座，她从来也不必推让。

作者对一个筵席上众人按照身份地位、长幼尊卑排序的礼教观念，如何相互礼让，然后心照不宣依次即席的细节描写，表现出封建伦理纲常观念无形地左右着从大陆到台湾生活在台北的上层人物的日常生活和行为举止。小说赞赏窦夫人“知恩图报”的伦理观念，她不因自己地位的上升而自傲，对钱夫人仍然保持着真挚的友谊；而对“天辣椒”、“月月红”这类对亲姐妹都背信弃义的人，小说予以不露声色的鄙夷和鞭挞。白先勇的思想深受传统宋明理学思潮的影响，儒、释、道思想均有表现。小说中流露出佛家的“因果轮回”，道家的“浮生若梦”等思想，钱夫人对自己的婚姻，认同瞎眼师娘的“冤孽”说，流露出强烈的宿命意识。

白先勇的名篇《花桥荣记》写的是20世纪40年代末跟随国民党当局败退到台湾的大陆人的悲惨遭遇。这些人在大陆时曾属于上流社会，到台湾后却沦落到社会的底层，做了寅吃卯粮的小公务员。海峡两岸的隔绝，使他们远离故土而不能归。小说着重描写的是小食店食客卢先生的爱情悲剧和小食店老板娘对家乡思念的情感，这构成小说情节的主线和副线。卢先生曾为大户人家的公子，是斯文有礼的读书人，在他身上，深深印刻着传统文化中崇文重教、尊崇礼教的思想，他对学生和自己养的鸡“极有耐心”。卢先生在台北十几年如一日地思念和等待着在桂林的未婚妻，哪怕是对他偏心照顾的老板娘亲自做媒也毫不动摇，在他身上体现出浓厚的封建纲常观念，对爱情忠贞不贰、不离不弃、守身如玉的精神。而这种严格尊崇封建纲常的行为主要是针对女性所作的要求，中国传统文化中并没有对男子有同样的规约，因而卢先生的自我坚持和对感情的忠贞就显得尤其难能可贵。后来，他被表哥骗去15年的积蓄，他的人生陷入绝望境地，最终走向悲剧结局。他对爱情的忠贞夹带着对家乡的深切怀念，他十几年之久地徘徊在美好的旧梦中，以逃避在台湾孤苦伶仃、一无所有的现实。

“尹雪艳总也不老”，小说《永远的尹雪艳》开头一句就把主人公尹雪艳推上了一个带有神秘性和“非人化”色彩的境地。尹雪艳在小说中实际上充当了欲望之神和命运之神的化身。作为“欲望”的象征，她的出现膨胀起人们不可遏止的欲望，人们无法抵挡她的诱惑，那些科长、处长、经理们围绕着尹雪艳进行着一场又一场的争夺和追逐，事实上，他们是为了满足自己的欲望而进行着挣扎和努力。白先勇在尹雪艳身上又寄寓了“神性”，作为一种“命运之神”的喻示和象征。小说中有这样一句话：“在麻将桌上，一个人的命运往往不受控制。”其实不受控制的命运又岂只是在麻将桌上？欲望和命运原本密不可分，人有什么样的欲望，就可能导致什么样的命运。小说故事背后也流露出宋明理学思想中不变的精神核心“存天理，灭人欲”所包含的深刻哲理。

此外，在小说《台北人》中作者多次用到“冤”、“孽”等字眼以及“八字冲犯”等论调：会预卜凶吉的吴家阿婆称尹雪艳为“妖孽”；金大班称朱凤肚里的胎儿是“小孽种”；丽儿的母亲戏称她是“小魔星”，又说王雄和喜妹的“八字一定犯了冲”；顺恩嫂得知李长官家庭没落的情形两次喊“造孽”，而罗伯娘解之为“他们家的祖坟，风水不好”；朴公关心王孟养“杀孽重”；娟娟唱歌像“诉冤一样”，总司令拿她的生辰八字去批过几次，都说是犯了大凶；朱焰第一眼就知道林萍是个“不祥之物”；蓝田玉“长错了一根骨头”，是“前世的冤孽”。人之“孽”是命定的，根本无法摆脱。这些宿命论的意识和论调都是封建纲常观念中的一部分，这些佛家用语也源自于白先勇“一切皆空”的佛家思想潜流。在作者看来，曾经的伟大功绩和荣华富贵、欢乐和痛苦，到头来全是虚空一片，而人生就是虚无，是一场梦，或者是一个记忆。

怀着一种对“失根”的恐惧，留学生们顽强执著地致力于对“寻根”的渴望。台湾留美学人的“寻根小说”着重表现的是一种“无根”的漂泊感和疏离感，并由此而生发出“寻根”的主题。正如於梨华说自己所写的无根作品的主题时所讲，“几乎就是一个寻根”①。於梨华笔下的留学生们在无尽的乡愁中苦苦追寻着故土家园，他们在东西方文化的碰撞磨合中追问着，在东西文化的夹缝中寻求着自己的精神栖息地。他们过多地承担着民族家国的理念，一旦进入了不同文化体系的异国社会，他们就不知道何去何从，面对“我是谁”的身份问题，他们陷入了困惑。而善于“心理写实”的女作家欧阳子更认为“人人怀念自己故乡，心向自己故乡……中国人最重视的固然是民族血统，东方人一般都认为，不论你住在何处，生在何处，持的什么国籍，你的‘至忠’必归属于祖宗来自的国家，才是顺乎人性，才是合乎道德”②。

典雅的中国传统文化和注重理性的西方文化截然不同。在西方，不论个人或国家，人们所寻求的就是享有、自恃以及统治，尤其美国文化强调个人主义、自由竞争与个人成功；而中国的传统文化深受儒家道家的影响，所以强调守土恋家、守成求静、含蓄平和。因此美国人充满理性，美国社会人情冷漠，而中国传统却重视团结和睦、家庭观念以及社会责任。当这两种完全相悖的文化碰撞以后，必然会引起一系列的矛盾冲突。

在於梨华的长篇小说《傅家的儿女们》中傅如曼的爱情是东西方文化冲突的牺牲品。留学美国的傅如曼，在美国这样一个重自由开放、尊崇个性的国家同一个美国人自由恋爱，却也在某种程度上固守着传统的东方精神，对爱恋对象的性开放感到厌烦和恐惧，而且“要听父母的话”，坚持要等父母同意才结婚，这些都最终导致了两人的分离。傅如曼对感情的专一保守、注重贞节的想法和典型的美国式的合则好、不合则散的随机爱情婚姻观如此不同。这些导致了她的自暴自弃，最终变成了一个有“神经病的老处女”，中国传统的封建观念和西方自由开放的爱情观之间的冲突毁了这个聪慧漂亮的女孩。东西文化的碰撞也造成了“天使的沉沦”，在《一个天使的沉沦》中罗心玫受父母中国

---

① 王淑秧．海峡两岸小说论评．北京：中国人民大学出版社，1992. 37.

② 欧阳子．欧阳子自选集．香港：黎明文化事业股份有限公司，1982. 53 ~ 54.

传统文化影响，为姑丈对自己的侮辱而感到羞耻，对父母兄姐也难以启齿，而中国传统文化中历来讲究的尊长敬老、家族和睦的观念更使她紧闭其口，只能在美国社会开放自由的环境下寻找宣泄的出口，因此她变得放纵堕落，心灵扭曲。

"寻根小说"中的传统文化味是非常浓郁的，作家们感时忧国的历史使命感，崇尚中和之美的儒家仁学观，对古典诗词的大量引用和点化，使这些作品有着鲜明的民族特色。例如，白先勇《台北人》中的红楼意蕴，赵淑侠对新儒学观的借鉴，聂华苓与中国现代进步文学的渊源关系，都使他们的作品烙上了鲜明的"民族"标记。同时，这种民族化也带有西化和地域化的痕迹。但是，从他们身上，我们看到了传统文化的张力与顽强的繁衍性和延续性以及不可替代的魅力。

强烈的"文化寻根"成为新加坡女作家孙爱玲创作出第二部小说集《碧螺十里香》的灵感源泉与艺术酵素。这部短篇小说集里五篇作品中便有四篇是对中国文化传统的寻觅、缅怀与沉思。在《羽丁香》中描绘的是那些有着强烈迷人色彩的东方珠宝如何风靡世界的故事，不妨说是一部中国珠宝文化史；《白香祖与孔雀图》写的是中国的刺绣文化，不妨说是一部别样的中国刺绣艺术史；《班布曲》写的是中国的印染文化，不妨说是一部别样的中国蜡染艺术史；而《碧螺十里香》则写了中国的茶文化，不妨说是一部别样的中国茶艺术史。

优良的华族传统美德也是孙爱玲小说人物具有的特质。虽然《碧螺十里香》中的汤二祖母关凤慈身份卑微，十多岁就由汤赫明元配蕴玉亲自做媒，把她从戏班中的当红花旦变成汤家小妾，但她"谦让、贤慧、坚毅、刻苦、体贴、温柔、沉稳和牺牲"的精神与美德备受赞扬。大祖母蕴玉去世后，她不弃不离地照顾六个非亲生的儿女，从广州辗转到香港，最后落脚新加坡，其中所历尽的重重波折与艰苦她都坚忍地、任劳任怨地承受下来。汤家第三代出生后，她亲自教他们《三字经》、《千字文》及戏曲，想着要把孩子们培养成"中国人"。孙辈们的名字不是尧（坤）、舜（祖），就是禹（宗）。关凤慈这种重情义、富爱心、兼具智慧与善良的女性，宛如珍贵的碧螺春一样。《碧螺十里香》的结尾是这样的：

死前她对几个大的孙女儿说出以下的话：

"你大祖母若是铁观音，我应该是碧螺春。从来隽物有嘉名，物以名传愈见珍；梅盛每称香雪海，茶尖争说碧螺春。"

她们几个都已亭亭玉立，虽然穿的是赶着缝出来的直腰郁蓝色麻布旗袍，却是无比端庄，脸上虽没有施脂粉，但气质沁人，在灵侧一点头，一鞠躬，绝不马虎，那两个大的男孩尧坤、舜祖，一身对襟蓝色麻布裤，抿着嘴，毕恭毕敬，站在灵前回礼。大家体会到汤二祖母的心血，没有白费，看他们这家子举丧，倒以为自己身在20年代的广州，就越发想起那二祖母的丰采神韵。

不知是谁传了话来说：

“汤二祖母还有张香港英籍公民的身份证，她生于一八九九年，洋名关玛丽，真名关凤慈。”

这样一位有着香港英籍公民身份的富家姨太太，从不炫耀自己的“高贵身份”，而是固守贞洁，固守中国传统文化，骨子里自有一股清高和淡雅，将自身比喻为“有嘉名”的碧螺春，其默默无闻的一生同时也是令人崇敬的一生。

华文小说作家对“忠义”伦理道德的核心的传承，思想内容上对宋明理学精神实质的迎合，以及崇尚封建伦理纲常的倾向，在台湾和香港以及欧美文坛的“两岸情结小说”、“新武侠小说”与“寻根文学”以及其他类型的小说中都有着丰富的表现，这是值得学界关注的一个创作现象。

第四章　世界华文小说对洛学文化中世俗化倾向的传承

第一节　明后叛逆反“理”思潮的兴起

一、反叛思潮兴起的社会背景

明代中叶以后，皇权的高度集中逐渐导致以皇帝为中心的统治集团的腐化堕落，政治上由盛转衰，出现了宦官专权，宦官专权与朝政腐败又加剧了党争，统治集团逐渐放松了对政治思想的控制。首辅柄政与宦官专权交错更迭，朝臣中朋党树立；赋役紊乱，财政匮乏，边疆、海疆频频告急。朝廷除了受历史上常有的北方游牧民族南下的威胁外，又遭到东方倭寇和西方早期殖民主义者的挑衅。与王朝的没落相反，封建统治的衰败在一定程度上为民间社会突破原有的统治格局和自主经济的进步提供了某种良好的环境，社会经济向商品经济倾斜发展，农业商品化程度提高。地主经济和农民经济都和市场发生着更密切的联系，契约租佃关系发展，定额地租普遍，地权分化激烈，出现了永佃权和“一田二主”现象。手工业区域分工与专业化有所发展，流通市场扩大。区域性商人集团活跃，工商业市镇在江南等先进经济区域兴起，乡村手工业和市镇手工业中都出现了资本主义生产关系的萌芽。中西经济文化的交流和冲突开始活跃，中国的海寇、海商与葡萄牙、荷兰海盗商人角逐于东西洋上。月港—吕宋—美洲间太平洋航路的接通，使中国与海外市场的联系更加密切。中国海外贸易顺差带来大量白银货币（西班牙银元）进口，这对社会经济生活产生了一定的冲击。市镇居民逐渐显示出力量，民间开始形成逐利拜金、奢侈浪费的风气，同时重利忘义、恃强凌弱的现象也越来越严重。贫富贵贱起落不常，上下尊卑秩序出现混乱甚至颠倒。思想文化领域形成“以情反理”、冲击传统的浪潮，一向为人们所轻视的商贾、庶人、优伶等，起而摇铎讲学，鼓吹藐视礼法、追求个人情性、及时行乐等异端学说。科学巨著与通俗文艺并相争妍。社会生活的许多方面，都透出一股活泼、开朗、新鲜的时代气息，显露出新旧冲突变动的征兆。总之，以农村经济的新变化为背景，国内外贸易开始繁荣，城镇经济开始发达，商品货币流通得到拓展。社会行业及其分工的扩大，促进了手工业生产的发展及经营方式的变化，社会经济走上了以往各个历史时期都未曾出现过的带有某种“近代以前的工业化”的历史进程，从而引发了社会习尚乃至思想文化领域的一系列变化。正是这些变化的出现，使得明后期反叛文学思潮得以孕育和发展。

明中叶以后社会经济的巨大变化，城市的繁荣，尤其是资本主义性质的工场手工业的兴起和发展，使得大量破产农民和逃户成为城市移户。据明人何良俊分析，至16世纪末，吃商品粮而不种田的人口已达到60%～70%。这种经济结构的变化引起了社会风尚的嬗变，过去遭受鄙视的商人地位提高了，逐本赢利成为风气，商人的奢侈浪费生活造成了社会经济的繁荣现象，封建礼法秩序开始受到冲击。同时，经济结构的变化还引起人们社会心理、价值观念的变化，人们开始注意尘世利益，关怀现世人生，并要求人性解放和个性的自由发展。一系列的变化将强劲的活力输入社会肌体，一股不安分守己和别开生面的新鲜文化——市民文化的潮流涌动在传统文化的结构之中。一方面由于商品经济有了较快发展，资本主义生产方式的萌芽在已经衰老的封建社会母体内初露端倪，市民阶层登上历史舞台，随之而来的是社会风尚、人们价值观发生了变化；另一方面，明朝统治者的集权统治，尤其是思想文化登峰造极的专制统治已经成为市民阶层价值观得以实现的桎梏，两者之间存在着尖锐的矛盾。这种态势标志着中国封建社会的制度濒临全面崩溃的状态。虽然这个时刻还没有正式来临，但对该制度进行自我批判已经十分必要。与此同时，明中后期商品经济的繁荣，治学印刷的普及，为文化的发展提供了比较充分的物质条件。而此时西洋文明的输入，又开阔了人们的视野。凡此种种，都在知识准备上为这一时代思想敏锐的文化人进行历史反思提供了可能性，正是这一切孕育并促成了明朝中后期市民文化的兴起。

明代自太祖开始尊崇程朱，至明成祖时又令用程朱解释的四书五经作为钦定的教科书，科举考试也以此命题并作为标准答案。天下士子欲求显达，无不追踪程朱足迹，熟记朱熹对四书的阐释，不敢越雷池一步。作为官方统治工具的程朱理学把圣人抬到高不可及的地位，偶像崇拜登峰造极，不但人们的言论与圣贤相左会被当作是非圣之法，就连演戏扮演他们的形象也被当作是亵渎圣贤的行为，要被治以重罪。那些被称为“醇儒”、“名儒”的理学家都是一禀宋人成说，恪守宋人思想。理学还极力宣扬禁欲主义，把人欲看作是天理的对立物。朱熹说，圣人千言万语，只是教人“存天理，灭人欲”，赤裸裸地鼓吹僧侣主义、禁欲主义，用纲常名教压抑人们正当的生活要求。面对这种情势，市民阶层要满足物质、精神需求，就必须在思想文化领域冲破理学专制的罗网，基于这种需要，王阳明的心学勃然兴起。明朝前期，在思想界占统治地位的是程朱理学，它在维护明王朝封建专制集权统治方面曾起过积极作用。但从明中叶开始，程朱理学所赖以生存的政治、经济条件都已发生明显变化，这主要表现在一方面明王朝已经走向衰落，政治腐败，赋役日增，农民起义接连不断，统治阶级内部的斗争也愈演愈烈，整个社会动荡不安、危机四伏，神圣权威受到来自各方面的威胁。而程朱理学固守旧的教条，不知变通，日趋僵化，成为一门仅是应付科举的章句之学，已失去生机和活力，对激剧动荡的社会徒感乏术。对此，地主阶级思想家感到有必要在哲学思想上变换新的形式，以维护明王朝的统治。另一方面，随着明中叶商品经济的发展，城市的繁荣，资本主义萌芽的出现，市民阶层空前壮大和活跃，已经形成了一个具有群体联系与自觉要求的社会利益集团，并开始侵蚀、改变着既往中古封建社会的结构和面貌。因而社会呼唤人的主体精神，要求重新估量一切价值，以促进社会的改革。为适应这一新形势，王阳明提出了一剂救世良方——“心即理”的重要命题。至明中叶后，理学蒙昧主义已经完全成了圣贤偶像和儒家书本的奴隶。“心学”主旨是“心即理”说和“致良知”说，心学的终极目标与理学可以说大同小异，殊途同归。然而王学强调愚夫愚妇与圣人同有良知，个个心有仲尼，人人有作圣之路。这就带有某种反传统和人性觉醒的意味，为后来市民学者更猛烈地抨击理学开辟了一条道路。讲究真性情、蔑视虚假卫道的反叛思潮所呈现的人性灵光，如同一抹晚霞照亮了中世纪中华民族所处的黑暗时期，因此显得格外珍贵并给人以慰藉。

二、对当时文学创作的影响

（一）描写对象

在理学蒙昧主义统治的宋明时期，封建统治阶级通过国家机器的强制力量，从物质上对普通百姓进行控制，同时通过道贯三世的圣贤偶像，从精神上完全对普通百姓进行剥夺。在这些偶像权威面前，人们只能匍匐膜拜，将自己的一切智慧、知识、欲望乃至权利，统统无条件地贡献给它，人们不是为自身而只是为这些偶像才有了存在的意义。如果说中世纪颠倒的社会，使人离开了人的世界，那么，这种颠倒了的世界观则给每个离开自己世界的人又套上一条无形的精神绳索。明代中后期的文化主流，对这条精神绳索进行了冲击，它反映了历史上中华民族的一度觉醒：要求从儒家圣贤偶像和经典权威的束缚中解放出来，从理学蒙昧主义的统治下解放出来。无论是具有叛逆思想的人，还是极摹人情世态之畸、备写悲欢离合之致的市民文学家们，他们标榜的出自胸臆的自然本色、追求怡情适性的性灵、向往真情、抨击礼教、批判八股时文，这对当时僵化的文坛和专制思想是一个巨大的冲击。有些学者非常大胆尖锐，他们把思想方法诉诸直觉判断，他们有着惊世骇俗的批判语言。明朝中后期文学界有志于市民文学创作的文学家有冯梦龙、凌濛初、汤显祖等人，他们代表着广大市民的意愿，或以生动的故事情节，或以栩栩如生的人物形象，或以悲剧形式，揭露封建制度及统治者的罪恶和道德沉沦，呼吁男女平等、婚恋自由，表现出真情与天理的对立，从而与学术领域批判理学的潮流彼此呼应，互相推涛作浪。这一时期的代表作品有长篇小说《金瓶梅》、短篇小说集“三言二拍”以及汤显祖的“临川四梦”和徐渭的《四声猿》等戏剧。

当市民文化成为明后期反叛思潮的主流，文学作品所呈现的描写对象也随之发生了改变。此时的文学已从唐宋时期的士大夫精英文学屈尊为市民大众文学，这不仅是人性的觉醒，更是对生命个体的尊重，无疑是一种突破。作家们在提出性情理论的同时大力创作，对众生市民进行文学描写，使得描写对象不再是纯粹的自我而是普通的大众，并表现人性关怀，这样一方面被大众所接受，另一方面又大范围地增长了反叛思潮的席卷势头，诠释了作家自我的爱憎情感和人文关怀。以小说《金瓶梅》为例，作者对世情的描摹可谓是达到了鲁迅说的“著此一家，即骂尽诸色”① 的境地。小说以主人公西门庆的活动来展开时代画卷，作为小商人的西门庆在官商勾结、权钱交易、食色大欲的世界里倾轧、争斗。作者同时以冷峻的笔触，客观地描写了西门庆身后金、瓶、梅等诸多女性的遭遇，通过她们扭曲的人性展示了封建礼教下的女性的悲惨命运。作为普通的小商人、家庭妇女，他们应该有平凡的生活却偏偏无法逃脱命运的悲剧，这已经不是一般意义上的个体悲剧，而是在封建礼教下整个社会悲剧的缩影。《金瓶梅》作为一部哀书，它的悲剧意义不仅仅在于表现了封建专制社会由于统治集团的腐朽衰败和新兴资本势力的冲击而日薄西山，也不仅仅在于写出了底层人们生活的艰辛，而是强烈地揭示了中国晚明时期商人的艰难崛起，同时也客观表明了晚明涌动着的人性思潮以及人欲放纵下的价值毁灭。有着里程碑意义的白话长篇小说《金瓶梅》描写的现实不是朝代兴衰、英雄争霸的历史大事，而是生活中的日常琐事；其中的人物不是王侯将相、英雄豪杰，而是生活中的平凡人物。小说将视角转向普通的社会、琐碎的家事以及再平凡不过的人物，在心理上与读者拉近了距离，使人如临其境，这种近镜头的放大更能逼仄人们的内心。同时，小说又大量吸取了市民中流行的方言、谚语

---

① 鲁迅．中国小说史略．长沙：岳麓书社，2010. 121.

等铸就市井的文字，使得小说人物形象更加丰满、动人。

晚明社会，随着商业和手工业的发展，都市的繁荣，城市市民人数的急剧增长和重商思想的抬头，有更多的商人、小贩、作坊主、工匠等成为小说的主角。特别是商人，作为当时商品经济中最活跃的分子和市民的主要代表，在“三言二拍”中作为正面的主人公而频频亮相，这在中国小说发展史上是一个值得注意的现象。在“二拍”《叠居奇程客得助》中写到“徽州风俗，以商贾为第一等生业，科第反在次者”①，人生的价值以得利来衡量。本篇主人公程宰与海神女喜结良缘的故事耐人寻味，历来文学作品在描写对象上通常选取文人雅士或勤劳诚实的农民得到仙女，这次却转向世俗商人了，这充分说明生气勃勃的商人已经逐步取代读书士子而成为时代的宠儿。小说描写对象的改换折射出晚明时代的鲜明特点，也反映出新的价值取向。同时，“三言二拍”在描写爱情故事时，还具有尊重女性的意识，不仅表现了女性婚恋的自由平等，而且赞颂了女性为追求人格尊严而进行的反抗。《杜十娘怒沉百宝箱》中的杜十娘是一个典型人物形象，作为名妓，她并非传统文学作品中所描述的妓女最后走上从良道路的这种套路，而是追求一种人格上平等的爱情，她最后用生命来维护自己的爱情理想和人格尊严。杜十娘的形象能够作为文学的描写对象，一定程度上也体现了晚明反叛思潮的涌动。

当更多的世俗平民和商人成为小说的主人公后，通常表现出的是对婚姻爱情的大胆追求，对封建纲常的蔑视。虽然很多情况下，这些平凡的商人、妓女最后以结束生命悲剧收场，但他们成为文学描写对象的事实已在宣告着那个时代人文思潮的解放和涌动。诚然，人物命运在价值取向上有着时代特有的局限性，但是可以折射出作家们在创作过程中展现的内部思想冲突和对理学桎梏的宣战，具有时代的开创意义。

（二）题材创作

1. 戏剧题材创作的爱情取向

众所周知，在文学史上，汤显祖的传奇《牡丹亭》是着力最深，也最能表现其文学思想和艺术才能的作品，与元杂剧《西厢记》一同被视为著名的爱情剧。故事取材于话本小说《杜丽娘慕色还魂记》，写南宋太守杜宝之女杜丽娘私自游园，在梦中与素不相识的书生柳梦梅幽会，醒来幽梦难遣，郁郁而死，后起死回生，两人喜结连理。从内容来说，《牡丹亭》表现的还是古老的“爱欲与文明的冲突”这一主题，不过在《牡丹亭》里，文明具有特殊的内

① 凌濛初．二刻拍案惊奇．北京：华夏出版社，1994.

涵，那就是明代官方所极力宣扬的礼教、理学。杜丽娘对爱情的向往是天生的，尽管她长期被看管，但仍免不了强烈的思春之情，并最终获得了爱情。《牡丹亭》的意义在于用形象化的手法肯定了爱欲的客观性和合理性，并对不合理的文明进行了强烈的批判。《牡丹亭》是先欲后情，特别突出了情欲与礼教的冲突，强调了情的客观性和合理性。宋炜在《汤显祖美学思想论》中指出，阳明心学到泰州学派主要表现为对“理”的先验绝对性的消解和反叛，汤显祖也将他信奉的儒家思想融进了通俗戏曲中。汤显祖是李贽学说的忠实信奉者，他不满枯索僵化的封建礼教对人性的扭曲，对人情的压抑，认为它们束缚了年轻人的恋爱自由，束缚了年轻人对美好生活的向往，其《牡丹亭》就是一部为年轻人的“深性至情”唱赞歌的传世之作。《牡丹亭》“因情成梦，因梦成戏”、“生可以死，死可以生”的浪漫特色，不正源于汤显祖对“情”的独到理解吗？在汤显祖看来，人之“情”是一种本源性的价值与动力，比起“理”来说是更本真、更可尊重的，所以他认为“理之所必无”，便不知“情之所必无”。《牡丹亭》之所以能在当时家喻户晓，几令《西厢记》减价，正是因为它通过杜丽娘的传奇故事艺术地表现了本体性的真情至情的动人可爱，表达了人们对被封建礼教（理）压抑着的人之“情”需要解放的渴望与向往。在《牡丹亭记题词》中，汤显祖指出：“天下女子有情，宁有如杜丽娘者乎？如丽娘者，乃可谓之有情人耳。情不知所起，一往而深，生者可以死，死者可以生。”①

《牡丹亭》作为爱情题材的经典传奇有着特殊的文化意义。一是以情反理，反对处于正统地位的程朱理学，肯定和提倡人的自由权利与情感价值，褒扬像杜丽娘这样的有情之人，从而拨开了正统理学的迷雾，在广大受迫害最深的女性心中吹拂起阵阵和煦清新的春风。一出《牡丹亭》，温暖了多少女性的心房！封建卫道士们痛感此词一出，使天下多少闺女失节，其间所点燃的风流，唯恐一女子不销魂、一方人不失节，这正是慑于《牡丹亭》意欲解救天下弱女子之强烈震撼力的嘤嘤哀鸣。二是崇尚个性解放，突破禁欲主义，肯定了青春的美好、爱情的崇高以及生死相随的美满结合。千金小姐杜丽娘尚且能突破自身的心理防线，逾越家庭与社会的层层障碍，勇敢迈过贞节观、鬼门关和朝廷的金门槛，这是对正在情关面前止步甚至退缩的女性们的深刻启示与巨大鼓舞，是振聋发聩的“惊雷闪电”。三是在商业经济日益增长、市民阶层不断壮大的新形势下，对正在兴起的个性解放思潮起到了推波助澜的作用。汤显祖以自己的真挚情感，借助爱情的题材在文艺领域开辟了思想解放、个性张扬

① 汤显祖．牡丹亭．北京：人民文学出版社，1963.

的新战场，推动了反叛思潮的激荡。

2. 白话小说题材创作的市井生活与神鬼化

明代的小说繁盛，无论是以“三言二拍”为代表的短篇小说，还是《水浒传》、《金瓶梅》等长篇著作，都不乏对市井小民的日常生活甚至是纵欲生活的描写，这与王门的平民意识及求真意识不无关系。这些作品以阳明心学为哲学基础，以“童心说”、“性灵说”为创作指导，标称以“心”、“情”为本，注重情感表现和心灵比照，强调小说的文学价值和动人的审美效果。但是，随着准宗教的封建伦理的确立，特别是有着僧侣主义色彩的宋明理学的出现，爱与欲往往成了非礼的“恶”了，男女之事讳莫如深，“饿死事小，失节事大”，“存天理，灭人欲”，这诚如清初戴震所言“是以理杀人”，李贽对此也曾有批判，前面所述已有涉及。物极必反，禁欲的结果往往会反弹为纵欲，明代由于资本主义生产关系的萌芽，在一些商品经济相对发达的地区，曾盛行纵情声色、及时行乐的世风，在这些地区，“神圣”的封建纲常确实遭到了空前的亵渎。被鲁迅认为是开“人情小说”之先河的《金瓶梅》，为人们展现的正是这样一个生动真实的世界。《金瓶梅》以及“三言二拍”中的许多性描写，很容易使人想到薄伽丘《十日谈》中的性描写，它们确乎都有某种反封建僧侣主义的性解放的意义，但如果仔细分析，两者的差别还是明显的，《十日谈》更多地把性视为一种人性的自然，并带着对僧侣虚伪病态的嘲讽，带着健康乐观的笑去描绘谈论性，而《金瓶梅》以及“三言二拍”当中的性描写虽从自然人性出发，却常常耽于对性的把玩，心态也较猥琐，尤其是《金瓶梅》与“三言二拍”中“贴”上去的道德说教更显出其仅仅是停留在对欲的感性层面的突破，在理性层面的建设则显得相当游离薄弱。纵欲实际上是对禁欲太过的矫枉过正，有把性描写审美化的趋向。《金瓶梅》与“三言二拍”中对性的描写虽冲击了传统道德与审美的禁忌及规范，但与《十日谈》相比明显缺少一些理直气壮、健康开朗的内容，没能由性升华为美，这或许是传统的积淀太重，而“情欲”美学自身的力量还太弱的原因。

神魔小说《西游记》借唐朝和尚玄奘西行取经的故事，描写了一段光怪陆离的取经之旅。小说寓意丰富，对现实社会人生多有影射。书中师徒四人各有各的性格禀赋，在历经艰难后，终成正果。即便是资质平庸、满脑子俗念的猪八戒也最终得以致良知。作为神魔小说，《西游记》既不直接取材于现实生活，又不类似于原始神话，而是在神幻奇异的故事之中和诙谐滑稽的笔墨之外，蕴涵着深意和主旨。作家主观上通过孙悟空的形象来宣扬“明心见性”，客观上张扬人的自我价值和对人性美的追求。小说在改造和加工传统的取经故事时，纳入了时代的心学框架，但心学本身在发展过程中又有张扬个性和道德完善的不同倾向，这又和西游故事在长期过程中积淀的广大人民群众的意志相结合，就使得《西游记》在具体的描绘中，其实际表现的精神明显突破、超越了这一设想的理性框架，并向着肯定自我价值和追求人性完美倾斜。

《封神演义》是明代天启年间，由许仲琳、李云翔根据民间故事改编而成的。全书以武王伐纣、商周易代为历史框架，叙写天上的神仙分为两派支持这场战斗，最后姜子牙将双方战死的要人一一封神。小说借用历史事件，用神幻的色彩贯穿了以仁易暴、以有道伐无道的基本思想。同时，小说把明代删节《孟子》中具有民主思想的言论，如"君之视臣如手足，则臣视君如腹心；君之视臣如草芥，则臣视君如仇寇"[①]等，通过正面人物之口加以宣扬，甚至让姜子牙一再宣称："天下者，非一人之天下，乃天下人之天下。"这些"以臣伐君"、"以下伐上"的言论，无疑具有一定的反叛意味。

3. 诗歌题材创作的"独抒性灵，不拘客套"

反对模拟就意味着提倡独创。公安派诗人袁宏道在否定文学复古运动的同时，提出诗文革新，强调作家要追求独立自主的人格，并认为作品应是作家真实情感的流露，这是"前后七子"[②]思想僵化、盲目尊古等理论所远远不及的。他提出"独抒性灵，不拘格套"这一鲜明的文学观点，并以之为核心建立了一套旨在破除创作镣铐的束缚，充分展示作家自身主动性的诗文理论体系，主张为文应打破一切格套，既不受任何思想道德观念上的各种束缚，也不受古文的法度规则对文学创作的束缚，任主体情感自由抒发，表现作家自身独特的风格。

首先，在内容上，袁宏道强调文学要抒写真性情。他提倡诗文创作必须抒写作家的性灵，表现内心的真实情感。所谓性灵，就是作家的个性表现和真情流露。出自性灵者则为真诗。要想性灵真，首先要做真人，进而强调如果文章不是从自己胸臆中流出，则不下笔。他认为，"大都独抒性灵，不拘格套，非从自己胸臆流出，不肯下笔。有时情与境会，顷刻千言，如水东注，令人夺魄。其间有佳处，亦有疵处，佳处自不必言，即疵处亦多本色独造语。然予则极喜其疵处。而所谓佳者，尚不能不以粉饰蹈袭为恨，以为未能尽脱近代文人气习故也"。由这一段话可以看出，袁宏道主张诗人在创作上应该抒写自己的真情实感，即便创作手法或者艺术表现力还不够成熟，作品中多有疵处也无妨，反而会因为是本色独造语而更加有魅力。对于什么是真诗，袁宏道给出的

① 杨伯峻．孟子译注．北京：中华书局，2010. 171.

② 前七子指李梦阳、何景明、王九思、边贡、康海、徐祯卿、王延相，后七子指李攀龙、王世贞、谢榛、吴国伦、宗臣、徐中行、梁有誉。

答案是，“情至之语自能感人，谓真诗”。袁宏道认为复古派以传统的、陈旧的创作思路对作品进行了规范和限制，他们所摹写出来的情感不可能是真情实感，而那些出于劳动人民之口的民歌时调没有礼教规范的约束，任情而发，故清新质朴，令人耳目一新。“故吾谓今之诗文不传矣。其万一传者，或今闾阎妇人孺子所唱《擘破玉》、《打草竿》之类，犹是无闻无识真人所作，故多真声，不效颦于汉、魏，不学步于盛唐，任性发展，尚能通于人之喜怒哀乐嗜好情欲，是可喜也。”这里提出，“真人”写“真声”的创作现象，以真实的情感抒写真实的心灵，这种诗歌才有价值。在文学创作中，古今中外的文学理论家都崇尚真实。袁宏道强调在文学创作中应注重自然本色，即真。“真”是性灵说的重要内容，也是他论述较多、较详的内容。他曾云：“诗何必唐，又何必初于唐，要以出自性灵者为真诗尔。夫性灵窍于心，寓于境。境所偶触，心能摄之；心所欲吐，腕能运之。”他认为性灵不仅藏于主体心灵中，也隐于客体物体之中，当心与境相交融的瞬间，性灵就会迸发出激情的火花。这时创作主体只要跟随心的律动，以当时涌现的语言表述出来，就是最完美的诗歌，即真诗。在那个模拟成风的时代，袁宏道再一次强调“真”的美学意义，并大力倡导大家写真诗、作真文。袁宏道以尚真为精髓使公安派的文学革新运动具有明确而丰富的内涵，使得以抒写真情为特征的晚明文学，具备了较为成熟完备的理论形态。

其次，在创作方法上，袁宏道主张信腕信口、率性而为。如何在作品中表现诗人的真情，袁宏道认为，诗人的真情实感应该在作品中自然倾泻，而不需任何藻饰，应该是“信腕信口，率性而为”。在文学语言的要求上，提倡语言本色自然，即不加任何修饰，自然流露性灵的本色语，反对陈词滥调。他极力推举文之“露”、“本色”，在《叙小修诗》曾云：“大概情至之语，自能感人，是谓真诗，可传也。而或者犹以太露病之，曾不知情随境变，字逐情生，但恐不达，何露之有？”他认为在进行诗文创作时，情感跟随意境变化，文本语言跟随情感变化，作家只需担心不达其意，而不需考虑太多诗文措辞修饰等方面的内容。即使有“露”，也是前文中提到的“多本色独造语的疵处，亦是佳处”。袁宏道如此强调自然与直露，是针对当时的剽窃成风、众口一响的文坛风气而提出的。晚明文人多为豪放不羁之士，文学观念也多为激进之论。以公安派为核心的文人对这种直抒胸臆、直露本色的风格很是推崇，同时他们也认同创作风格的多样化。

4. 晚明小品文题材创作的生活化、个人化

晚明小品文内容题材上的一个显著特点是趋于生活化、个人化，不少作家喜欢在文章中反映自己日常生活状貌及趣味，渗透着晚明文人特有的生活情

调。如袁宏道的《晚游六桥待月记》，这是一篇赏玩杭州西湖六桥一代春景的游记，片中不仅描绘了山水花草的美景，游春士女的姿态，而且点出“花态柳情，山容水意”怡人心目的乐趣。作者将“山僧游客”看作享受自然美景的对象，显示出清雅闲适的审美情调。积极投入个人游赏生活并乐于在作品中表现，这在一定程度上体现了晚明文人在生活中捕捉美、鉴赏美的能力，并提高了游赏小品的艺术价值。在表现生活化、个人化情调的游赏之作中，张岱的作品尤为突出，以其尤为称道的《西湖七月半》为例。

其一，不舟不车，不衫不帻，酒醉饭饱，呼群三五，跻入人丛，昭庆、断桥，嚣呼嘈杂，装假醉，唱无腔曲，月亦看，看月者亦看，不看月者亦看，而实无一看者，看之。其一，小船轻幌，净几暖炉，茶铛旋煮，素瓷静递，好友佳人，邀月同坐，或匿影树下，或逃嚣里湖，看月而人不见其看月之态，亦不作意看月者，看之。

文章属追忆之作，借摹绘西湖游人情态，烘托繁华热闹的生活氛围，刻画可谓生动传神，细致入微，层层的白描文字中夹杂着作者留恋于昔日“繁华靡丽”生活的怀旧情绪。

晚明小品文的另一特点是率真直露，注重真情实感。不论是描写个人日常生活，表达审美感受，还是评议时政，都有直抒胸臆之作。袁宏道在《叙陈正甫会心集》中阐述了世人最难得的便是获取生活的乐趣，从自然中得到的乐趣更深刻，而从学问中得到的乐趣相对浅显些的道理。同时，无所隐讳地表露出崇尚“无拘无缚”、“率心而行”的真实心态。

“晚明”这个时间概念与“小品”这个文化概念相结合，体现了中国古代散文史上文体的深刻变化，它促使散文创作趋向自由化。这种变化不仅在创作风格上有着新的文化走向，而且在创作主体生活态度上也被赋予新的文化内涵。其在内容表现和文本形态方面均表现出灵动隽永的艺术特征，其起于一时之兴会，多发议论和感慨，随意自然，体现出和传统文体迥然不同的审美格调和艺术趣味，它既有主动追求精神自由的闲适，也有反对各种对干扰精神自由干扰而进行的抗争，它所具有的诗意寄予在哲学中，贴近人的自然本性，它具有供人赏玩的美学价值，具有怡人耳目、悦人心情的审美愉悦性，也是符合新兴市民阶层的审美形式。

5. 散曲题材创作的现实抒怀

自嘉靖年间以来，与整个文学创作演化的步调相一致，散曲创作进一步繁荣，南北方都有不少作家涌现，其中如金銮、冯惟敏、梁辰鱼、施绍莘等都是当时较有成就的人物，创作风格从总体上看更是丰富多样。随着昆山腔的兴起，一些地区南曲盛兴，而北曲却有衰落的趋向。冯惟敏是北方作家中的佼佼者，也是这一时期散曲创作的大家，有散曲集《海浮山堂词稿》。他的作品描绘的生活面较广，具有较强的现实感，不少内容或反映时艰，或抨击政治弊端，或摹写其他人情世态，真实地反映了现实生活的方方面面。如《胡十八·刈麦有感》、《折桂令·刈谷有感》、《玉江引·农家苦》、《傍妆台·忧复雨》等作，对遭遇自然灾害和官府捐税之苦的农家给予了关注与同情；《玉江引·纪笑》抒发对“更不辨苍白，何处寻公论”的畸形世态的愤激之情；而《改官谢恩》则写到了官场“忘身许国非时调，奉公守法成虚套”的阴暗面。

梁辰鱼有散曲集《江东白苎》。他素蹈歌场，兼猎声囿，精通音律，曾采用昆山腔创作了传奇《浣纱记》。其散曲作品讲究锻字炼句，文辞典丽华美，并注意吸收词的写作手法，因此不少曲文呈现出词味重而曲味淡的特征。《江东白苎》中像酬赠、题咏、艳情等散曲常见题材作品占有一定比例，但真正引人注意的是一些抒情写怀的篇章，它们从不同侧面较真实地反映了作者的内心世界，如《暮秋闺怨·白练序》：

西风里，见点点昏鸦渡远洲。斜阳外，景色不堪回首。寒骤，漫倚楼，奈极目天涯无尽头。消魂处，凄凉水国，败荷衰柳。

施绍莘是晚明时期重要的散曲作家，若有散曲集《秋水庵花影集》。他的作品大多随境写声、随事命曲，较少受文辞与声律的约束，与当时辞藻化、音律化的创作风气有所不同，在曲坛独树一帜。以套数《杨花》中的一曲为例：

天涯日暮，江头春尾，汉苑隋堤休亦。模糊如梦，一痕惊破游丝。偏向酒旗风底，画舫栏边，唐突无规矩。一从漂泊也不来归，但林外声声哭子规。留不住，推不去，有人独立斜阳里，怀古泪，送春杯。

此曲重在写意摹神，由春日四处飞扬的杨花，引出作者“模糊如梦”的感觉，再归结到凄迷忧郁的怀古送春情怀，造意新颖，回味隽永。

总之，在明代“情理对峙”的社会文化思潮中，阳明心学无疑给长期思考社会人生并期望对僵化的封建道统礼教进行富有生命力的革新的文人以强有力的理论支持；同时所引发的文学体裁的流变在很大程度上促进了中国古代文学的发展；更为重要的是，文学题材的多样化为作家提供了更为广阔的创作天地，为反叛思潮的高涨注入了新的活力。

（三）主旨体现

晚明反叛思潮一方面表现出对个体意识的张扬和对合理人欲的正视，同时又对那个时代由于个体意识的张扬和合理人欲的正视所引起的私欲放纵与人欲横流的社会现象表现出深沉的忧虑。怎样匡正由个体意识的张扬和合理人欲的正视所引起的私欲放纵，使个体意识和合理人欲朝着有利于社会进步与人类完善的方向发展，是当时每一个有良知的作家都必须面临的问题。而在那个新的价值体系尚未建立的时代，从传统的价值系统中寻找参照系以匡正那个人欲横流的社会，就成为当时人们唯一的选择。

明代的思想反叛者们则顺势掀起了一次颇有声势的文学解放思潮。这是一次对儒家为政治教化的强有力的挑战，其代表人物首推李贽、汤显祖与“公安三袁”（袁宗道、袁宏道、袁中道）。李贽大胆批判儒家的虚假仁义，反对千百年来以孔子之是非为是非的思想。统治者指斥李贽“敢倡乱道，惑世诬民”，将他抓进监狱。最后，李贽死于狱中。李贽的著名文论观点是“童心说”，所谓“童心”，即真心。李贽力倡文学应表现真性灵、真感情，反对持人性情、止乎礼义的虚假造作。显然“童心说”是一种反叛儒家教化文艺观的文学解放思潮，力倡真情真性，主张人性人情的自然抒发。汤显祖在文学思想上与李蛰同声相应，力主情性，反对以“理”拘情，认为“情致所极，可以事道，可以忘言”（《调象庵集序》），“情不知所起，一往而深”（《牡丹亭记题词》），“情有者，理必无；理有者，情必无（《寄达观》）”①。“公安三袁”是明代文艺解放思潮的中坚人物，他们反对“为格套所拘”，反对盲从复古，张扬“自家本色”、“独抒性灵”。袁宏道在《序小修诗》中提出：“独抒性灵，不拘格套，非从自己胸臆流出不肯下笔。”② 因而他们反对“前后七子”的泥古不化。袁宏道指出：“文之不能不古而今也，时使之也。……夫古有古之时，今有今之时，袭古人语言之迹，而冒以为古，是处严冬而袭夏之葛者也。”③《雪涛阁集序》反对袭古，倡导作家自由地抒发自已的真性情。这一点是明代文学解放思潮的基本观念。以钟惺为首的竟陵派，则力图从理论上矫正公安派之弊，主张以幽情单绪为真性灵，并重倡以古人为归、引古人之精神接后人之心目。

---

① 汤显祖．牡丹亭．北京：人民文学出版社，1963.
② 赵伯陶．袁宏道集．南京：凤凰出版社，2009. 131.
③ 赵伯陶．袁宏道集．南京：凤凰出版社，2009. 177.

明朝后期，随着经济的发展，加之时代文人的推波助澜，文学从精英走向大众。确切地讲，明后期的文学在一定程度上可以说是大众的文学。晚明一些欣赏通俗文学的文人，往往有追逐声色之好，生活比较浪漫、放荡，常常混迹于青楼妓院里，骨子里有庸俗的一面。他们重真情，往往专注于男女私情和人欲，很容易认为“欲望无罪”，而滑进色情的泥坑。在当时的心学思潮中，像李卓吾、袁中郎等就公开宣称自己“好货好色”。这与当时整个社会色情文化泛滥有一定的关系。色情小说、春宫画、成人用品商店到处都是。当时商业经济活跃，养成了一种对于长期在外的商人的婚外性生活宽容的风气，小说中大量地描写他们狎妓、重婚，以及无论是男人还是女人的偷情乃至乱伦，不但不对之加以谴责，反而予以理解，甚至赞美。传统的道德在消解，一味追求小说趣味的同时，也很容易向低俗、色情方面靠拢。这样，当时文学大众化的潮流中，出现了如下倾向：

一是通俗，用白话写作。这与现在的通俗文学有点不同，但在当时来说是十分重要的，因为只有用白话写作才有可能走向大众化。《三国志通俗演义》就在宋元话本的基础上迈开了重要的一步。接着，从《水浒传》到《西游记》，再到《金瓶梅》，文字越来越通俗，充斥着方言、俗语、土话、黑话，有时候“土”得现在都搞不懂了。当然，通俗不仅是语俗，更主要的是写俗人、俗事、俗的环境，整个气氛、精神都是俗的。《三国演义》写的是帝王将相、国家大事；《水浒传》写的是英雄豪杰，也非常人，但也有王婆、郓哥、李小二之类的小百姓；《西游记》中的猪八戒实际上是一个很大众化的人物；到《金瓶梅》中基本上就是写一些平常百姓的日常琐事了。这对于文学接近普通百姓，走向大众化，无疑是十分重要的。

二是重真情。晚明社会，以李卓吾为代表，一批有叛逆思想的人反对说假话、写假文、做假人，要求打破一切思想束缚，行动上强调独立自主、不迎合别人、不崇奉道德教条，精神上强调要保持一颗纯真的“童心”、“赤子之心”。在文学作品中强调“独抒性灵”，写个人的真性情。这在大众化的文学作品中都表现得十分明显，特别在民歌中，冯梦龙编了民歌集《山歌》，他说，这些都是“田夫野笠”作，尽管写的都是“私情”，但因为“情真”，所以不可废。他强调编这本民歌集，就是要“假男女之真情，发名教之伪药”。这代表了当时的主要倾向，戏曲如《牡丹亭》，小说如《金瓶梅》，其他如“三言二拍”及大量的短篇小说，几乎都将兴趣集中在男女之情上。

三是求“趣味”。当时的文人喜爱逗笑、调侃、戏谑，因为他们一般都蔑视礼法名教，奉行快乐的人生哲学。泰州学派的王艮说：“人心本自乐。”明代中后期，如唐伯虎、祝枝山、李贽、徐渭、袁中郎、冯梦龙等名家都喜欢搞笑。在这样的风气中，笑话作品也特别多，在王利器的《历代笑话集》中，晚明的作品就几乎占了一半。像江盈科的《雪涛小说》和《雪涛谐史》、赵南星的《笑赞》、刘元卿的《应谐录》、冯梦龙的《古今谭概》等，都很有名。

明代，特别是晚明的文学在走向大众化的过程中，写时俗、重真情、求趣味，这是符合文学发展的大潮流的。文学就要面对大众、面对现实，写得有真情实感、有趣味，能吸引人，这是文学最基本的要素。时代的张扬和人性的追求同时又逼仄文学走向人性、走向自我价值之趋向。这是主导方面，但同时也产生了不少偏颇与问题，与此同时，往往通俗而走向庸俗，真情而走向色情，有趣而走向恶趣，而且这种庸俗、色情和恶趣往往相互交织在一起，甚至在一些优秀的作品中也难免会出现。这在当时的笑话中反映得特别突出，当时几乎每一种笑话集中都有一些“荤笑话”，这是大众文学中具有普遍性的一种现象。

（四）审美意识倾向

明后期随着市民文化雏形的出现，随之带来了价值观的变化。传统的儒家价值观核心是建立在宗法制度上的，等级观念森严，讲究尊卑贵贱、君臣父子。而市民文化则是商品经济发展到一定阶段的产物，强调商品持有者之间的等价交换，价值观的核心是利益，因此它与等级制度分庭抗礼。在当时通俗文学作品中这种观念是十分突出的，对当时前卫文人士大夫产生了重要影响。在审美情趣上主要表现了一反传统的“尚奇”风尚，也导致了文人士大夫“尚奇”的浓厚情趣，把“尚奇”的审美也上升到艺术理论与文学创作甚至是思想领域中。事实上，由于“奇”的审美动力是很大的，人们热烈地追求“奇”，所以不愿落伍的人们就必须创造出新的事物来表现“奇”。王阳明的心学与李贽的“童心说”，作为一种文艺思潮，无疑为尚“奇”的审美思潮起到推波助澜的作用，使人们的思想更加自由、更加开放，“奇”意更加浓厚。“奇”于是成了人们关注与议论的中心，成为人们视野下的聚焦点，也就形成了一种社会语境。在这种社会语境下，“尚奇”蔚然成风，人们好奇、寻奇、骇世惊俗的标新立异之举受到了鼓舞与激扬。

凌濛初在《初刻拍案惊奇》序中写道：

语有之，少所见，多所怪。今之人，但知耳目之外，牛鬼蛇神之为奇，而不知耳目之内，日用起居，其为谲诡幻怪非可以常理测者固多也。昔华人至异域，异域咤以牛粪金，随诘华之异者，则曰有虫蠕蠕，而吐为彩缯锦绮，衣被天下。彼舌挢而不信，乃华人未之或奇也。则所谓必向耳目之外，索谲诡幻怪以为奇，赘矣。

凌濛初以简明的语言阐明了“尚奇”之审美倾向是对儒家诗教“尽善尽美”说的明显突破，有着积极意义。凌濛初反对到耳目之外去寻索奇事，而要用敏锐的眼光及善于联想的心灵在生活现实中搜求平平常常而又怪怪奇奇的题材。这种以常人常事为主要审美对象的小说，代表的是崛起的平民阶层对文学的审美要求。因为他们已不满足于虚幻的神鬼故事，亦不满足于距自身生活遥远的帝王将相治国平天下的事迹，而是迫切需要反映自身的市井乡野生活、表现其中“诱诡幻怪”的小说作品。

“二拍”的“尚奇”审美倾向主要表现在婚恋故事中，它包含两性关系上的平等意识，并对妇女权益给予充分肯定，显示晚明个性解放思潮对男权主义的有力冲击。宋明以来，为巩固以男权主义为核心的宗法秩序，在两性关系中强制女性应有“不失身、不改嫁”的妇德。突破贞洁观念，是晚明个性解放思潮影响下尊重人性的重要体现。《二刻拍案惊奇》卷一一中写道：

却有一件，天下事有好些不平的所在！假如男人死了，女人再嫁，便道是失了节、玷了名、污了身子，是个行不得的事，万口訾议；及至男人家丧了妻子，却又凭他续弦再娶，置妾买婢，做出若干的勾当，把死的丢在脑后不提起了，并没有道他薄幸负心，做一场说话。就是生前房室之中，女人少有外情，便是老大的丑事，人世羞言；及至男人家撇了妻子，贪淫好色，宿娼养妓，无所不为，总有议论不是的，不为十分大害。所以女子愈加可怜，男人愈加放肆，这些也是伏不得女娘们心里的所在。①

这些话不是作为女子贪慕情欲的宣言，而是诉说出数千年来女子潜藏在内心深处对平等的呼声。明末女性的这种要求平等的呼声与贞节观念的淡薄，虽然不能明证男权话语与伦理束缚曾经在晚明彻底丧失，但至少展现出女性意识的觉醒与对以男性为中心的传统观念所认定的价值观在女性心中的放弃。这些宣言式的控诉在明以前是不可想象的，但是在凌濛初的笔下却随处可见。众多奇女子的形象展现了市民文化对她们的认可，据此，也充分说明“尚奇”审美意识已成为市民文化价值取向的主流。

同时，“二拍”的“尚奇”审美倾向还表现在商人故事中。《转运汉巧遇洞庭红》中的文若虚，之所以由贩运赔钱的“倒运汉”摇身一变成为暴富的

---

① 凌濛初．二刻拍案惊奇．北京：华夏出版社，1994. 132.

富商阔贾，成了“转运汉”，其前提就是他在同行客商的帮助下，走上了海外冒险经商的道路。当同行张大建议他以钱易货以求“大利”时，同行客商无不表示愿意，因为“彼此通融，大家有利”。甚至连与之交易的波斯商人也诚心诚意地安排文若虚在当地经商，并向他介绍经商经验，亦即“客纲客纪”。凡此种种，都不是作者对商人的有意美化，而是因为讲究诚信已经是普通商人致富的一条行为准则。可见，凌濛初称赞张大“难得此人”，赞叹文若虚“忠厚甚”、“平心甚”，从而对“商贾习气”作出肯定，也是现实生活的真实反映。事实上，“二拍”中那些经商致富题材的典型性，已经使其实际所包含的客观意义超越了作者试图表明的人生哲理或社会伦理主题，因而产生了广泛而积极的影响。为什么明代中晚期，放弃农业生产，而“改业为工商者，三倍于前矣”，为什么当时出现弃学为商与弃官从商的现象，为什么吴中一带绅士多以货殖为急？难道说只是为“金钱”，难道真如某些史书所言，此时人们生活奢靡，缺乏更高的精神追求吗？否。社会现实表明，真正的商人精神已在召唤人们，那就是挣脱束缚人的土地，抛弃陈腐无用的经书，离开尔虞我诈的昏暗官场，投身到充满风险的商海中搏风击浪，展示自身的聪明才智、胆识魄力，开拓人生视野，实现个体化的人生价值。这才是“二拍”中经商题材所展示的客观意义，此类题材中的无奇之奇、奇中之美，也都无不在此。

“二拍”在艺术上并非是“粗制滥造”的，即使在叙事模式的构建上也是颇富有创造性的，在叙事时，凌濛初倾尽全力编织情节，灵活运用了曲笔达意、平中见奇的原则。何为“曲”？清代文论家刘熙载在《艺概》中说：“取径贵深曲，盖意不可尽，以不尽尽之。正面不写写反面，本面不写写对面、旁面，须如睹影知竿乃妙。”小说的“曲”笔之妙在于它不仅以曲致奇趣的叙事描写来增加作品的感染力，更在于能开阔地表现生活的活动空间和时间，在新奇的故事中诱发读者对生活的思考。凌濛初深悟曲笔达意的妙处，同时也受他同时代人对奇特性情节重视的影响和启发，善于在平平常常的生活中掀起情节的波澜，以故事情节的险奇曲折给读者的欣赏心理造成撞击力，并给其以强烈的审美感受。

古代四大奇书之一的《金瓶梅》在审美意识倾向上更是求奇。作为里程碑式的作品，它开始摆脱历史和传奇的影响，独立开创了一个属于自己的世界。其最突出的叙事特征就是保持生活的原始粗糙。世俗男女的生活片段，作为一个个最常见的生活元素，单独地看，或许是毫无意义的，但是整合为一个生活系列用来解释生活，便产生了审美价值。它为中国长篇小说带来了一股前所未有的原始冲击力，一种从未有过的审美体验。作者的审美理想是化丑为美的灵魂，审美理想作用的结果便是整体上把握人物的走向和结局。春梅在外貌行为上是潘金莲的补充，命运上则是西门庆的翻版。在周守备生前，她就与因与潘金莲有奸情而被逐出西门大院的陈经济勾搭上，以兄妹相称来掩人耳目。而周守备死后，她更加疯狂，不断与家中小厮私通，最终因过度纵欲而得了骨痨之病致死。从作品的名称可以看出作者对道德丑类的结局设定。席勒在《强盗》第一版序中写道："必须把罪恶的一切丑类在光天化日之下暴露出来，并且把罪恶的巨大形象展示在人类面前。正是由于与罪恶的对照，美德才更加明显。"① 也就是说，作者以正面的审美摧毁罪恶的丑类，其本身就是一审美过程。而在市民文化渐趋发展的过程中，审美意识也在逐步发生变化，《金瓶梅》以丑为美的审美意识正是明中后期"平中求奇"审美倾向的典型表现。

晚明作为中国社会在政治、经济、文化诸方面都产生了深刻变革的一个时代，在人文精神层面上使人的主体意识和人的价值得到了扩展，使以个性解放为特征的人文主义理念得到了广泛宣扬并让大众普遍接受，也正是在这股人文主义思潮的推动下，使晚明的审美意识发生了嬗变。晚明审美意识转向关注个体生命情欲和现实的转型，可能是因为资产社会平民意识之勃兴或商业资本主义萌芽，故能将传统儒家对高道德本体的追求，转向对百姓日用现实生活世界的落实。明末的心学、"童心说"与"性灵说"等都在本质意义上强调了"情"在人类生活中的至高价值，伴随着对"情"的宣扬，人类精神深处的天性、情感与欲望四处弥漫。这样，一方面冲击着上层的意识形态，在伦理道德锈迹斑斑的"铁墙"上打通了缺口；另一方面，各种潜藏意识的喷涌使人更清楚地看到了自身欲望追求的多样性与自由性，从而确立起个体的独立意识。明后期平中求奇的审美倾向是中国古典美学的一大亮点，展现了那个时代人们对传统中和之美的摒弃，对自由人性的向往，同时，也反映了理学专制下人性的爆发。虽然平中求奇的审美倾向未能引起中国古代文艺复兴，但在一定程度上促进了人性思想解放，对理学的局限性进行了前所未有的思想反叛。

第二节　世界华文通俗小说作家的"世俗化"创作理念

明代中后期以何心隐为代表的泰州学派以及反传统思想家李贽的出现，营造出了"掀翻天地"的反传统思潮，从而给传统理学以致命的打击，这个时期可以视为是洛学或理学的叛逆期。明代后期大多通俗小说创作的基本特征是：描写对象上以写述平民，尤其是以市民为主；描写题材上以日常生活为

① 席勒．强盗．北京：外语教学与研究出版社，1997.

主；主题思想方面侧重于张扬色情，敷衍带有刺激性的公案、侠义和英雄传奇；作家审美意识方面则表现出“平中求奇”的倾向，亦即追求日常生活里不同凡响的“奇”。上述内容可以归纳为其时通俗小说的世俗化倾向。显然，通俗小说的这一创作倾向是与当时社会思潮以及受这一思潮直接影响的文学思潮有密切关系的，但说到底还是因为理学具有这个时代的叛逆性。

这种叛逆的反传统、重人欲、尚个性的反理思潮使洛学传承文化经过多年的衍化而悄无声息、或多或少地被结合进了异域文学思潮，为当代世界华文小说创作提供了前所未有的发展环境和土壤，尤其为那些以描写男欢女爱的言情小说以及带有刺激性的武侠传奇小说大开方便之门。另外，这样的文学思潮也必然要求小说的描写对象、描写题材以及作者的创作动机与它相吻合或向它倾斜。于是在一段相当长的创作时间中，流落在海外的华文小说家便大量取用现实题材，描述现实生活中的平凡人物，生动地反映眼前五光十色的商业社会；大胆地描写色情，肆无忌惮地言情谈性，以小说张扬色情以及追求日常生活中的“至奇”；在描写耸人听闻、生活中的偶然和意外等方面自由驰骋、恣意述写。华文通俗小说作家本着“反传统、重人欲、尚个性”的反理观念进行“世俗化”的创作，以自身的生存境况去获得对生命形式的新体验，在更具世俗特点的普通百姓那里找到审美的对应。“他们在叙事的背后尽可能使自己非知识分子化，并努力认同着普通百姓种种猥琐而又实际的生命欲求。他们面对着既沉重又疲累的生存艰辛，不像以往那样痛苦地呐喊，沉思和反省，而只是将它视作自然不过的生存境况，从而体现出淡定而沉实的人生审美风度。”① 在世界华文小说创作中，有大量“世俗化”创作倾向的小说作品，如张爱玲的婚恋小说，琼瑶等人的言情小说，金庸等人的新武侠小说，高阳等人的历史小说，郭良惠、李昂等人的女性小说，华瑞、侣伦等人的香港底层小说，陈映真、王拓等人的牢狱小说，以及阎真、严歌苓、张翎、少君等人的新移民或网络小说。

一、刻画对象上以写述平民、塑造小人物为主

世界华文小说创作绝大部分都以写述平民为主，涌现出大量的平民角色，并塑造出许多生动精彩的底层“小人物”形象。以旅美作家张爱玲的小说为例，她的小说擅长描绘现代都市中旧式的悲剧性：无论时间与环境如何变迁、如何“现代”，生命在日常生活中被损耗乃至毁灭的悲凉总是一成不变。张爱玲用一种苍凉的调子来冷眼旁观、叙述人生，人生中所谓的严肃、庄重、神圣都变得荒诞、充满讽喻而又无可名状。正如她的一句比喻：“生命是一袭华美

① 颜纯钧．论“世俗小说”．上海文学，1991（7）．

的袍，爬满了虱子。”张爱玲的小说创作具有鲜明的“世俗化”倾向，这与她的家庭出身、生活环境、文化背景和所处的时代有着密切的关系。她以对世俗“刻骨的执著”，在小说中创造出了一个世俗的世界，小说中的人物也大都是日常俗世里的人，形式上的通俗与骨子里的大雅是张爱玲小说创作中独特的风格和艺术魅力，通过这些庸人俗事，展示了人的精神的堕落与不安，展示了人性的脆弱与悲哀，让我们看到了乱世生命的真实形态。“张爱玲小说真正殊异超卓之处，乃在‘庸俗’二字，除题材对象皆为‘庸人俗事’外，在小说更呈现了生命‘庸俗’的真相。”① 在她笔下出现了为了生存而堕落、麻木、冷酷、变态以及洋洋自得的麻油匠女儿曹七巧（《金锁记》），为了求得安逸环境不得不滥施心计的商人之妻白流苏（《倾城之恋》），爱慕虚荣、贪图享乐落得“求生不得、欲死不能”的破落户家小姐葛薇龙（《沉香屑·第一炉香》）等女性形象以及冷漠自私的佟振保、聂传庆、乔琪乔、许峰仪、姜季泽等骨子里虚伪孱弱无能的男性形象。

《金锁记》是张爱玲的代表作，曹七巧也成为小说史上一个经典的女性形象。她是个健康泼辣的麻油店家的女儿，以嫁给残疾人的代价成为有钱人家的二奶奶。然而，她没有幸福的爱情生活，还因出身低微被众人轻视，加上封建礼教的压抑，她不得不克制自己的情欲。畸形的婚姻造成了她畸形的性格，使她对男女情事十分敏感，也曾经将情感幻想寄托在她能接触到的唯一男性三少爷季泽身上。当情欲得不到满足，她最后的一点情欲之火熄灭之后，物欲便成为她生命唯一的中心。因此，这也是一个关于用物欲报复情欲，一个因情欲被长期禁锢而变异演化为更疯狂的物欲的故事。她自己也由被虐者变成了施虐者，她干涉儿子媳妇的私房事，逼得儿媳最终自杀；她又嫉妒女儿的幸福，漫不经心而又处心积虑地破坏女儿的婚姻，残忍地劈杀着自己得不到的理想生活……最后，七巧与儿子、女儿在袅袅升腾的鸦片烟中，一起走向荒凉与毁灭。《金锁记》中曹七巧的疯狂将这种人性深处爱欲的邪恶发挥到了极致，令人毛骨悚然、惊心动魄。张爱玲在这个看似“世俗化”的传奇故事里，表现了俗世的无情和人生的苍凉。

《倾城之恋》中的白流苏是个受过教育、聪明又有心计的女子，作为一个离异七八年而想寻找第二次婚姻的女人，她渴望赢得重生的机会。但在她所处的时代，没有经济地位、没有生存本领的女人，只能“以爱谋生”，在其潜意识中存在女性依附于男性这种思维定式。她无意中得到了范柳原的垂青，但是她并不因与宝络是姐妹关系而放弃退让，反而牢牢地抓住了这个千载难逢的机

① 蔡登山．活在作品中的张爱玲．联合报（台北），1995－09－10，11.

会。“可是她知道宝络恨虽恨她，同时也对她刮目相看，肃然起敬。一个女人，再好些，得不着异性的爱，也就得不着同性的尊重。女人们就是这点贱。”她的成熟和智慧让她明白范柳原的心理，她也没有奢望能得到一份真正的爱情。在与范柳原的感情纠葛中，她以退为进，“归根究底，他还是没有得到她。既然他没有得到她，或许他有一天还会回到她这里来，带了较优的议和条件”。白流苏要的是一份稳定的感情和一种优越的生活，但范柳原不过是想让她做情人而已。男女主人公就在这种矛盾和反差中开始了一场不动声色的调情和较量，白流苏本已因家庭的经济压力和女性自身的卑弱和虚荣走向屈服，但她最终赢得婚姻是因为外在的偶然——香港的陷落成全了她，两颗自私的心终于走到了一起。《倾城之恋》虽有圆满的收场，但在世俗传统的“团圆”结局的定义里，依旧属于一个苍凉的故事。张爱玲小说中的人被傅雷批评为“恶俗”并不为过。她其实也不相信这些俗事能有多大的救赎意义，所以在作品中加入刻薄的讥讽。当个人与时代的大背景相遇时，个人只能听凭时代的安排与摆布。一切都是偶然，一切都瞬息万变，“生与死与离别，都是大事，不由我们支配的。比起外界的力量，我们人是多么小，多么小！”（《倾城之恋》）

小说表现乱世中人的生存本能，表现人因这本能而滋生的自私、相互间的弱肉强食，表现乱世中行色匆匆的人们因孤独、寂寞而浮躁、无所适从。这些乱世中的人们，不仅不彻底而且不健康：梁太太、白流苏、曹七巧、曼璐、霓喜、忆妃、娇蕊、虞老先生……他们都为了自己的“安稳”，使出浑身的招数去暗算、枷杀同类，在这随时都在“觉得自己被抛弃了”的乱世里，自私成了他们的共性，且在不断地膨胀。扭曲的灵魂不仅使他们无法再过上健康的生活，甚至还出于一种犯罪的潜意识，对这种健康的人生怀着一种强烈的破坏与毁灭欲望。他们或把无助的外甥女作为挥霍自己“青春”的诱饵（梁太太），或因“恋子妒女”残忍地毁灭下一代的幸福（曹七巧），或为挽住自己无爱的婚姻而戕残妹妹（曼璐），或为保住自己姨太太的地位而不惜置丫环于死地（忆妃）……人性的丑恶与人生的庸俗，乱世人生与生命的本相原也不过如此。张爱玲对这些庸人俗事的犀利解剖，印刻着她对人生的深刻体验与思索，同时也让我们看到了乱世生命的真实形态：脆弱、自危、卑劣、丑恶，始终都无法摆脱那“惘惘的威胁”。①

张爱玲的小说中邪恶爱欲的极端变态故事，除《金锁记》中的曹七巧外，还有《沉香屑·第二炉香》中罗杰安白登教授脆弱的生命被无声无息地吞噬掉，真正的作恶者却是隐藏在天真纯洁爱情背后的变态心理；《心经》里的许

① 曾令存．论张爱玲的“俗”．嘉应学院学报（哲学社会科学版），2000（4）．

峰仪与小寒之间剪不断、理还乱的情爱纠缠，竟然暗含着父女乱伦的孽缘。这些极端偏执的情感，没有丝毫的美感可言。当然她的小说中更多的是展现普通人波澜不兴的婚恋。潘越良经历一段颇为神奇而又平淡的恋爱之后，再也不在纸上画头像了，因为那只是年轻时候的无知与轻狂（《年轻的时候》）；郑川嫦斗不过病魔，想和医生结婚的愿望成了空，她在爱的绝望中死去（《花凋》）；玉清告别闺阁的那一点急切与不甘交织起来的怅惘，才使得《鸿莺禧》通篇不尽是无聊；葛薇龙终于意识到自己除了做个凭外貌与青春赚钱的女人外，别无出路（《沉香屑·第一炉香》）；这群以各类方式向环境屈服的“软弱的凡人”均有着强烈的生存欲望，都想摆脱环境的险恶，然而却都无力逃脱作者笔下的“死世界”的恶环境，只好苟且偷生。

张爱玲的小说包含着对人性的透彻理解，小说中有不少道德君子般的男性形象，作家指责和批判了这些男性的虚伪无情，同时亦带有一些理解和同情。《红玫瑰白玫瑰》中的佟振保孝顺父母，帮衬兄弟，加上坐怀不乱的柳下惠形象，正是传统中的道德君子形象。但实际上他能抵挡“玫瑰”的热情，在于他理智地想到：“把她娶来移植在家乡的社会里，那是劳神伤财，不上算的事。”在不需要承担责任的时候，他暗地里也会去嫖妓，也敢与朋友的妻子暗结私情。而当王娇蕊出乎意料地动了真情，他惊慌失措、狼狈不堪，他拒绝王娇蕊的借口虚弱而矫情。而他对自己的妻子也并非是全无感情的。相较而言，许峰仪则是另外一种虚伪，对于女儿的痴恋他无法自拔，却又受不了乱伦负罪感的重压，他只好找长得像女儿又需要钱的绫卿做情妇。这种不得已的逃避，总算是以自欺欺人的方式避免了乱伦的惨剧。罗杰安白登教授身上最突出的性格特点是懦弱，在变态心理和谣言的虐杀里变得心力交瘁，终于悄声无息地死去。更不用说在张爱玲笔下，孱弱猥琐的聂传庆、无耻老练的乔琪乔以及一心想从嫂子手里骗钱的姜季泽了。

“张爱玲由感性而引发的对中国传统文化的批判是相当深刻的。”① 张爱玲冷静而挑剔地审视着主人公身体里的劣根性，对金钱的贪婪、因情欲而迷乱、对长久生活保障的依附、因虚荣和享受导致的心旌神摇，都是导致他们命运悲剧的痼疾。在普通人的传奇世界，张爱玲不动声色地消解了真爱的可能性，她深味在一个沉下去的时代中个人的无力与不安。她“逼真地写出了现代化过程中都市的传统道德式微和都市市民面对社会文化发生巨大变动而生出的虚无和恐慌！”② 只有看到张爱玲这力透“俗”背的文化批判才是真正读懂了张

---

① 孔范今．二十世纪中国文学史．济南：山东文艺出版社，1998. 950.

② 明报月刊（香港），1995（10）．

爱玲。

再看香港现代都市小说，不少作品具有浓郁的“平民意识”。它们非常关心普通老百姓和底层市民的生存状况，写出了他们的酸甜苦辣，表现了他们的喜怒哀乐。显然，这也是作家们审美意识的体现与选择。经济发达的香港，在灯红酒绿、高楼大厦、经济繁荣的景象之下，也有着巨大的贫富差距，只能勉强度日、顾及温饱生活的小市民也比比皆是。对于那些身无所长的苦力型下层市民以及因种种原因而沦为底层的人们来说，生活的困顿艰难也就更显而易见。这些底层小人物俗世生活的困苦艰辛，得到了香港小说家的深切关注。诸如巴桐的《金缸客外传》、金依的《垃圾西施》、刘以鬯的《酒徒》、周密密的《错摸》、文翎的《拾婴记》、王尚政的《法官大人恩典》、天涯的《忍者阿笃》、张君默的《从香港来的商人》和施叔青的《香港的故事》等一批现代都市小说，均表现了这种平民情怀。香港的著名作家黄谷柳、侣伦、东瑞等人也都创作过很多以底层人民生活为题材的小说，这些诉说小人物艰难困苦的作品，不但体现了作者们深厚的平民意识，也表现了作者们强烈的社会责任感。

小人物的依附性是大多世界华文小说创作中的基调，作家既哀其不幸又怒其不争，但多是谴责大于哀怜。香港作家东瑞执著地关注着香港社会底层小人物的命运，塑造了多种小人物形象，暴露出在香港商品经济社会中普通人身上的人性弱点。当金钱欲望成为主宰人物命运的主要因素，赤裸裸的物质利益决定了商业社会名誉地位和价值取向时，众多的普通小人物便在这利益面前失去了本真的自我。余莎莎（《夜夜欢歌》）原是一名对生活怀有美好憧憬的纯情少女，由于受到商业社会名利欲望的刺激和诱惑，她先是梦寐以求成为一位名利双收的大红大紫的歌星，跻身上流社会，后来为了能在充斥着激烈竞争的娱乐圈里站稳脚跟，在“人生导师”朱培蕾的教导下，不惜以自己青春的肉体去交换操纵娱乐事业的大腕们一次次挥掷千金的赞助和捧场，不知不觉在灯红酒绿、纸醉金迷中逐渐丧失了自我的独立与人格。《都是女人》里一位善良的女医生，出于人道为“不该做母亲”的一位少女做了两次手术，而少女不仅不心怀感激、知恩图报，反而用敲诈勒索的手段威胁这位无证行医的大夫，以怨报德，颠覆了传统的伦理道德。《二三〇病室》中那位老处女尽一生精力抚养她的两名外甥，而他们在老人病重时却丝毫不回报一点点温情与体恤，更为甚者，这对负义人在老妇人于病床上发出的“颓败线上的颤动”和“还我青春”的控诉声里，仍然兴高采烈地去参加舞会。赵一平（《路标》）背弃相濡以沫的妻子，对一位自己并不爱的女子充满虚情假意，就是想利用她达到移民海外的目的，之后再抛弃这名无辜的少女。香港某些底层人物在物质利益和享乐主义的诱使下，不惜恩将仇报、背信弃义，作家对这种背离传统文化伦理观念的行为进行了严厉的揭露和批判。“在香港特殊的时空和独特的文化背景下，东瑞小说刻画的这些小人物群体，有力地凸现了香港底层社会生态的丰富性和多面性……对此，我们不仅可以把这些形象看作底层社会生活史和心灵史的真实留影，而且这对于我们洞察和了解香港底层的世情百态、人生面影，把握整个港岛社会的主体和本质，激扬当前都市社会的世道人心，也具备相当普遍的历史价值和现实意义。”①

在世界华文小说中，对自私、冷漠、愚昧、庸俗、依附性和背离传统文化的小人物鞭挞的作品很多。於梨华的小说《踏碎了的九重葛》中，失去老伴的吴老太独居后，儿女们几次轮番动员她住进老人院，其中暗含着的是对母亲名下那幢房子和财产继承权的觊觎，子女们临走时踩踏了母亲心爱的花，更是踩碎了“她的牵挂，她的慰藉，她的期望，她的报偿，她的侣伴，她晚年的侣伴”②，小说鞭挞了对传统孝道的叛离行径。文翎的《慈父泪》中，退休工人范伯因为对儿子从小就只有溺爱，结果教育出了个家庭逆子，而且还因为这种溺爱，最后为了包庇犯法的儿子而向法官说谎。范伯的悲剧具有普遍的社会性，提出了底层市民生存环境和家庭教育不良的问题。天涯的《忍者阿笃》中，忠诚老实的小文员阿笃的命运固然令人同情，但其性格既怯懦又保守，读者对这个人物是既哀其不幸又怒其不争。巴桐在《金缸客外传》中描写了房东太太的势利、房客徐凤的蛮横与轻薄、钟点女佣亚彩婶的古里怪气。汉闻的《小鸟依人》中的莎莎作为一个平民女子，虽有着令人同情的孤独和无奈，但她放弃自强不息而以当金丝笼中的小鸟为生的选择也令人叹息。诸如此类的揭示和描写，表现了世界华文小说作家能够正视平民的弱点及其生存的弊病。

二、描写题材上以日常生活、烦琐小事为主

在世界华文小说题材上，以日常生活、烦琐小事为主成为一个普遍现象。如书写平凡日常生活中的生老病死、男欢女爱，写生活的艰辛与谋生的痛苦，现实社会中普通人的物欲与情欲的展现，乃至背离传统文化的新的价值观念，等等。

伊犁的小说多以海外留学生、华工、移民等的日常生活为题材，她的《堕胎》是一部关于唐人街老华侨、新移民生活的作品，作者在生活中与她的写作对象有过较密切的接触，又熟谙他们的语言，因而可以用平实朴素的文

---

① 肖向明．香港底层社会的人生面影——论东瑞小说中的小人物形象．惠州学院学报，2003（10）．

② 於梨华．屏风后的女人．北京：人民文学出版社，1994. 24.

笔，写出一个普通的唐人街家庭的各种问题。在小说中，一对中年夫妻，一对年轻恋人，上一代与下一代，种种人际关系，都由于现实生活的压力而产生着紧张、冲突与疏离。亲人间没有真正的关心和交流，争吵、冷漠、疏离是日常生活的常态，恋人之间、老板与员工之间，同事之间都存在着戒备和防范。罗师奶是个有着传统观念、勤劳贤惠的女人，她因为十几年间都无法给夫家生出一个男孩，婆婆临死时还气她肚子不争气。直到丈夫四十八岁他们才有了儿子，可丈夫又常常怨她儿子生得太晚，享不到晚年福。每天为生计在服装厂做车衣工的罗师奶已经年近半百，却发现意外怀孕，而她从丈夫那里却得不到丝毫的关怀，只好瞒着家人和同事偷偷去堕胎。女儿阿萍与男朋友庆民发生了关系，发现自己怀孕之后恨不得自杀。未婚先孕对于阿萍这样一个纯洁的姑娘来说是难以接受的。“而且在她的生命当中，今后会永远有这个污点。一失足成千古恨，如果将来被人发现自己未婚先堕过胎……她宁愿自杀。”[①] 怀孕给女性带来的不是幸福而是耻辱，小说结尾以母女二人不约而同到医院堕胎结束，生活的逼仄和无奈令人感慨。

香港作家黄谷柳、侣伦等人继承了五四新文学同情弱者、关心下层民众生活与命运的优良传统。尤其是作为香港文坛拓荒者的侣伦，是内地以外写底层经验，为弱势群体发言的典范。作家对都市租屋区小人物的跌宕人生、历史变迁和梦想破碎有深刻的体验。他的代表作《穷巷》通过描写第二次世界大战结束后的香港一些职业不同、身份各异的小人物的悲苦生活，体现了作者的人文关怀和道德理想。他不追求重大题材，不去写光芒四射的英雄人物，而是从一贫如洗的小人物身上着墨，以平民心态关照失恋失业者的生活和命运，从对衣食住行、生老病死等日常生活、烦琐小事的叙写中，体现出强烈的批判社会的大主题。他以平民的眼光观察生活，眼睛始终注视着收废品者、失业军人、市侩的小贩这些被侮辱者和政治、经济地位不高、文化水准甚差的下层群体，写着自己曾经亲历过的贫困生活。侣伦在写《穷巷》时正值他生活中最艰苦的岁月，和书中的主人公一样：生活艰辛，物资贫困，居住环境恶劣，一天到晚为油盐柴米发愁。在《穷巷》第四十七章中，作家高怀捏紧拳头连续捶打着桌面，激烈地大叫“钱！钱！钱！钱！钱！”这既是底层的呼声，也是作者个人的情感倾注，正因为如此，他才能将人满为患的香港狭小的都市空间写得栩栩如生，才能将住房、失业作为迫切的社会问题加以表现。在小说中，作家高怀、小学教师罗建、拾荒者莫轮、失业军人杜全、险被逼良为娼的白玫在底层挣扎中所显现的人性光辉，表现出撼动人心的力量。而屋主“包租婆”、市

① 李黎．海外华人作家小说选．广州：花城出版社，1983. 144.

侩的“旺记婆”、逼白玫“接客”的干姐，以及为虎作伥、恶贯满盈的王大牛则是唯利是图、不事生产的“吃人的动物”。他缔造的小说艺术世界不是海市蜃楼，而是深深扎根在民间的土壤中，集中笔力反映平民百姓的日常生活和底层社会有血有泪的人生体验，成为替弱势群体发言的作家典范。

香港作家东瑞怜悯和关爱底层人生，小说中有大量为生存而拼命挣扎着的普通人的生活画面。《稿匠周不弱》中的周不弱，《一往情深》中的大维等，他们都成了商业社会里的写作机器和工具。“著书都为稻粱谋”，为了求取暂时的温饱，他们全身心投入到超负荷的写稿中去，不得已为取悦读者、迎合市民趣味而挖空心思炮制大量的媚俗之作。《归宿》描写了一名为生计所迫而出卖欢笑的风尘女子，在饱受人世的磨难和痛苦后，幻想自己死后的情形：男友在她尸骨未寒时就另有新欢，自己的弟弟也只是在想着如何从她尸身上多捞些钱财器物。至于《替身》中那位子女众多、收入低微的花匠林老头为了养家糊口，不惜做一位树敌太多的富豪的死亡替身，以生命的代价换取全家人赖以生存的五万元钱。我们从这些芸芸众生的生存状况里，可以想象香港作家在创作良知和商业利润的夹缝中矛盾而难堪的心理窘态，被侮辱和被损害者的令人欷歔落泪的凄凉命运，以及某些香港底层民众不能逼视的贫困景象，读来备感世情悲凉、触目惊心。

香港才女作家亦舒的言情小说，与金庸的武侠小说、倪匡的科幻小说一起，并称为“香港文坛三大奇迹”。亦舒小说在20世纪80年代初和琼瑶小说一同作为港台言情小说中的重要作品引进大陆，到90年代后期，随着大陆的经济发展和商品经济社会引发的种种问题，亦舒小说被读者关注和喜爱，其小说被称为“白领女性教科书”。亦舒小说通过香港的普通人和日常生活的把握写出了所有中国人在农业文明和工商业文明更替时的精神阵痛，由小人物写出了大主题。亦舒执著于书写“安稳的日常生活”，目光却穿越俗世，在引人入胜的故事中表达对社会与人生的感悟，传达人生理念，这使她的作品具有一般通俗文学不具备的深刻意蕴。她选取自己所熟悉的布尔乔亚（中产阶级）和知识分子的生活，表现对现代都市人生存的认识，尤其擅长写都市知识女性的生存境遇、爱情波折和精神困境。

亦舒的言情小说被称作“情爱宝鉴”，其情节链条均围绕在夫妻、恋人、婆媳之间的生活圈内，似乎与国家、民族兴衰搭不上界，但却有着极广的社会震慑力：她把笔触一方面深入到知识女性的内心世界，着力反映其物质富裕精神空虚的矛盾，诸如那位在寂寞中死去的如烟花般耀眼的电影明星姚晶（《她比烟花寂寞》）；一方面控诉了畸形繁荣社会对美好人性的扭曲和摧残，亦如情愿以牺牲自己的青春和爱情甘愿成为有钱人笼中金丝鸟的剑桥大学留学生喜宝（《喜宝》），但不得不指出，其创作题材绝非狭窄、浅薄。在香港这样一个东西方文化混杂交会之地，传统道德和价值观遭受剧烈冲击，人的精神生存出现危机，这种危机感深深切入了亦舒的心灵。她的小说虽然未脱言情小说的窠臼，但显然不像琼瑶小说那样建立在空中楼阁之上，完全不食人间烟火。她犀利的目光穿透歌舞升平的表面现象，看到了掩藏于黑暗深处的罪恶，如拜金主义造成的亲情淡漠、人与人关系的隔膜、沟通的艰难；社会制度的漏洞带来的敏感社会问题、如同性恋、贫富悬殊等。她的写作直指现实的本质，《开到荼蘼》、《不羁的风》、《嘘——》等小说赤裸裸地暴露了现代社会的冰冷，展示了人在强大的社会力量下的寂寞生存。

亦舒小说一个反复出现的主题就是描述普通市民生存的艰辛。她执著于作品中人物的生存问题，即经济来源、收入状况，执著于写生计问题给人的压迫。《喜宝》写的是一个贫穷的剑桥女大学生喜宝邂逅了富家女聪慧，聪慧的哥哥和父亲都爱上了她，但喜宝选择了做富豪父亲的情妇。有研究者指出，其实这部小说并不是批判资本主义社会金钱万能的罪恶现实，而是贫穷的社会现实本身。[①] 在做富豪的情妇之前，喜宝就和一个唐人街酒馆老板同居以换取上剑桥大学高昂的学费，开始变相地出卖自己了。喜宝要继续读书，学费和生活费没有着落，母亲要去嫁人，她认为“我在这个世界上我只剩下我自己……我绝不想回香港来租一间尾房做份女秘书工作，一生一世坐在有异味的公共交通工具里”[②]。当她得到“一个堕落的好机会”时，她的命运就此注定。在作家的立场里，造成悲剧的是贫穷本身，是社会贫富不均带来的不公，小说中喜宝母女的遭遇令人动容。母亲年轻的时候为给女儿买一身新衣服不辞辛苦地加班，喜宝在回忆往事时悲怆地喊出：“贫穷的母女也有权相爱！”然而女儿长大了为了生计做了老叟的情妇，母亲年老了为了生计远嫁澳洲，母女俩谁也帮不了谁。作家的批判对象既不是金钱的恶，也不是穷人的虚荣，而是贫穷本身，书写因贫穷而引发的一系列悲剧。

除了写些付出代价而能迅速改善生活的传奇人物之外，亦舒还写了很多并不传奇的穷人故事。她的相当一部分长篇小说都以一个无依无靠的少女为主人公，与喜宝和王庇德不同，她们并未获得自己分外的财富地位，小说始终以她们如何艰难辛酸地获取生存资本、想方设法立足于社会为重心，并着力挖掘其内心深处忍辱负重、艰难谋生的精神痛苦。《不易居》写大陆留学生石子为生活费在加拿大做饭馆女侍和富豪家保姆的经历，作家让她当家庭教师接近富

① 关士礼．亦舒小说新论．山东师范大学硕士学位论文，2005.

② 亦舒．喜宝．海口：南海出版社，2002.41.

豪，但却并未像勃朗特的《简·爱》、琼瑶的《金盏花》中的家庭教师那样嫁给有钱的男主人，这不是一个灰姑娘如何同时获得爱情和财富的故事，而是关于灰姑娘如何受苦的故事。《明年给你送花来》、《故园》、《不羁的风》都是孤苦无依的穷女孩为谋生走入富家当家教、侍女的故事。《幽灵吉普赛》写孤女邱灵从一个领养家庭走向另一个领养家庭，竟然走遍了大半个地球，其间的辛酸凶险一言难尽。“作家始终专注于写谋生的精神痛苦，为了生计不得不忍受的屈辱。”① 走喜宝、石孝文那条路的人物，内心的屈辱感自不用说，即使像唐清流这样靠劳动获得生计的人物，作家仍然专注于写她们谋生的艰难和屈辱，《不易居》中的留学生石子不肯堕落，当了饭馆服务员赚生活费，然而当有无礼客人把小费塞到她胸口时，她自己都怀疑自己的选择。《不羁的风》中有一个细节：

在飞机上刘太太吵闹不休，用杯碟掷向侍应生。

副机师出来同清流铁青面孔说：“请你控制令祖母，这是一架美国飞机，袭击服务人员属刑事案件，联邦密探会在飞机场等候你们。”

清流无奈，喂刘太太服药。

她嫌苦，一口水直喷到清流脸上。

邻座怪同情清流：“令祖母真难服侍。”

清流不出声，真好眼光，看得出她母亲也不会那样老。②

小说中的人物需要靠个人的劳动获得生存，但他们的工作并非出于个人兴趣，也并非为了建立个人事业、实现人生价值，完全是因为生计所迫，为了不流落街头，根本没有自由选择的余地。然而即使物质上有所改善，心灵却充满了辛酸和痛苦。亦舒这些小说的艺术重心正是人物谋生中的精神痛苦和屈辱。“狗一般的生涯”，“老板叫我坐着死，不敢站着死”，“管理科大学生，不过三千元一个月供人差遣”是小说人物常常发出的感叹。在长篇小说《城市故事》中，身为酒店公关的“我”在考虑是否去做情妇以及想到自尊的问题时，得出了惊世骇俗的结论：“自尊，与其零卖给社会，不如卖给一个人。”这句话，道出了对职业生涯之屈辱的切肤之痛。亦舒现实主义浓烈的情爱观，集中表现在揭露和抨击工商社会对情爱生活的异化和摧残。她认为金钱并不能给人带来欢愉和充实，正像《兰鸟记》中的那位富太太，“珠宝、皮大衣、丈夫、儿

① 关士礼．亦舒小说新论．山东师范大学硕士学位论文，2005.

② 亦舒．不羁的风．北京：中国戏剧出版社，2003. 106.

子、房子、现款，年年到欧洲度假”，应有尽有，而她却感到无聊和寂寞，引出一段婚外恋丑剧，为拜金主义造成的空虚而堕落。

亦舒小说的类型化特征明显，她笔下的众多女性形象有着相似的经历、个性和精神气质。她们具有高学历，经济已经取得独立，在高度现代化和商业化的大都市香港，她们的队伍不断地壮大，成为女性中的普遍代表。但亦舒对她们的成功之路和奋斗过程并不感兴趣，她关注的是剥离了光鲜华丽的外包装，作为一个充满感性的“人”，特别是她们内心复杂的情感体验。通过剖析她们悲剧性生存体验背后的心态，可以发现，她们显在的价值立场是现代的、商业化的，潜在的价值立场却是传统性的；现代价值观以理性方式存在，传统价值观以无意识、非理性方式存在，实际上传统价值观是作家艺术表现的重心，是人物文化身份的主体。

亦舒以其真实的笔触展示了知识女性在都市环境里寂寞、孤独、苍凉的心境，一些小说直接以“寂寞”、“叹息”等带有感伤情绪的字眼为题，如《她比烟花寂寞》、《寂寞的心俱乐部》、《叹息桥》、《伤城记》等。《她比烟花寂寞》中光彩夺目的电影明星姚晶出身贫寒，当她终于凭着自己的努力和男人的扶助出人头地时，家里人却对她冷嘲热讽，丝毫感觉不到亲情的温暖；而她深爱的男人并不以同样的真心待她，反而另结新欢；她竭力隐藏她曾经的一段婚姻和有一个女儿这样的明星“隐私”，而失去了优秀的女儿对她的爱；失意的她心脏病发作，遗嘱里出人意料地把财产留给陌生的女记者。“她比烟花寂寞”，成为一个关于女性生存的隐喻——女人，这降落人间的精灵，她的生命虽看上去如烟花般绚烂，然而烟花散落后留下的却是无边无际的暗夜。这种与社会和他人的疏离感，给渴望爱的女性带来无法排遣的寂寞，正如小说《开到荼蘼》的题目所暗示的，女人那短暂的美丽和欢愉就像春末开放的荼蘼花，“荼蘼不争春，寂寞开最晚”，“开到荼蘼花事了”，留下的是无尽的伤感和落寞。对寂寞的感悟体现出亦舒的现代主义人生观。

无独有偶，施叔青笔下的《香港的故事》中的众多女性，也大多受过良好的教育，在各自的领域上有所特长，甚至在男性群体中她们也都是佼佼者。如《愫细怨》中的愫细，因为她突出的业务能力，很快受到老板赏识；《窑变》中的方月，是来自台湾小有名气的作家……然而，在香港这个金钱至上的社会大环境下，这些拥有高学历和美好梦想的女性也被欲望诱惑得失去了理性：物质享受、更高的社会地位……都成了她们所追求的目标。《一夜游》中的雷贝嘉，原本是一间广告公司的小小策划员，为了跻身上流社会，她对着所有人都阿谀奉承，但是名流们根本不屑与她交谈，最后雷贝嘉还是落得一无所有。施叔青不但揭露了上流社会的奢靡和人与人之间的相互利用，同时，对于像雷贝嘉式的中下层社会女性，以身体作为跻身上流社会资本的行为，也进行了深深的讽刺。施叔青说："……《香港的故事》表面上是有声有色的酒肉争逐，事实上是达到否定的批判作用。我自觉写这一短篇系列的态度还是很严肃的，不仅是暴露上层社会声色犬马、没有灵魂的空虚生活，应当还有更深的意义。"①

在世界华文小说中，还有一些作品批判和讽刺了一些普通小人物对金钱赤裸裸的追求。东瑞的小说中，一些小人物朝思暮想、费尽心机要发财，成为金钱的附庸和奴隶，丑陋的人性纤毫毕现。丘才（《系在狗腿上的人》）是个财迷，他梦想着靠押注风靡全港的赌狗赛会进行赌博而发财，变成一个"系在狗腿上的人"，然而赌场不过是个巨大的吞钱机器，他几经波折、几度沉浮，最后血本无归，走向了犯罪。小说对这类丧失理性的赌徒进行了辛辣的讽刺。在《中彩日》中，那位屡败屡战、终于有一天幸运地中了彩票的杜华，欣喜若狂，丑态尽现。对于整天做着发财迷梦的他来说，一旦梦想成真，自然会陷于类似"范进中举"般近乎癫狂的境地。《金蛇狂舞夜》中的金安，怀抱着来之不易的金条，疑神疑鬼，寝食难安，唯恐一不小心金条就会从手中飞走，精神高度紧张，惶惶不可终日。作家对这一类误入金钱怪圈而不能自拔、迷失自我的滑稽而又可怜的小人物，讽刺和醒世之意是溢于言表的。

胡黎的《宝岛拜金女》② 女主人公"我"，一心以嫁入豪门为毕生唯一的志向，小说以戏谑的口吻叙述了"我"因出身平民，为了嫁给有钱人"呕心沥血"的过程：研究男人娱乐的种种，大学时舍弃念热门的商学而去读观光系；披星戴月做家教打工只为把自己打扮成校花级人物，而工作则选择某公子哥代理的超级跑车公司去卖跑车，也是为了能结识"世家子"；为了配得上以后的悠闲富豪生活，还要懂得有钱人的"术语"，学开车、打高尔夫，苦练探戈、狐步舞、社交舞……听高级音乐会、饿着肚子买名牌……而"这些虚荣的华服其实都是我给自己的不安全感找的理由和借口"。当然，小说仍然是以轻喜剧式的故事结局营造了一个"现代灰姑娘的"的老套故事。"拜金女"的高调亮相，勾画了当代社会某些人对金钱物质的崇拜和"金钱至上"的错误观念。

---

① 施叔青．我写《香港的故事》．见施叔青．施叔青散文精粹．广州：花城出版社，1997. 264.

② 龙应台．在海德堡坠入情网——2005 年台港及海外华文作品精华．北京：北京工业大学出版社，2006.

陈雨汝《我们的神》[①] 中，更是对“神”、对人的精神信仰早已在俗世人们心中缺席的社会现实进行了辛辣嘲谑。“闭上眼才知道，神不在名寺古刹，不在教堂，不在道场。”小说从庙街的味道写起，虽然临近老庙，但这条街上却是老旧脏臭，街上各色饭店、五金店、杂货店等充斥着浓重的人间烟火气息。小说中，老庙常年积累香烟，熏制成“烤鸭色”，泛着“鸭味”，阿婆因为年老，庙方不再让她看守香油箱子，让阿婆“唾了阿姐唾了箱子唾了整间庙”，还立刻信奉了其他教义。弟弟之所以在教会当义工，不过是因为要追求教会的一个美丽女孩，他听女孩的吩咐，大唱圣歌妄图感化家人，但面对着冥顽不灵的坏学生却徒劳无功，于是气得砸了吉他。母亲则是做梦都想发财，是个一门心思只关心彩券的人。而“我”是极为贪吃的胖姑娘，为了享用牛排而不顾大雨滂沱，导致受凉而发高烧。上了大学的哥哥觉得看医生浪费钱，就让欠他钱的正在念医学院的朋友开药，他更是语出惊人：“秘诀吗？告诉你个秘密啦，我在家里神案供的是计算器，懂吗？我不懂佛祖玉帝什么的，计算器就是佛祖就是玉帝……我们是渎神的一家，我们什么都信，就是不信你。”没有信仰的人们浑浑噩噩地生活在世间，仿佛是“妖魔，鬼蜮就在人间”。市井小人物物质化生存的麻木状态、拜金主义、混沌没有未来的生活，在小说中得到戏谑式的、寓言般的呈现，小说采用了不动声色的冷叙述方式，读之却更加令人触目惊心。

严歌苓的《拉斯维加斯之谜》以一位堕落沉迷于赌博而不能自拔的中国老教授作为原型，揭示了东方文化的负面影响——使人异化，甚至形成了恶性循环，一旦失去了外在的枷锁，人性中的弱点便如潘多拉的盒子打开了一样汹涌而出。显然，严歌苓批判东方文化对人的束缚和桎梏是非常严峻的。

二、设置主题思想时侧重于张扬情色，敷衍带有刺激性的公案、侠义和英雄传奇

世界华文小说对洛学中世俗化倾向的传承，体现在设置主题思想方面侧重于张扬情色，敷衍带有刺激性的公案、侠义和英雄传奇等，这些特点在新武侠小说、新女性主义小说以及新移民文学中都有中所表现。

金庸在新武侠小说《鹿鼎记》中，塑造了韦小宝这个在武侠小说历史上少见的人物形象——一个“痞子英雄”，其性格中的复杂性超出了以往金庸小说中的人物。小说具有明显的世俗化倾向，也暗示了反传统文化的主旨。韦小

---

① 龙应台．在海德堡坠入情网——2005 年台港及海外华文作品精华．北京：北京工业大学出版社，2006.

宝是扬州丽春院一个妓女的儿子，从小在妓院长大，为人好赌、好色，骂人、骗人、赌钱作弊更是家常便饭。他在恶劣的环境中成长为一个小混混、一个市井小流氓，武功低微、目不识丁，不但没有半点英雄气概，甚至连他自己的出身都是个谜。他误打误撞入了皇宫，初见飞檐绘彩、栋梁雕花，还以为是北京的第一大妓院。而他的初出茅庐第一功——擒拿鳌拜，也是凭市井里学会的撒香灰、砸香炉等下三烂手段，全不是从海公公处学会的正宗功夫。用在妓院训练出来的生存本领适应生活，无论是在江湖还是庙堂，韦小宝都如鱼得水、游刃有余，成为康熙皇帝最为宠信的臣子。他最擅长的本事是吹捧和撒谎，吹牛拍马的本领使他数次死里逃生、化险为夷，并且逢凶化吉、青云直上；亦假亦真、亦真亦假的谎话也能使敌畏惧或化敌为友，使他得以在危急时刻保住性命。韦小宝拥有年轻貌美的七个妻子，小说中也生动描述了韦小宝如何与多位女性周旋的情色场景。但韦小宝身上还有重义气、舍生忘死的优良品质，他数次救清帝康熙，不是因为康熙是皇帝，而是把他看成是自己的亲哥哥和好朋友。韦小宝救陈近南也不是因为这个天地会的总舵主代表了民间的正义力量，而是把他当成了心目中的父亲。既贪生怕死，却又有一股不怕死的无赖泼皮劲，既贪污受贿爱财，又可为朋友慷慨大度不惜舍财……这种种矛盾性格交叉组成了一个立体型的“韦小宝”形象。金庸曾经解释过他对韦小宝形象塑造的缘起，他认为在一个不民主、不讲法律、专制的时代中，韦小宝这样的人就会飞黄腾达，好人会受到欺负、迫害，写韦小宝这个人也是完全否定腐败的封建社会的。金庸用这个不是英雄的“英雄”形象揭示了生活本身的多样性，也包括他对英雄的另一种理解：在中国特定的文化环境中，只有首先适应了盛行小人之术的现实，并能充分理解小人之学的精髓，且能在如此现实中生存下来的成功者，才是现实意义上的“英雄”，这也是胜者王侯败者寇在现实生活中的残酷展示。

新武侠小说家古龙几乎在其每部作品中都要写到“情”，而且这“情”往往与“欲”密不可分。楚留香（《楚留香》系列）是个“风流盗帅”，把船造得像宫殿那样舒适豪华，与苏蓉蓉、宋甜儿、李红袖三位少女同居一舟，尽情享受生命和生活的欢乐。陆小凤（《陆小凤》系列）天性风流潇洒，爱慕者甚众，而他对那些美丽少女也常常流露真情，小说在一个个刀光剑影的故事中不时穿插进美妙的爱情乐章，即使写反派人物的爱情，也有荡气回肠之处。一般新武侠小说写男女关系基本上都是“发乎于情，止乎于礼”，描写的大多是柏拉图式的精神恋爱，而古龙小说则常常越过精神的层面，由形而上的“情”写到形而下的“欲”。这固然反映了“食色性也”的传统文化精神，但更多的则是体现了现代观念的影响。古龙的作品总是写一位大侠周围追逐着数位美女，而这些女性大多数是作为男子的陪衬，有的则干脆以荡妇的形象出现，如林仙儿、牛肉汤、白夫人等总喜欢赤身裸体来勾引男人，她们有比男人强烈得多的性欲，而陆小凤、楚留香们则有露水情人无数。这与传统的爱情观念是背道而驰的。无论是风流倜傥的楚留香，还是飞扬洒脱的陆小凤，抑或是刁钻古怪的江小鱼，都具有及时行乐、看重自由的思想倾向。他们救人只是救朋友，主持正义只是为了惩罚邪恶，所有的侠义行动都是按照自己内心一贯的道德法则，而并不是遵循那些所谓的江湖道义，也不像金庸小说中的郭靖和梁羽生笔下的张丹枫那样拥有“为国为民”的责任感。如果用传统的侠义标准来衡量这些江湖人物的话，也许他们算不上“大侠”。在他们看来，人性归属自然，循自然之道，率性而为，才能真正实现自我的个性自由与人格独立。所以他们有的嗜酒如命、不醉不休，有的偎红依翠、到处留情，还有的偷奸耍滑、游戏人间。就连《多情剑客无情剑》中带有一定儒家色彩的李寻欢也是吃喝嫖赌样样精通，难逃人物塑造的窠臼。而他常常挂在嘴边的那句“一醉解千愁，醉死胜封侯”，正符合了庄子有酒当醉、及时行乐的思想。①

在台湾新女性主义文学创作群体中，李昂被称为“叛逆女性”，其创作有着变化多端的风格。20 世纪 60 年代，现代主义文艺思潮、存在主义哲学和弗洛伊德的泛性主义在台湾风靡一时。以《现代文学》杂志为依托，一批现代派女作家崛起于台湾文坛，如欧阳子、陈若曦、施叔青、丛苏等。处于少年时代的李昂也在这股思潮的影响下开始了自己的文学写作。她多以存在主义和弗洛伊德的心理分析理论作为自己剖析社会、思索人生的出发点，表达有关人的存在的荒谬性、叛逆意识、焦虑、死亡等现代主义的主题。涉足文坛以来，李昂的创作就因为作品中的“性”、“情欲”而成为备受争议的众矢之的，作品情欲世界里的那些“通奸、偷情、乱伦、性贿赂、性暴力”等内容，被道貌岸然的卫道者不容。然而，李昂却以其剖析台湾现代女性情欲观的“性描写”和对以男性沙文主义为中心的社会规范挑战的“性写作”，赢得了大众读者的心，也奠定了她在台湾文坛的地位。② 她的作品有《鹿城的故事》、《人间世》、《她们的眼泪》、《杀夫》、《暗夜》、《爱情实验》、《迷园》、《北港香炉人人插》等。李昂是一位批判意识、问题意识很强的作家，她指出：“‘性’只是当时我关怀的，用来批判社会，或者是借用来展露一些在这样压抑社会下

① 方忠．繁复人性的多维凸现——古龙武侠小说的主题意蕴．台湾研究，1999（1）．

② 彭燕彬．叛逆女性的呐喊——解析李昂与其小说中的现代女性意识．世界华文文学论坛，2007（3）．

的人性问题。”①

无论创作风格如何变幻，死亡、性和癫狂则是她小说循环不息的主题。20世纪80年代“新女性主义”在台湾兴起，李昂在1983年创作了惊世骇俗的作品《杀夫》，与50年代女作家“哀而不怒”的叙述风格不同，李昂的叙述充满了暴力与性的视觉和心理冲击力，最终又以女性的暴力反抗把悲剧演绎到极致。李昂的《杀夫》是其最为触目惊心，最为锐利无忌，也最为振聋发聩的作品。小说女主人公林市，祖上原薄有资产，当家门衰微时，母女赖于栖身的一间瓦房被族亲以无男丁传宗接代而未亡人可能改嫁的理由予以剥夺。从此她们只得流露街头，追求生存的悲惨命运便无可逃脱地上演了。林市的母亲为了一握白米团，在“不知道会发生什么”的情况下被侵犯，寡妇失去节操，一团米饭的价值就是一位母亲的节操的价值，而这样的不伦在社会传统道德观念下，对她审定的结论就必然是“不贞”，林市的叔叔便动用封建族权的力量，将林市的母亲毒打后坠石投河。族亲也把林市以猪肉的交换价值嫁给杀猪仔陈江水，林市与丈夫的关系就是一种原始的交换关系。

“《杀夫》的世界里，一方面是以林市的叔叔为代表的凶恶、无耻、虚伪的封建家族势力；另一方面是以野屠户陈江水为标志的兽性与血腥的夫权统治。弱女子林市为了生存辗转挣扎，她无论是在暴力、侮辱下的驯服、哀求、拜祷，还是尝试经济自救、企图逃离家庭的突围，都无法改变她受人宰割的绝境。林市被逐步非人化、最终走向精神崩溃的过程，赤裸裸地见证了传统架构下男性权力的狰狞面目。”② 在同为女性的世界里，阿罔官取得了女性的生存的地位，而她的价值观也就在于“我们做女人，凡事要忍，要知夫与天齐”，顺从传统专制的约束，并在这样的制度下，苟延残喘地活着；而其生活的方式也就是在街巷的言谈中宣传男性的正统观念，甚或批判那些不能循规蹈矩的妇女的行为。在“正常”常态社会中，林市已经走投无路，她只有疯，以在“正常”社会所体认的非正常的模式，发泄着对自我生存的不合理的反叛和抗议。她精神错乱、神志恍惚，在潜意识的指引下，林市最后拿起屠刀，完成了她自主的唯一成功之举，那便是杀夫。她在幻觉中像杀死一头猪一样，杀死并肢解了丈夫。合法婚姻外衣下的性虐待是很少有作家关注的，李昂大胆而毫不避讳地揭开了这层女性羞于揭开的神秘面纱，真诚地关怀女性，表现她们内心

---

① 转引自邱贵芬．不同国女人聒噪：访谈当代台湾女作家．台北：元尊文化企业股份有限公司，1998. 99、93.

② 樊洛平．性文学领域的大胆叛逆——试论台湾女作家李昂的小说创作．中国文学研究，2006（3）．

深处隐秘、难言的痛苦，将批判矛头直指男性沙文主义。

李昂的小说《暗夜》里的外遇连环套下的“两性交易”呈现的则是资本主义社会的虚伪、荒淫和贪婪下的人性沉沦。人与人之间充满欺诈和勾斗，出现了许多性的败德事件。李昂勾画了一个丑恶、奸诈、荒淫、无耻的台湾现代社会，批判了以经济利益为前提的人与人之间的情欲、性爱的交易，犀利地展示了资本主义社会下潜藏的“恶之花”。李昂曾把《杀夫》比作“吃不饱”的文学，把之后创作的《暗夜》称为“吃得饱”的文学。《杀夫》写的是日据时代台湾的农业社会生活，在封闭、落后与暴力的农业文明社会中，“吃不饱”的女性被人残害欺凌；《暗夜》写的是台湾进入资本主义工商业社会后，一些人腐化堕落、自我溃烂，在对种种畸形、变态、荒唐的两性关系的揭示中，透过一些“吃得饱”的女性依旧被物欲化，并变成性的愉悦符号的现象，再度思考了男女之间存在不平等关系的社会现实。在对资本主义社会不良现象的批判中，李昂仍然是以性为武器，“以性言他”来解剖台湾社会。

在张扬情色、写刺激性的公案和传奇性故事小说类型中，还有“双性恋”、“同性恋”题材的小说。李昂写过表现“双性恋”者心理情感的《莫春》。白先勇的小说《孤恋花》用第一人称讲述了一个关于女性命运的离奇故事，小说中的“我”以前和一个叫五宝的妓女同居，五宝因不堪忍受嫖客华三的暴虐而自杀。15年后，“我”在台北的五月花酒店当经理，结识了酒女娟娟，并买了一幢小公寓，开始和娟娟同居。娟娟的命运集中了各种不幸的遭遇，她差点被自己疯了的母亲咬死，被自己的亲生父亲乱伦而致使怀孕，被酒客灌酒，被嫖客肆意虐待。然而娟娟的命运同样悲苦，她被流氓柯老雄看上并被毒打虐待，强迫她服毒品以控制她。悲剧的震撼力量正是由于它超出人们的常规想象，柔弱的娟娟并没有像五宝那样自杀，而是奋起杀死柯老雄，自己也“完全疯掉”，而那天正是五宝的忌日。小说对娟娟复仇进行了正面描写：“一冲开门，赫然看见娟娟赤条条地骑在柯老雄的身上，柯老雄倒卧在地板上，也是精赤大条的。娟娟双手举起一把黑铁熨斗，向着柯老雄的头颅，猛锤下去，咚，咚，咚，一下紧接着一下。娟娟一头的长发都飞张起来，她的嘴巴张得老大，像一只发了狂的野猪在尖叫着。柯老雄的天灵盖给敲开了，豆腐渣似的灰白的脑浆洒得一地，那片裂开的天灵盖上，还黏着他那一撮猪鬃似的硬发，他那两根赤黑的粗膀子，犹自伸张在空中打着颤……她那瘦白的身子，骑在柯老雄的壮硕的赤黑的尸体上，突然好像暴涨了几倍似的。”① 柔弱单薄的娟娟手刃了凶悍狠毒的柯老雄，她疯了，“她的笑容没有了从前那股凄凉意味，反而

① 白先勇．白先勇自选集．广州：花城出版社，1996. 226~227.

带着一丝疯傻的憨稚"①。娟娟终于摆脱了悲剧的人生，回归了童年时的天真、纯洁，到达人类的本真状态。而娟娟的杀人，如同林市的"杀夫"行为一样，都是被侮辱与被损害的女性被罪孽深重的社会现实逼到了绝路上，从而采取同归于尽式的极端反抗。这种血腥与暴力的刺激性的情色描写背后，有着更为深刻的对世俗社会的揭露与批判，这正是世界华文小说"世俗化"创作理念的一种展示方式。

《孤恋花》也将同性恋题材和女性题材融为一体，用女同性恋话语来深刻展现女性的悲剧命运。小说中的"总司令"与两位女性具有同性恋倾向，她对五宝的感情是"一股母性的疼怜"，对娟娟既怜惜其不幸的遭遇，也在她的身上寻找五宝的影子。小说中多次用到了"成家"这样的字眼暗示其女同性恋的身份。"从前我和五宝两人许下一个心愿：日后攒够了钱，我们买一栋房子住在一块儿，成一个家，我们还说去赎一个小清倌人回来养。"②"五宝死得早，我们那桩心愿一直没能实现，漂泊了半辈子，碰到娟娟，我才又起了成家的念头。"③ 小说中有多次暗示两人的同性恋身份的举止。与《游园惊梦》相同，两部小说都采用了"平行技巧"的叙述方式。

同性恋题材是白先勇小说中独特而又重要的题材之一，从1960年到1971年期间，白先勇发表的短篇小说中就有6篇属于此类题材作品，《玉卿嫂》、《月梦》、《青春》、《寂寞的十七岁》、《满天里亮晶晶的星星》、《孤恋花》，都是在同一题材上不断开拓深化，从对同性恋平面化的由衷赞美、真诚礼赞，到对人物更为深入、更为内在的精神进行刻画，从个体体验生命的刻画到对群体的整体勾勒。1977年，白先勇更是以一部精彩的长篇小说《孽子》再次书写同性恋题材，"这部全景式的表现整个同性恋群体的著作，不仅可以看成是作者断断续续延续着的同性恋题材创作的集大成，更体现了白先勇在前期同性恋问题基础上的深入更全面的思考"④。

同性恋题材作品较为成功的还有虹影的《鹤止步》⑤，这是以上海为背景的民国时期特务斗争小说，其灵感来自明代王同轨的《耳谈》。虹影将故事改写为汪伪政权时期的上海，军统与汪伪特工再加上国共间谍与黑帮相斗之下两名男子的情谊爱恨生死。杨世荣为他深爱的公子哥谭因承担杀人罪名，入狱坐

① 白先勇．白先勇自选集．广州：花城出版社，1996. 227.

② 白先勇．白先勇自选集．广州：花城出版社，1996. 222.

③ 白先勇．白先勇自选集．广州：花城出版社，1996. 222.

④ 李晶．女性之恋的悲情吟唱——白先勇之《孤恋花》主题探析．安徽文学，2010（1）.

⑤ 古远清．2004年全球华人文学作品精选．武汉：长江文艺出版社，2005. 87 ~ 122.

牢，当着谭因的面遭受酷刑，绝不松口。而谭因因此躲过一劫，他凭着个人的聪明大胆和杀人不眨眼的冷酷，在一系列暗杀袭击后平步青云，他对杨世荣心怀感激，曾信誓旦旦地说要解救杨世荣，并常对杨世荣以金钱慷慨相助。但时日一长，谭因去牢里看望杨世荣的次数却逐渐少了，对他的感情也逐渐变淡。牢中的杨世荣对谭因的感情虽有怀疑和不满，但他不论谭因是飞黄腾达还是仕途不顺，都一直坚贞不移地爱着谭因，直至最终为帮助谭因逃跑而采取了自杀的极端方式。

在香港作家董启章的《安卓珍妮》中，男性对女性的掌控，被述说为两种方式：一是借由语言巧装的理性霸权，二则为原始暴力，而这两者企图掌控获得的都是女性的生殖繁衍能力。就第八届联合文学小说新人奖评审说，“这是一篇交织着自恋、同性恋、女性主义、父权、理性的科学思维的文本，寓意丰富而饱满”。某种程度上说，董启章可能是唯一持续地书写、关心跨性别或性别重置议题的华人作家。从1994年的《安卓珍妮》一直到现在的《学习年代》，董启章不只试图打破生理上的雌雄的二元对立，就情欲上他也不固守同性恋、异性恋的二分，对他而言，自然、文化的二分也是辩证性的。

丛苏20世纪60年代就侨居美国，在美国亲历了反文化的学生运动，她的《兽与魔》（1986）是这一时期的代表作。小说中的艾甡和仇甡是孪生子，都是那个年代的虚无主义信仰者。一个藐视一切现存的戒律，只看见自己的身体和肉欲，因此搞同性恋、性倒错、人兽交、嗑迷幻药，找到的是一个伪哲学基础。另一个是藐视和破坏一切现存制度，有一个虚假的政治学基础。艾甡要把人带回原始人的洪荒時代，仇甡却要把人带到魔鬼制造的天堂里，他们唯一的救赎是理性与良知。

最后值得注意的是，体现在作家审美意识方面则表现出了“平中求奇”的倾向，亦即追求不同凡响的“奇”。以留学生文学创作为例，被誉为“留学生文学鼻祖”的於梨华之作品，格调质朴、自然、真实感人，其白描手法的运用，既富于女性的清新、细腻、逼真特点，又有男性的粗犷豪放，她将两种美学风格完美地统一起来，又恰到好处地运用排比句、对偶句，使她的作品读来富于戏剧性，引人入胜、毫不做作，因而她被称为“近年来罕见的最精致的文体家”；富有“传奇作家”之称的陈若曦运用朴实的写实手法，叙述一些看似平淡的故事，她极其讲究对细节的刻画，立体感极强，从平凡琐细的事件中提炼出深邃的思想，如《尹县长》本为一悲剧，但叙述故事情节时并非慷慨激昂地抨击，而是冷静地娓娓叙说，毫无主观立场的纪实性笔法反倒使小说的悲剧色彩更浓、更触目惊心，且给读者以无限遐思。

王拓的作品反映了20世纪70年代以来台湾社会所出现的重大变化。他揭露了在台湾商业化社会中所出现的种种贫困、堕落、自私自利和非人道的现象，对这种唯利是图的社会予以批判。王拓积极主张且参与社会政治改革，被称为“牢狱小说”作家，在他创作的那部吸收了许多推理小说和爱情小说表现技巧，讲述了围绕少女被奸后受孕自杀案件的侦破过程的长篇小说《牛肚港的故事》中，通过其起伏跌宕的情节展示、扣人心弦的悬念设置、鲜明突出的人物性格刻画以及委婉细腻的感情纠葛，展现了台湾渔村的社会风貌。

琼瑶、亦舒、梁凤仪的通俗小说，都有很强的故事性和传奇性色彩，都有着跌宕起伏的故事情节、悲欢离合的情感纠葛、荡气回肠的感情历程和让人魂牵梦绕的悬念叙述。琼瑶善于运用“出人意表之外，又在情理之中”的故事编织手段，能推陈出新，开创自己的讲述技巧。她的言情小说中，主人公的爱情故事都绝不平凡平淡，而且常常是波澜曲折、生死相许、山盟海誓、荡气回肠，堪比《上邪》式的激烈。其情感纠葛的复杂和波折往往令读者欲罢不能，即使是一些建构在海市蜃楼上的虚构故事，都能因作者对两性情感深入、真挚、纯粹而细致的描绘而产生动人的艺术效果。

亦舒往往赋予故事情节以浓烈的传奇色彩，令读者始料不及，《香雪海》就是以“奇”取胜的作品。女主人公花容月貌，色相美得出奇，她的性情也是怪得出奇，听音乐可以包下整个大厅，她肆意妄为，黑色快艇可以不发出任何警告信号，就把误入私家水域的帆船撞烂；她的行为简直有些刻意作怪，主持高层商务会议，众多亿万富豪云集，她却满不在意当众做头发；她最后因骨癌而死，死得也有些出奇。这些作品，极大满足了读者的猎奇心理，拓宽了情爱小说的路子。而《她比烟花寂寞》中美丽的女演员姚晶的遗嘱，将全部财产给了一个无名的小记者，除了引发了“我”强烈的好奇心外，对读者而言，也是设置了一个充满了传奇的悬念。这个谜引发读者跟随“我”追根问底，一路对姚晶身世和生活进行追踪调查，谜一个接着一个，疑问和悬念吸引着读者将小说看完，姚晶不同寻常的坎坷人生逐渐浮出水面，而她那“寂寞无助孤独”的心情也因此被刻画得深刻而动人。《开到荼蘼》中悬念贯穿整部小说，女主人公藏在内心 7 年的爱与恨，她曾为爱自杀与杀人的不堪回首的经历，都成为一个令人惊怵的“结点”，暗藏的炸弹随时会把貌似平静的生活炸得粉碎。

梁凤仪很善于设置情爱悬念，将情爱与事业相生相克的关系转变为山重水复、跌宕起伏的悬念系列，并于矛盾纠葛发展至炽化程度时，掀起陡起陡落的狂澜，之后又峰回路转、柳暗花明。《千堆雪》这篇财经小说也采用了和亦舒的《她比烟花寂寞》类似的叙述方式。女主角之父立下遗嘱，叮咛她照顾他暮年的红颜知己，却未告知姓名和此人的来龙去脉，不免让人心生疑窦。小说就从查找此人开头，从身边的姨娘查到女助手、女秘书甚至到花街女子，一连串的人物线索串接起整个故事，每个人都似是而非，接着又掉进了别有用心者设计的陷阱。骗局解开后，谜底揭穿，原来踏破铁鞋无觅处的女子就是自己耳鬓厮磨的同窗好友！故事情节造成阅读的震惊效果，再回顾整部小说，对复杂的前因后果又有着一个合理的解释。

第五章　世界华文小说对洛学文化中复兴寻根尚劝诫思想倾向的体现

明末，随着汉民族统治被满族政权替代，其时的社会思潮也发生了相应的转变。就哲学思潮而言，主要的变化表现为：万历后期，反抗传统、重视个性、肯定人欲的社会思潮开始衰落，一个洛学传承史上的复兴古学时期随之诞生。复兴古学作为主流的社会思潮直接影响和左右了当时的文学风气，最突出的表现是使其时文风转向平实严正。复兴古学的文风转变影响到小说领域，便是使其时的小说体现出两个非常明显的倾向：一是小说批评转向重社会功利，反对小说借男女之情以宣淫，否定无补世道人心的作品，倡言小说应具有史书价值；二是小说创作方面体现出明显的复兴寻根尚劝诫思想倾向。

洛学传承文化中复兴寻根尚劝诫思想均在“寻根文学”、“老兵文学”、“留学生文学”、“闺阁小说”、“政治小说”等海外华文各流派小说创作中打上了深深的烙印。其创作倾向为：思想内容上刻意强调作品的“复兴寻根”的劝诫价值；人物命运安排大多是循着自然发展规律，较普遍地采用了因果顺序，并形成“恶有恶报，善有善报”的命运结局模式；情节结构上大抵是在依次的几个主要情节中嵌进一条因果链，使其转化成为情节发展的动力，作者再循着由因向果的转化安排情节，使结构成一因果序列。寻根思乡的小说批评倾向也好，小说文本中的尚劝诫创作倾向也好，两者的精神实质其实是与洛学传承文化中“复兴古学，务为有用”社会思潮相吻合或相倚伏的。这也再次让我们窥视出洛学传承文化对世界华文小说创作倾向的作用与影响。

第一节　洛学传承史上的“复兴古学”

一、“复兴古学”思潮

（一）明代文学复古思潮的发展

明代文学复古思潮发轫于弘治末年，跨越近百年的历程，到万历前期，在王世贞等人那里发展到成熟的地步，这一时期的文学复古以其自身特点的消解为成熟之标志，其价值在于从容地使自己全身而退的同时，为新文学思想铺平了道路。

弘治时期，社会承平、经济繁荣、政局安定，朝廷上下呈现出一派“盛世”景象，作为正统文学的诗歌和散文因李东阳、吴宽、王鉴等宿老名流的倡导而有了复振之势，学古之风日渐浓厚，为复古思潮的到来奠定了基础，酝酿了氛围。当时的文学思想还停留在一种以德行为本、以教化为用、以畅达为美的模式上，这种模式成熟于明前期的“台阁体”，到李东阳为首的茶陵派崛起一直没有大的变动。复古派作家——一群年轻气盛的、受着工商业繁荣和城市经济发展的潜在影响的进士——登上了历史舞台，他们狂傲躁动，喜欢张扬自我，甚至能在一定程度上突破世俗礼教的束缚，表现出了一定的追求个性自由的倾向。他们自信、自立、自足地登上文坛，不用阁老称扬而名声顿起，不但使文坛脱离了台阁的笼罩，而且掀起了文坛上的一场“狂飙”，打破了近百年来代代沿袭的传统文学思想格局，颠覆了以人品德行为本、以政治教化为用、以平和畅达为美的文学观念，主张师法古人，恢复文学抒情的特质，抒发慷慨豪爽之情，强调文学自身的规律，提倡沉雄博大之美。他们的文学主张和诗文创作带着反台阁、反“传统”的色彩，肯定者甚至谓之再辟天日，令“宇宙一新”①。明确而强烈的自我提升意识是文学复古思潮滋长蔓延的心理基础。“前后七子”诗文创作与古人对话，一方面表现出盲目崇古的蒙昧理念，另一方面也表现出一种张扬自我的倾向。高扬自我、追求个性自由的人以契合心灵为当，不需要任何外在价值标准，而崇尚理念的人却离不开外在的价值标准。“复古”实际是那些初具张扬自我的倾向、开始追求个性但还不能真正高扬自我、真正获得个性自由的人所寻找到的新的外在价值标准，是那些还怀抱着蒙昧理念、受着理学和八股文深入骨髓的影响的文人寻找到的新的文学标尺。他们重视风雅比兴的艺术特质，重视意象浑融的艺术结构，重视音律、体制的美，与其说是对文学自身的狂热，倒不如说是对所寻找到的新的价值标准的狂热，他们所强调的文学自身的体格声调的规范，似乎应视为他们所寻找到的新的价值标准的附属品。从文学思想史的角度看，文学复古所寻找到的新的价值标准，是过渡时期文学思想发展的一个转折点，为文学思想的嬗变提供了过渡性的桥梁。

明代的文学复古可以分为四个阶段：一是弘治末到正德末前七子活跃的阶段；二是嘉靖前期六朝中唐派活跃的阶段；三是嘉靖后期后七子活跃的时代；

① 胡应麟．诗薮·续编（卷一）．上海：上海古籍出版社，1979. 345.

四是隆庆万历间王世贞、汪道昆主盟文坛而主张兼容并包的时代。前七子和后七子分别活跃的两个时代，崇古理念皆曾盲目膨胀，但两者还是有所不同。前七子将文学复古视为人生理想与社会理想的一部分，以恢复“盛世”文风为目的，对感情和法式所作的限定皆以此种理念为基础。其中李梦阳强调诗要“柔淡、含蓄、沉着、典厚”，即表现了对于感情的理念式要求。从嘉靖前期的六朝中唐派到嘉靖后期的后七子，对感情的这种理念式要求在逐渐淡化。六朝中唐派诸人的处世态度大多以“独善”为特点，或以个人修养追求出尘绝俗的品格，如高叔嗣、皇甫兄弟；或以放浪声色追求形骸之外的愉悦，如杨慎、王廷陈。与前七子相比，他们的自我提升意识中盲目崇古的理念淡化了一些，而自我超越意识和社会批判意识有所增长。后七子一开始就面对着黑暗的社会现实和污浊的政治局面，尽管盲目崇古的理念随着国家的内忧外患又一次高涨起来，但他们却把施展才华、拯救世道的愿望转移到文学这片净土之上，只是希望以诗歌创作获得不朽之名。他们追求雄壮的感情和严格的法式，反对气格低靡、体格散缓的诗作，完全以艺术风貌的复古为追求，大多数作品还未将批判的锋芒指向社会现实，像王世贞的《乐府变》、宗臣的《报刘一丈书》，这样的作品并不多，但在他们心中与大一统的政权已经疏远了，其文学活动颇有“避世”的意味。“避世”的心态，本身就具有自我超越和批判社会的色彩。与前七子相比，后七子盲目崇古的理念主要表现在文学上，显得单薄得多。

嘉靖前期和隆万时期前后呼应，是文学复古思想的两次落潮时期。前者表现为王廷相、顾顺之、王慎中等人的“弃文入道”，后者表现为王世贞、汪道昆、吴国伦、屠隆等人包容文坛不同倾向并主张折中调剂、兼得众美。两者都体现了复古理念高涨之后人们对文学的反思，体现了人们的内在超越和理性精神的加强。但两者也有所不同，前者主要受“醇正”的儒学的影响，目的在于以个体修养拯救社会危亡，入世色彩较重，高扬自我时压抑着个性意识；后者则主要受佛、道思想的影响，超世意味较重，包容他人时在解放着个体才情。个性与才情得到一定程度的解放，盲目崇古的理念也随之消解于无形了。最终，在王世贞主盟文坛的时期，文学复古思想在走向成熟的同时也走向了终结，并与逐渐兴起的文学革新思潮相融汇，完成了文坛的整合，为革新派登上文坛开拓了自由的空间。

复古派在高扬主体的同时压抑才情，使才情归入古人“格调”之范，重才情的倾向也终于逐渐显露出来，因而有杨慎、王世贞、屠隆等人的出现。对于人生诸问题缺少深入的理性思考，对人生义理之学并无新的建树，因而动辄师古，显得相对保守，其崇古理念的削减更多靠生活之中的变难与磨砺，走向个性解放的步履更为艰难。但其作为晚明文学思潮的先导之一，文学复古思潮也在随着时代的变更而不断变异，在其自身的发展变化中不断渗入理性精神，最终消除了其盲目崇古的蒙昧理念。

（二）复兴古学对"二程"洛学的继承与推进

程朱理学自南宋理宗时确立其在意识形态领域的统治地位，迄于明代前中期一直保持其独尊地位。明代嘉靖、隆庆以后，"秉国钧、作民牧者，孰非浸淫于其教者乎"而"守仁放言自肆，诋毁先儒，号召门徒，虚声附和，用诈任情，坏人心术，近年士子传习邪说，皆其倡导"。[①] 程朱理学在意识形态领域的独尊地位以及在民间的影响遭遇到了阳明学的空前冲击与挑战。明末，随着东林学派的崛起和阳明心学的消歇，文学复古思潮的兴起对程朱理学的发展演变起到了继承、传播和光大的作用。在复兴古学的潜流中，提倡"通经"在于"致用"，主张接触现实，研究社会出现的实际问题，把关注的目光转向社会现实。

嵇文甫先生在《晚明思想史论》中指出："明代思想解放的潮流，从白沙发端，及阳明而大盛，到狂禅派而发展到极端。于是乎引起各方面的反对，有的专攻击狂禅或王学左派，有的竟直接牵涉到阳明，这里面最有力量能形成一个广大潮流的，要首推东林派。"晚明文学思潮的兴起，源于阳明心学及在阳明心学影响下所形成的泰州学派。阳明心学以"吾心之良知即所谓天理"[②]，用"良知"取代了"天理"的地位，在弘扬了主体意识的同时，又导致了其对程朱理学的反拨，从而使阳明心学成为当时占主导地位的社会哲学思潮。对这一点，《明史》卷二八二之《儒林》说得很清楚："宗守仁曰姚江之学，别立宗旨，显与朱子背驰，门徒遍天下，流传逾百年……隆而后，笃信程、朱，不迁异说者，无复几人矣。"而东林学派对阳明心学的批判，则是以力避"良知"之说、复兴程朱理学为宗旨的。

《明史·顾宪成传》云："宪成姿性绝人，幼即有志圣学。暨削籍里居，益覃精研究，力辟王守仁无善无恶心之体之说。"黄宗羲《明儒学案·端文顾泾阳先生宪成》叙其论学主旨曰："先生深虑近世学者，乐趋便易，冒认自然，故于不思不勉，当下即是，皆令究其源头，果是性命上透得来否？而于阳明无善无恶一语，辩难不遗余力，以为坏天下教法，自斯言始。"如顾宪成在

① 陆陇其．三鱼堂文集（卷二）．见文渊阁本《四库全书》．台北：台湾商务印书馆，1986. 18.

② 孙承泽．春明梦余录（卷二一）．北京：北京古籍出版社，1992. 313.

《证性篇·罪言上》中说："以为心之本体原来是无善无恶也，合下便成一个空……空则一切解脱，无复挂碍。高明者入而悦之，且从而为之辞曰：'理障之害甚于欲障。'"于是乎委实有如所云："以仁义为桎梏，以礼法为土苴，以日用为尘缘，以操持为把捉，以随事省察为逐境，以讼悔迁改为轮回，以下学上达为落阶级，以砥节砺行、独立不惧为意气用事者矣。"

对于朱熹，顾宪成予以极高的评价，在《小心斋札记》中，顾宪成高度肯定了朱熹在儒学史上的地位："孔子表章六经，以推明羲、尧、诸大儒之道，而万世莫能易也。朱子表章《太极图》等书，以推明周、程诸大儒之道，而万世莫能易也。此之谓命世。"正是出自对程、朱的推崇，高攀龙辑有《朱子节要》一书，在《朱子节要·序》中高度评价了朱熹在儒学史上的地位，认为"朱子功不在孟子之下"，"圣人之道，自朱子出而六籍之言乃始幽显毕彻，吾道如日月之经天，江河之流地。非独研穷之勤，昭析之密，盖其精神气力真足以柱石间，掩映千古，所谓豪杰而圣贤也"。①并在《崇文会语·序》中说："崇文者何？崇文公朱子也。"

万历三十二年（1604），顾宪成、高攀龙、顾允成、钱一本等，重建东林书院，从事讲学活动。在讲学过程中，以复兴程朱理学、矫正王学流弊为己任，对阳明心学及后学，尤其是泰州学派的学术思想进行了批判。

据黄宗羲《明儒学案·端文顾泾阳先生宪成》："甲辰（1604），东林书院成，大会四方之士，一依《白鹿洞规》。其他闻风而起者，毗陵有经正堂，金沙有志矩堂，荆溪有明道书院，虞山有文学书院，皆捧珠盘，请先生焉。先生论学，与世为体。尝言官辇毂，念头不在君父上；官封疆，念头不在百姓上；至于水间林下，三三两两，相与讲求性命，切磨德义，念头不在世道上，即有他美，君子不齿也。故会中亦多裁量人物，訾议国政，亦冀执政者闻而药之也，天下君子以清议归于东林。"高攀龙门人周彦在《论学语·序》中也说："自顿悟之教炽，而实修之学衰。嘉隆以来，学者信虚悟而卑实践……视居敬为拘囚，目穷理为学究；恶言工夫，托之本体，更不知操存为何物矣！斯文未丧，东林代兴。高景逸先生心程、朱而脉孔、孟，拜官之日，首辟世则张子之邪说，使程、朱之学而复明。未几罢官，归里三十年，与泾阳顾先生辈力扶正学、专事实修。"东林学派的崛起，在各地迅速引起反响，程朱传统因之得以恢复，并取代了阳明心学在思想文化领域的主导地位。据清人胡慎《东林书院志·序》："姚江之学大行，而伊洛之传几晦，东林亦废为丘墟。至万历之

① 高攀龙．朱子节要·序．见高攀龙．高子遗书（卷九）．文渊阁本《四库全书》．台北：台湾商务印务馆，1986.

季，始有端文顾公、忠宪高子振兴东林，修复道南之祀，仿白鹿洞规为讲学会，力阐性善之旨，以辟无善无恶之说，海内翕然宗之，伊洛之统复昌明于世。"叶裕仁在《高子遗书·跋》中也说："明正、嘉之际，王学炽行，洎于隆、万倡为三教合一之说，猖狂恣肆，无所忌惮，学术之裂极矣。公（指高攀龙）与顾端文公起而拯之，辟阳儒阴释之害，辩姚江格物致知之谈，其深切明著，由是绝学复明。"

明代末年，随着一批以复古为职志的文社的出现，形成了明代文学复古思潮的复兴。"明之末年，中原云扰。而江以南文社乃极盛。其最著者……陈子龙倡几社，承王世贞等之说而涤其滥。溥与张采倡复社，声气蔓衍，几偏天下。"① 据《明史·夏允彝传》："时东林讲席盛，苏州高才生、张溥、杨廷枢等慕之，结文会名复社，允彝与同邑陈子龙、徐孚远、王光承等亦结几社相应和。"作为东林学派影响文学创作的产物，明末文社的大量出现，推动了当时复古思潮的复兴，而在这些文社中，影响较大的有以张溥为代表的复社和以陈子龙为代表的几社。

张溥于崇祯初年创建复社，复社名称的由来，即在于复兴古学。据杜登春《社事始末》云："复者，兴复绝学之义也。"其实，在创建复社之前，张溥还组织了应社。据张溥《五经徵文·序》云："应社之始立也，所以志于尊经，复古者盖其志也。"可知"尊经复古"就是张溥创建文社的主要宗旨，张溥在《程墨表经·序》阐发了这一思想："夫好奇则必知古，知古则必知经，知经则必知所以为人。至于知所为人，而文已毕精矣。故驳而不纯之文，予所甚恶也；才而不德之士，亦予所甚恶也。"

与张溥创立复社的同时，陈子龙创立了几社。几社命名的由来，据杜登春《社事始末》云："几者，绝学有再兴之机，而得知其神之义也。"姚希孟《壬申文选·序》亦云："近有云间六、七君子，心古人之心，学古人之学，纠集同好，约法三章。"可见几社的建立，也旨在"心古人之心，学古人之学"。这一主张在陈子龙的《壬申文选·凡例》中得到了集中体现："文当规摹两汉，诗必宗趣开元。吾辈所怀，以兹为正。至于齐梁之赡篇，中晚之新构，偶有间出，无妨斐然。若晚宋之庸沓，近日之俚秽，大雅不道，吾知免矣。"

杜登春《社事始末》云："两社（复社、几社）对峙，皆起于己巳岁。"可知复社与几社的活动，始之于己巳岁，即崇祯二年（1629）。两社的文学主张虽然不尽相同，但复兴古学，则是他们的共同宗旨。基于这一宗旨，他们肯

① 永瑢，纪昀．四库全书总目·汉魏六朝一百三家集（卷一八九）．北京：中华书局，1959.

定了“前后七子”的复古主义创作。如陈子龙在《六子诗·序》中说：“献吉、仲默、于鳞、元美，才气要亦大过人，规摹昔制，不遗余力，苦加推驳，可议甚多。今人之才又不如诸子，而放乎规矩，猥云超乘，后世可尽欺耶!”在《答胡学博》中，陈子龙还要求诗歌创作效法“古人所为”，并从这一角度出发，对万历末年“祖述长庆”、“学步香奁”的诗风进行了反驳：“万历之季，士大夫偷安逸乐，百事堕坏，而文人墨客所为诗，非祖述长庆，以绳枢瓮牖之谈为清正，则学步香奁，以残膏剩粉之资为芳泽，是举天下之人，非迂若老儒，则柔媚若妇人也……然古人所为温厚之旨，高亮之格，虚响沈实之工，珠联璧合之体，感时托风之心，援古证今之法，皆弃不道。”明末复古文社对公安派的批判引起了当时诗文创作风气的变化，“今卧子出，而言诗之家又为一变。纵横浩达，于学无所不窥。雄深凄婉，尤极于古……及为歌诗，本于性情，该以学问，其言无不似古人，而又无古人得似之”[①]。

明清之际，已有一些思想敏锐的思想家在明后期思想家杨慎、李贽等人开创的批判理学或心学的基础上，继续对理学或心学的流弊进行反思和批判，开始倡导一种新的经世实学的学风，大力提倡经世致用、实事求是之学，这种新的学风由萌芽，渐至发展，成为与理学、心学并立的新的思想观念和价值形态，把学术研究的范围从儒家经典扩大到了自然、社会和思想文化领域，使天文、地理、河漕、山岳、风俗、兵革、田赋、典礼、制度等皆在探究问学之列。他最先高举“经学即理学”的旗帜，提倡“通经”在于“致用”，主张接触现实，研究社会出现的实际问题，强调“明辨经学源流”，指出“古今安得别有所谓理学者，经学即理学也，自有舍经学以言理学者，而邪说以起，不知舍经学，则其所谓理学者禅学也”[②]。“古之所谓理学，经学也……今之所谓理学，禅学也。”[③] 把流行于世的“理学”贬斥为“禅学”，把它排斥在正统儒学之列。顾炎武提出的“舍经学而无理学”、“经学即理学”的学术纲领，在当时思想、信仰都出现严重危机的情况下，确有扭转学风之功业：一是明确了以经学为治学之本；二是他反对杂袭释老、断章取义的“今之理学”，他期望在经学的基础上重建理学系统；三是他认为一切学问都是为了“致用”。顾炎武真正把经学从理学体系中分离开来，使经学成为一门独立的研究学问，对清朝300年的经学发展产生了重要影响。他提出的“舍经学而无理学”及

① 周立勋．岳起堂诗稿序．见陈忠裕．陈忠裕公全集（卷首）（嘉庆八年刊本）．

② 全祖望．亭林先生神道表．见全祖望．全祖望集汇校集注（上）．上海：上海古籍出版社，2000. 227.

③ 顾炎武．顾亭林诗文集（卷三）．北京：中华书局，1959. 58.

“读九经自考文始，考文自知音始”[①] 的原则，成为影响清代乃至近现代学术的重要治学原则，经学又重新由学术边缘走向学术的中心，完成了从理学之虚到经学之实的转变。

对于明清之际的这股复兴古学的现象，梁启超有一段非常精辟的评论：“综观二百余年之学史，其影响及于全思想界者，一言蔽之曰：‘以复古为解放。’第一步，复宋之古，对于王学而得解放；第二步，复汉唐之古，对于程朱而得解放；第三步，复西汉之古，对于许郑而得解放；第四步，复先秦之古，对于一切传注而得解放。夫既已复先秦之古，则非至对于孔孟而得解放焉不止矣。”[②] 但我们应把握的一点是，所谓复古，绝不是按照原来的形态回归到古代社会，而是在特定历史条件下出现的以“复古”为形式而实质上却是一种思想解放运动，在复古的外衣下注入了新的思想内容。从这层意义上说，明清之际思想界的复古运动，为200年后“五四”时期“打倒孔家店”的新文化运动做了思想文化的前导工作。

二、“复兴古学”思潮对其时小说的影响

理学在“二程”之后的展开，实质就是以“二程”思想为核心的洛学之展开。“二程”洛学在明清时期的变革与进展，亦即理学的发展与演变，对其时的思想精神、理论主张，甚至学术作风都从不同程度上产生了影响，与明清文学诸多思潮的产生表现出特定的联系，尤以对小说的影响最为显著。它显著地体现在理学与小说思潮的关系上，表现为理学复辟与小说尚理的思潮、阳明心学与小说浪漫化的思潮、泰州学派与小说的世俗化倾向，等等。作为中国传统文化中极重要的两个系统，理学与明清文学的这种特定联系，成为中国古代文化发展史的重要现象，具有丰富的文化底蕴和深刻的文学理论蕴涵，也是传统儒学统治中国古代文化的有力说明。

宋明以来程朱理学占据统治地位，人们受到理学思想的严重束缚。理学将“理”视为天地万物之主，就其本质而言，仍是讲儒家思想如何服务于统治阶级，两朝的帝王还是把它作为自己统治的思想基础，并意在教化子民使之驯服于皇权。而且随着以宋儒经义为主要内容的科举制度的确立，儒家伦理说教也为文人所热衷。一部分小说作家利用理学来提升小说本身的地位，表现在小说创作中，则反映出极为激烈的矛盾：一方面受理学的教诲而大力为统治阶级宣扬忠孝节义，同时由于社会经济的发展，小说中也出现了追求人性却又扭曲以

---

① 顾炎武．顾亭林诗文集（卷四）．北京：中华书局，1983. 73.

② 梁启超．清代学术概论．上海：上海古籍出版社，1998. 7.

致放纵人欲的内容；另一方面，由于最初对儒家有为思想的继承，很多作家用小说教化来干预现实生活，并且通过对愚腐伦理的反驳而赞颂人性，教化又走向了人本主义的回归。

明代后期社会经济迅速发展，平民市井生活受到重视，人们的思想也在禁欲之后掀起了反向的浪潮，人们开始关注人性情趣。又加上社会淫乐风气充斥，即使标举“以淫止淫”、“道德伦理”，也无法端正其作品。明清小说中的教化当然也存在很多值得肯定的内容。在面对皇权对人民的极端统治和社会生活中的败坏风气时，原始的人本儒学又在有识文人的心中被唤起，他们带着强烈的社会责任感，怀着对仁、礼的崇尚意识，寄希望于教化，以期在实践中矫正世风，再次实现心中的理想状态，建立仁德和谐的社会。小说中的内容也表现了他们对现实教化“务为有用”主旨的追求。如吴承恩在《禹鼎志·序》中说：“吾书名为志怪，盖不专明鬼，时记人间变异，亦微有鉴寓焉。”他的小说之意在鉴世而不在志怪，这也是许多有志文人的小说中所承载的责任感。冯梦龙在《情史·序》中说：“我欲立情教，教诲诸众生。子有情于父，臣有情于君，推之种种相，但作如是观。”他看到了人性中存在的情感，这也是当时很多小说作家们所秉持的理念。“复兴古学”思潮对当时小说的影响可以从理论批评和小说创作思想两个方面来予以阐述。

（一）理论批评：凸显小说的社会功利作用

明末清初，随着小说的繁荣兴盛，小说理论也走向成熟。特别是《三国演义》和《水浒传》两部通俗小说刊刻以后，小说评点不断出现，小说理论日趋成熟。李贽、叶昼、冯梦龙等小说理论界的先驱开创在前，继而由金圣叹把中国小说批评发展到高峰，后有李渔、张竹坡、脂砚斋等继承并进一步发展他们的成果，理论批评呈现着自觉、繁荣和成熟的景象。

自小说诞生以来，认为小说创作有“劝善惩恶，哀穷悼屈”① 的教育作用和排斥小说为“邪说异端”、“惑乱人心”而主张严禁的两种截然相反的观点就一直在争辩不休，久无定论。到了明清，肯定小说的社会功用的观点逐步占据了上风。

唐传奇作者李公佐在《谢小娥传》中谈到：“如小娥，足以儆天下逆道乱常之心，足以观天下贞夫孝妇之节……知善不录，非《春秋》之义也，故作

① 瞿佑．剪灯新话·自序．见周楞伽校注．剪灯新话（外二种）．上海：上海古籍出版社，1981. 3.

传以美之。"[①] 开宗明义地说明他创作的目的就是为了劝诫和旌美。即劝诫人的"逆道乱常之心"，旌美"贞夫孝妇之节"。后来小说家和小说理论家大体上也是以此两项为小说的基本功能的。唐人李肇在为自己所撰的《唐国史补》的序言中，则为笔记小说确立了写作标准，"纪事实，探物理，辨疑惑，示劝诫，助谈笑"[②]。这条从实践中总结概括出来的"标准"，影响了后来千余年的笔记小说的创作。"示劝诫"，即教化作用，是小说必不可少的功用之一。明朝蒋大器托名庸愚子在《三国志通俗演义·序》中认为"读书例曰：若读到古人忠处，便思自己忠与不忠，孝处，便思自己孝与不孝。至于善恶可否，皆当如此，方是有益。若只读过而不身体力行，又未为读书也。"[③] 这里充分强调了小说的教育意义，读书看到古人忠孝处，便想到自己的不是；见到古人恶处，便当识其不可。正所谓"见善思齐，见不善思避"，小说的教育作用在这里得到了真正的体现。难能可贵的是，庸愚子不仅强调人读书要思考，"观演义之君子，宜致思焉"[④]，而且强调要身体力行，即要"思古人之善行，起而效仿施行"，这才真正算得上是读书。

修髯子在《三国志通俗演义·引》一文中说："欲天下之人，入耳而通其事，因事而悟其义，因义而兴乎感，不待研精覃思，知正统必当扶，窃位必当诛，忠孝节义必当师，好贪谀佞必当去，是是非非，了然于心目之下，裨益风教，广且大焉。"[⑤] 他指出，历史小说可以使人"通事"、"悟义"、"兴感"，不需精研深思，即可知道什么是是，什么是非，知道什么该支持，什么该谴责，学习"忠孝节义"，排除"好贪谀佞"。这样的小说对"风教"之裨益，真可谓"广且大焉"。笑花主人在《今古奇观·序》中认为小说的劝惩作用能成风化之美，"闻者或悲或叹，或喜或愕。其善者知劝，而不善者亦有所惭恧悚惕，以共成风化之美"[⑥]。小说有使人悲叹喜愕的美感作用，能感化人，使善良的人知道勉励，使有缺点的人意识到不足，惭愧害怕，以便翻然改悔、同

① 黄霖，韩同文．中国历代小说论著选（上篇）．南昌：江西人民出版社，2000. 54.

② 李渔．觉世名言十二楼等两种．南京：江苏古籍出版社，1991. 56.

③ 黄霖，韩同文．中国历代小说论著选（上篇）．南昌：江西人民出版社，2000. 109.

④ 黄霖，韩同文．中国历代小说论著选（上篇）．南昌：江西人民出版社，2000. 109.

⑤ 黄霖，韩同文．中国历代小说论著选（上篇）．南昌：江西人民出版社，2000. 115.

⑥ 黄霖，韩同文．中国历代小说论著选（上篇）．南昌：江西人民出版社，2000. 270.

趋于善，“共成风化之美”。与此相近的看法还有天花才子：“编中点染世态人情，如澄水鉴形，丝毫无遁。不平者见之色怒，自愧者见之汗颜，岂独解颐起舞已哉？至于曼倩笑傲，东坡怒骂，则亦寓劝世深哀，知者自不草草略过。”①他特别指出读者应体味作者“劝世深哀”，不能草草略过，以至于忽略了作者所寓之深意。

明陈洪绶在评点戏剧《娇红记》的序中，从伦理角度对其创作主旨进行了评论，他不是将其视作纯粹的爱情悲剧，而是认为作品的“申、娇两人，能于儿女婉娈中立节义之标范”，“子塞此辞，所以言乎其性情之至也，而亦犹之乎天子广励教化之意而行之者也”②。可见伦理训诫的重视程度之深。

清闲斋老人的《儒林外史·序》认为：“稗官为史之支流，善读稗官者可进于史；故其为书亦必善善恶恶，俾读者有所观感戒惧，而风俗人心庶以维持不坏也。”正因为如此，他对明代“四大奇书”中的《水浒》、《金瓶梅》深恶痛绝，因而斥云：“至《水浒》、《金瓶梅》，诲盗诲淫，久干例禁，乃言者津津，夸其章法之奇，用笔之妙，且谓其摹写人物事故，即家常日用米盐琐屑，皆各穷神尽相，画工化工合为一手，从来稗官无有出其右者。呜呼！”还明确地将这两部小说列入“风俗人心之害”的行列。

小说产生于里巷稗官，一开始就以搜奇记怪为多，洽闻博物是其本色。它常以史传面目出现，尝被目录学家列入史部，后以遵经载道、整肃风俗为目标，有了“翼经”的功效。小说为史传之余，采史传不记或缺记的故事以传世。如鉴在侧，人之美丑毕现，若想不取辱后世，必当约束言行，向善忌恶。对此，吴山谐野道人在《照世杯·序》中有一番高论：“且小说者，史之余也。采闾巷之故事，绘一时之人情，妍媸不爽其报，善恶直刻其隐，使天下败行越检之子，惴惴然而侧目视曰：‘海内尚有若辈存好恶之公，操是非之笔，盍其改志变虑，以无贻身后辱！’”③ 众生不得入史传，但并非不能入小说，一旦被“存好恶之公，操是非之笔”的小说家录写入书，倘若有不良言行，岂不是自取其辱。小说之劝诫史书价值体现在此。托名郭宽的《汉武帝冥记·自序》云：“今藉旧史之所以不载者，聊以闻见，撰《洞冥记》四卷，成一家之书，庶明博君子该而异焉。”④ 小说为史籍所不载者，阅读它，自然可以获

① 黄霖，韩同文．中国历代小说论著选（上篇）．南昌：江西人民出版社，2000. 327.

② 朱万曙．明代戏曲评点研究．合肥：安徽教育出版社，2004.

③ 酌玄亭主人．照世杯．上海：上海古籍出版社，1985. 105.

④ 黄霖，韩同文．中国历代小说论著选（上篇）．南昌：江西人民出版社，2000. 23.

得旧籍所没有的知识，“聊以闻见”，使读书人能存异博见，使见识更加完备。1615年陈继儒在《叙列国传》中认为小说“是列传亦世宙间之大账簿也。如是虽与经史并传可也”。同年，陈邦俊作《广谐史·凡例》也指出：“实关风教，虽与正史并传可也。”静恬主人在《金石缘·序》中指出小说有超越经史的教化作用：“小说何为而作也？曰以劝善也，以惩恶也。夫书之足以劝惩者，莫过于经史，而理艰深，难令家喻而户晓，反不若稗官野乘，福善祸淫之理悉备，忠佞贞邪之报昭然，能使人触目儆心，如听晨钟，如闻因果，其于世道人心不为无补也。”①

小说之所以有此功用，就在于它的通俗性、传奇性，能家喻户晓、功善惩恶、报应昭然，能使人“触目惊心”、向善戒恶，于社会风俗、人的品行有显著的教育作用，其影响之广大，非经史所能比拟。“经史之学”只可教育儒生，小说却可以使大众觉悟，这和小说的通俗性、趣味性息息相关。儒教板起脸来正儿八经地教育人们不得其门而入；小说家却将“忠孝节义”寄寓于形象之中，反而能使人产生“好善之心”、“恶恶之念”，自然“有裨世道不浅”。“于是乎村夫稚子，里妇估儿，以甲是乙非为喜怒，以前因后果为劝惩，以道听途说为学问，而通俗演义一种，遂足以佐经书史传之穷。”小说更容易为下层百姓所接受，有辅助经史不足的作用。

（二）创作思想：表现出明确的劝诫旨归

小说发展到明清时期，小说家对小说劝诫功能的认识也有了更明确的认识和体会，并在其小说理论的阐述上和小说创作中把这种认识与体会付诸实践。除了作品文本本身，作品自序或他人代序也充分体现出小说作家的劝诫思想。明清时期的小说家们寻找着一切机会反复申述小说的劝诫功能，以求提高小说的地位及其影响力。明代姑苏笑花主人在《今古奇观》序说：“故夫天下之真奇，在未有不出于庸常者也。仁义礼智谓之常心，忠孝节烈谓之常行，善恶果报谓之常理，圣贤豪杰谓之常人，然常心不多保，常行不多得，常理不多显，常人不多见。则相与惊而道之，闻者或悲或叹或喜或愕。其善者知劝，而不善者亦有所惭恧悚惕，以共成风化之美。”谷神子在《博异志》序说：“习谶谈妖，其来甚久，非徒但资笑语，抑亦粗显箴规，或冀逆耳之辞，稍获周身之戒。”《说呼全传》序说：“小说家千态万状，竞秀争奇，何止汗牛充栋。然必有关惩劝扶植纲常者，方可刊而行之。一切偷香窃玉之说，败俗伤风，辞虽工

① 黄霖，韩同文．中国历代小说论著选（上篇）．南昌：江西人民出版社，2000. 436.

具，当付之左龙耳。”把“有关惩劝扶植纲常者”作为小说是否可以刊行的标准，这也恰好说明了小说的劝诫倾向对小说受众的影响。

1. 明清小说的劝诫倾向内容主要可归纳为道德伦理劝诫和人格劝诫两大类

《毛诗序》云：“正得失，动天地，感鬼神，莫近于诗。先王以是经夫妇，成孝敬，厚人伦，美教化，移风俗。”明清小说的道德伦理劝诫的思想基础依然是传统的道德劝诫观，说教色彩浓厚，尽管因时代和阶级的局限性而走向极致，但是在具体的创作过程中，单纯的道德说教已经显得势单力薄，缺乏可行性或可操作性，依托于佛教“因果”之说展现命运主导性的特点则顺势成为众多小说创作者所选择的对象。佛教的三世因果观与中国古代儒、道等传统文化的完美融合，共同实现着对人生的救赎和劝谕。因果报应将行为与由此带来的结果结成因果关系，认为人在世间的任何行为都会产生相应的结果，有什么因必有什么果，任何结果必然有其原因，从而突出强调因果报应的必然性。在因果报应面前，人人都变得那么平等，不管是帝王将相还是平民百姓，任何人都要服从，任何人都没有能力对抗这一冥冥之中的规律。因此所有人都必须为自己的行为负责，承担相应的结果。这些为个人的道德伦理提供了有效的思想基础，将道德伦理与功利结合起来，也为儒家的道德劝诫提供了更为充分的依据。明清小说家们也正是感受到了因果报应思想独特的影响力，他们将其引入小说创作，使之成为突出劝诫主旨的有力工具。明清小说中有相当多的劝诫内容是和因果轮回、善恶报应的内容紧密联系在一起的，用因果报应的劝诫方式来劝惩百姓，起到整饬风俗的作用。明末之前的通俗小说对人物的命运安排大多是循着自然发展规律的，但明末小说家对人物的命运安排却较普遍地采用了因果规律，并带来“恶有恶报，善有善报”的结果。这种现象甚至在一些小说题目上都反映出来了，如《型世言》第二十七回《贪花郎累及慈亲　利财奴祸及至戚》；第二十九回《妙智淫色杀身　徐行贪财受报》；第三十一回《阴功吏位登二品　薄幸夫空有千金》；第三十三回《八两银杀二命　一声雷诛七凶》；《二刻拍案惊奇》卷三二《张福娘一心贞守　朱天锡万里符名》，卷三四《任君用恣乐深闺　杨太尉戏宫馆客》亦同此。与这种题名相表里的是小说作家在对其作品人物命运的安排上，大多循着作恶受惩、行善得福的套路。因此，在明末通俗小说里，极少看到作品中恶人不受惩处、善人不得善报的命运结局，这也是借助因果报应来宣扬儒家所极力推崇的“孝道”。

所谓人格劝诫，就是对一个人或一类人（多指世家子弟）成长期的修养和品格培养方面存在的问题给予揭示，并从社会生活的角度出发进行劝诫，或提出解决的方案。如冯梦龙“三言”之《警世通言》卷一六《少夫人金钱赠年少》写张员外家主管之一张胜遭遇主人家小夫人的勾引和诱惑，经过反复的思想斗争，他最终克服了个人的情感和欲望，不为钱财和女色所动，保得自身清白。对于这样的行为和人格，作者冯梦龙在故事结尾毫不掩饰地给予了肯定和赞扬："只因小夫人生前甚有张胜的心，死后犹然相从。亏杀张胜立心至诚，到底不曾有染，所以不受其祸，超然无累。如今财色迷人者纷纷皆是，如张胜者万中无一。有诗赞云：谁不贪财不爱淫，始终难染正人心。少年得似张主管，鬼祸人非两不侵。"当然，对于人格劝诫最为典型的小说当属清李绿园的《歧路灯》，小说通篇对世家子弟在成长过程中如何造就良好的修养和塑造高尚的人格进行了严肃的审视，用典型的"败子回头"的故事情节，揭示了家庭、学校和社会对人格修养的影响，从而突出劝诫的主旨，那就是"子弟宁可不读书，不可一日近匪人"，或者用谭绍闻之父临终前嘱咐其子的话来说就是"亲近正人"。其实亦未尝不可以把这个当做是作家李绿园对读者的人格劝诫。

2. 明清小说劝诫倾向主要通过作品的题名、入话、诗词、尾评等形式来实现

（1）小说题名凸显劝诫主旨。

明清小说在作品题名上就大做文章，突出其劝诫主旨。比较典型的作品可以分为两类。一是喻世、醒世、警世类，如明冯梦龙的"三言"（《喻世明言》、《醒世恒言》、《警世通言》）直接以"喻世"、"醒世"、"警世"为书名，清西周生之《醒世姻缘传》等直接以喻世、醒世、警世为题旨，《醉醒石》、《清夜钟》、《醒梦骄言》书名都意图使人觉醒，《石点头》、《肉蒲团》则通过独特的劝诫手段试图影响人的内心，清代的《型世言》、《镜里人心》（沈起凤《谐铎》）更是以世为镜，为世之型。李绿园的《歧路灯》更有代表性，它高举歧路明灯，以非常典型的"败子回头"故事情节，劝人警醒，莫步后尘。二是子弟劝教类，这一类多是短篇笔记小说，如《孙先简公训诸生事》、《李太虚为师事》、《赵公延师教子事》等（纽琇《觚剩》），《孙夫人胎教事》、《玉裁训子弟事》、《某封公延师训子事》等（姚世锡《前徽录》）。同时小说标题亦见作者的劝诫苦心，如《妙智淫色杀身　徐行贪财受报》、《吕大郎还金完骨肉》、《姚伯子至孝受显荣》、《失燕翼作法于贪　堕箕裘不肖惟后》、《逞凶焰欺凌柔懦　酿和气感化凶顽》等。

（2）入话成为表露劝诫主旨的首要形式。

在明清小说中，小说家们经常在入话中用诗词引出或暗示作品的劝诫主题。入话本身是说话艺术中为了安定先来的听众，保证有足够的时间等待后来的听众而有意延长时间的一种手段。明清小说很多作品的入话中，作者往往更

是不遗余力地发表议论，大肆宣扬小说的劝诫主旨，劝诫之语层出不穷，成为明清小说劝诫倾向表露的首要形式。冯梦龙《警世通言》卷三三《乔彦杰一妾破家》的入话如是写道："世事纷纷难陈述，知机端不误终身；若论破国亡家者，尽是贪花恋色人。"从而暗示贪恋女色之危害，引出"好色亡家国、诗书不误人"的劝诫主题。又如《醒世恒言》卷五《大树坡义虎送亲》篇首的入话为："奉劝世人，公道存心，天理用事，莫要贪图利己，谋害他人。常言道：使心用心，反害其身。你不存天理，皇天自然不佑。"这样的入话非常直白地把故事情节所要阐明的义理表露出来，把劝诫世人的主旨彰显无遗。

（3）巧用诗句是体现劝诫倾向的重要手段。

这里所说的诗句既包括作品开头所写的诗句，也包含作者在作品中间有意加进的带有某种创作动机的诗句。小说家们巧用这些诗句，有的用于描写场面景观，有的用于描写人物的形态或外貌，有的则用于叙述人物内心的想法或感情。但从小说家对某些作品主旨阐释的角度看，更值得关注的是那些穿插在作品中带有揭示和总结性质的诗句。这种用诗歌穿插在小说中进行直言劝诫的手法在李绿园的《歧路灯》中可谓比比皆是，如小说第十七回，写主人公谭绍闻在其父去世之后，在不得父训又无良师的情况下，开始结交社会的狐朋狗友，实现人物命运的第一次堕落，该章回的最后直言教诲，作诗云："子弟宁可不读书，不可一日近匪人。不是古人多迂阔，总缘事儿见的真。"以此直接对读者进行劝诫和教化。而到了第三十七回，吃了亏的谭绍闻在前辈和忠仆的教导下，开始远离匪人，实现第一次命运的救赎。作者又站出来赋诗一首："小人同利便是朋，镇日逐膻又附腥。若是一时无进奉，何妨刻下水遭萍。"直接揭示了小人的本质，教育子弟应当如何择友，人格劝诫的意旨凸显无遗。

（4）尾评是最常用的劝诫的方式。

尾评这种形式最早可以追溯到史家对史实的评论，如《史记》中的"太史公曰"。这种形式到了明清时期，被小说作家们广泛借鉴和运用，并通过主观的评述来突出小说作品的劝诫主旨，甚至直言劝诫。当时比较有意思的作品是《清风闸》，该书作者在尾评中直言提出经典的人生四劝："一劝人生不可强，强中必定有余殃。忍耐些须不要紧，一朝横报必参商。二劝为人不可痴，痴心留恋美姣姿。你恋他来他恋你，一朝反面悔后迟。三劝为人不可恶，富贵穷通各有无。先富后穷人多少，不可耻笑把他欺。四劝为人不可呆，莫把穷人当作呆。一朝神灵来护佑，富贵荣华一齐来。"再如《剪灯新话·联芳楼记》中，作者在尾评中如是写道："秋月春花，第伤虚度，云情水性，失于自持。"虽没有明确表示赞同，却保持了其坚定的人性化立场，劝诫之意通过作者的议论隐隐显露出来。

重功利的小说批评倾向也好，小说文本中的尚劝诫创作倾向也好，这两者的精神实质其实是与当时“复兴古学，务为有用”的社会思潮相吻合或相倚伏的。这也让我们得以看出理学传承对小说创作倾向的作用与影响。

文学与文化在历史上的革新之变，由于其呈现的形态和演进的方式不同，存在着激进与复古之分。人们往往将复古视为保守，而轻视了它革新的内容与实质。在中国文学史上，大多数的复古体现了具体历史时期的创新。明末的古学复兴，究其实不仅体现了中原文化的复古传统，而且对中原文化传统的建构具有重要的意义。中原文学具有明确的艺术精神，一是注重世用，二是气势盛大，三是崇尚“明道”。中原文学既具有浓郁的传统气息，也不缺乏创新的精神，不可否认，中原文学的衰落发生在宋代，宋室南迁所造成的中原文化的塌陷是无法弥补的。但中原文化却是文学复古的温床，文学复古多兴于北方，北风南移及南北文学交融造成了复古的多元变化，影响着文学发展的历史轨迹。从明末的古学复兴中，可以更清晰地看到对中原文化精神的继承与流变。

文化的传承性决定了无论客观社会如何变更，其民族的文艺审美观都无法动摇。华文文学的内容实质上是代表着海外华人文化的文学，如果说用华文写作是一个民族文化的表达方式，那么用文学去反映社会生活则是一个民族的思想体现。千百年来，旅居海外以及“三地”的华人作家虽然地域生活空间发生了变更，但骨子里却蕴藏着太多太深的民族意识、民族感情，民族的传统思想、道德、伦理、价值观念以及民族的生活习惯和生活方式，这种民族情结表现在世界华文小说创作与洛学文化之间的内在传承关系上，更多地表现出一种母体文化的强大凝聚力。她将世界华文小说的创作主题始终定格于中华民族传统文化的“本源”，而不脱离民族文学的“围城”，并与大陆本土文学融合在一起，在客观上形成了一个共同的文学空间。洛学的传承以及对中原文化精神的阐释，我们可从不同时期世界华人作家的作品及其叙事方式的展示来透视其内容实质的发展演变，尤其要关注其民族性及其异变。从洛学传承这一脉络而言，其“复兴古学，务为有用”的社会思潮及小说文本中的尚劝诫创作倾向，选择了以文学去反映社会生活，体现出了民族的思想，具体则通过“寻根文学”、“老兵文学”、“留学生文学”、“闺阁小说”、“政治小说”等世界华文各流派小说创作形式表现出来。

第二节　世界华文小说刻意强调“复兴寻根”的劝诫价值

一、思想内容上的劝诫性

（一）劝诫思想的发展背景

小说创作的尚劝诫思想，是指小说家从小说创作和小说批评的角度将劝诫价值视为审美的聚焦点，在理论表述和创作两方面加以推崇和追求。此一小说审美观渊源于中国古代传统的文学教化思想，有其特定的发展过程，在明代末年达至昌盛。就中国古代通俗小说的功能而言，明末前，通俗小说作家和批评家大多把小说看作是娱人或作者自娱的艺术形式。明朝万历中期以后，小说领域开始批判一些以诲淫诲盗为主的娱乐小说，并开始大力推崇通俗小说的劝诫功能，尚劝诫的审美观即由此而扩展开来。与此相呼应的是小说家和小说批评家开始大力推崇小说的劝诫功能，产生并形成了尚劝诫的小说审美观。

海外华文小说的创作，始终被包容在广义的中华文化之中，同时又承载和传达着更为深广的文化。海外华文文学，实质上是移民者的文学。透过华人一路打拼的历史踪迹和现实境遇，华文小说中所表现的华人移民的艰难生存体验和华人形象，纠葛在中国复杂政治历史之中的留学文化心态，带有鲜明时代特征和寻求借鉴以及深度反思的文化标记，都表现出了华文作家从国内到国外的双重人生经验，是一种跨域书写。跨域既带来差异，也带来相互融合的多元整合。不同时期的华人移民，不仅承载着历史悠久的中华文化，而且背负着各自时代的历史命题和文化命题。他们各自不同的人生经历，也带着不同的历史与文化印记，展现出不同的形貌，在与西方文化的交会、冲突和融合中，发展出不同时期文学的不同形态和不同文化关注点，反映着他们对于祖国母土的历史焦灼和自身生存的文化困惑。在文学作品中所体现出的文化主题中，小说作家们历经不同的时期，执著于从自己由国内到国外的双重人生经验和文化鉴照，通过文学书写进行多元文化的观照和批判。排遣不去的故土记忆和中国人情结，使得他们的作品从不同的角度描绘出不同的时代特征，人物典型获得不一样的意义，他们从关心自身的生存转向关心国家和民族的未来，通过传承巨大的民族凝聚力和对祖国历史、文化的反思和回馈，展示着一个期待国家和民族复兴的时代主题。

一定的文学思想特别是中国古代文学思想，主要以文学批评为表达方式，同时，文学思想并不单单反映在文学批评和文艺理论著作里，它还大量反映在文学创作中。作家对于文学的思考，以及通过文学传达出来的对于文学的社会功能艺术特质的认识，对艺术技巧的追求和对艺术形式的探索，都可以在文学创作中反映出来。

作为中华文化核心的中原文化与海外华文文学紧密相连。中原地区是海外华人的故乡，追根溯源，中华文化精神的形成，离不开“根在中原”的迁徙历史和中原文化传统的孕育。中原文化是根的文化，重视血脉亲缘是以儒家思想为主的中原文化的核心观念之一。在早期的海外华文文学创作中，作者普遍受中原文化的深刻影响，讲求“诚意、正心、格物、致志、修身、齐家、治国、平天下”的价值取向，讲求“叶落归根”，作品中弥漫着浓郁的中国情结。在全球化的浪潮拍打之下，社会的混乱与价值的颠倒无可避免。面对消费至上、精神失落、道德沦丧，华文作家心中积淀的传统文化选择了顽强对抗，体现出了一种寻根尚劝诫的审美倾向，表现在作品之中，一是对失根的忧虑，二是对根的找寻，三是对中原传统文化的创新发展。在新加坡诗人梁钺的《鱼尾狮》中对失根的痛苦、无根的焦虑表现得非常明显。鱼尾狮，狮头鱼身，被认为是新加坡的象征，但在诗人的眼里，却“什么也不是，什么都不是”，“终究，你是荒谬的组合”，折射出新加坡人在欧风美雨的浇灌之下，变成了不土不洋的“鱼狮交配的怪胎”。在岭南人的《茶的话》中，象征传统文化精神的“茶”越来越淡，淡成“出了山的矿泉水”，更鲜明地反映了华人在西化中失根的哀痛。

海外华文小说作家立足于中国文学传统，推陈出新，在富有中原文化色彩的客体中寄托对人生的感怀，把内心对故国的乡思乡愁与他们对居住国的深厚感情交织在一起，从而构成了华文文学的一个重要主题。在印尼华文作家森义彪的《千岛之梦》里，散发着强烈的道德理想主义气息，与中原文化的“尊崇道德，厚生爱人”遥相呼应、一脉相承。作品中，美的人物必然是善的，善的人物才是美的，其中所有善的人物形象都与中原传统文化精神相吻合。主人公白大头已经有妻室，面对年轻的苏米亚蒂，他毅然拒绝了她的示爱。另一主人公苏文彬在美国读书时，与珊蒂独处时同样坐怀不乱，正如苏文彬自己所说：“珊蒂大胆向我表示了爱，可能她过于西方化，而我又具有典型的东方人的保守性，我没有接受她的爱。”而印尼普通百姓对白大头的尊敬热爱、苏文彬对董妮的关爱，则体现了人与人之间的真诚爱护与尊重，展示了人性之美。白大头早年孤身一人，漂泊到南洋闯天下，从一无所有到发展壮大，其创业之路不能不说是充满艰辛，而他在困境中的奋斗精神正是“天行健，君子以自强不息”的真实写照。

工业化的发展，大自然的被破坏，社会物欲泛滥，人们追求享受，导致人性疏离、道德沦落，面对这种环境与精神的危机，许多华文作家积极“促使人们反思，并燃起回归大自然的热情”①。而这正是以中原文化的精髓——洛学的“天理”思想来应对环境与精神的双重危机。中原洛学文化中的崇尚自然、顺应天理的思想以及追求和谐、稳定的文化品质内化为海外华文文学的无意识，自觉弥补现代化所带来的苦闷、压抑与荒诞的同时，又与现代文明意识融会贯通，形成了一种新的特质。

（二）文化、人性与道德的劝诫倾向

许多华文作家有这样的自我比喻：“我”好比一棵树，根在中国大陆，枝叶在海外。漂流也好，离散也好，放逐也好，谁不倾情于“海上生明月，天涯共此时”，谁不会心于“秋水共长天一色”，谁能忘怀那一条粗犷阳刚、堪称儒家摇篮的黄河和那一道天际流芳、作为道家滥觞的长江？黄河与长江的地理与文化性格又孕育、滋养、生长出多少文化母题？旅法的画家、作家程抱一在其长篇小说《天一言》的序言中写道：“‘昔我往矣，杨柳依依；今我来思，雨雪霏霏。行道迟迟，载渴载饥；我心伤悲，莫知我哀！’就这样槁木似的叹息了么？就这样死灰似的吞声了么？不尽然吧。从千万数不清的被侮辱与被损害的人群间，漫起了形象，脆弱然而执著的形象，平凡却又独特的形象。他们有血有肉地活过，刻骨铭心地活过……面对生命与创造之大奥，他们尽管卑微，但也不懈地发掘过、探求过、质问过；尽管无声，但也在苦恋之尽端，拯救了人性，拯救了尊严。”② 无论因空间的划分迁移和对话的场域变动而产生多么强大的向心力或离心力，但仍不会改变这样一个事实，那就是在文学范围内展开对中华民族普遍经验和个体经验、想象经验的虚构或实写，让有感情、有尊严、有文化涵养的中华民族子孙能在作品中找到可以认同的人物语言、故事与情感，在多重对话中倾听到母性与个性兼具的声音。华文文学应当是对当代生活的折射，是华人关注当下生活的结果，是华人关照自己的方式，它的价值观、审美观、人生观都应当是有别于纯西方的，是东方思维与表达方式的当代呈现。华文小说中的劝诫的积极意义在小说中表现为不同的内容，包括文化、生存、社会道德等方面，虽不说教化却包含着教化。文学家从艺术情感与个性出发，表达了海外华人的精神诉求和民族身份诉求，创造出了更多海外华人世界光鲜的艺术形象。

在 20 世纪 50 年代至 70 年代的北美华文文学作家中，吉铮、白先勇等的

① 陈贤茂．陈贤茂自选集．汕头：汕头大学出版社，2005.

② 程抱一．天一言．杨年熙译．济南：山东友谊出版社，2004.

留学生题材的创作的基本主题集中在以留学生为代表的中国人因“流浪”（离散）而导致的文化冲突，其基本模式为以爱情故事作为穿插，勾连起身在北美的中国人充满分裂（人生的分裂、认同的分裂、情感的分裂、家庭的分裂、政治取向的分裂等）的痛苦经验。

吉铮在《黑色的郁金香》中，通过“我”对出国前与“你”的一段感情回忆，对出国的意义进行了“反思”——如果出国并不能给人带来幸福而给人留下痛苦的话，那么出国的价值和意义何在？在随后的一系列创作中，吉铮或写少妇寂寞的人生和对出国的失望（《会哭的树》），或写海外感情的千疮百孔（《乍聚乍别》），或在繁华中衬托出海外生活的无爱（《夕雾》），或写女性在海外为了“经济上的安全感”而放弃真爱最终导致了人生悲剧（《负情》）。至于在国外生存的艰辛和“无根无国无家”的凄凉（《门槛》、《拾乡》），在海外挥之不去的寂寞（《孤云》）以及爱情、理想的一再幻灭（《伪春》、《拾乡》），就更是吉铮的小说中反复出现的主题。

相对于吉铮小说的感性，白先勇的作品在思想的深刻性上显然更胜一筹。白先勇的《芝加哥之死》揭示的是中国人到了美国之后从精神、情感到现实生活均无所归依的困境。小说的核心是“悬荡”与“死亡”——集中体现在主人公吴汉魂身上（主人公的名字都充满了“悬荡”和“死亡”的象征）。作为一个在美国苦读六年才完成学业获得博士学位的中国留学生，吴汉魂在美国的生活其实一直在两个国度（中国和美国）、两个城市（台北和芝加哥）、两种文化（母亲代表的中国文化和西方文学代表的西方文化）、两个女人（秦颖芬和罗娜）之间摆荡。他来美国学习西方文学，似乎是在主动、自觉地追求西方文化，可是在他心里，中国文化却如影随形，难以摆脱也难以忘怀。获得博士学位在某种意义上意味着他完成了对美国（西方）文化的追求，但恰恰在此时，“吴汉魂立在梦露街与克拉克的十字路口，茫然不知何去何从，他失去了方向观念，他失去了定心力，好像骤然间被推进一所巨大的舞场，他感觉到芝加哥在他脚底下以一种澎湃的韵律颤抖着，他却蹒跚颠簸，跟不上它的节拍”，“芝加哥对他竟陌生得变成了一个纯粹的地理名词”。他和罗娜的一夜风流似乎很西化，最终却导致了他的死亡——在骨子里他还是一个拒绝这种西化，在精神、情感、肉体上都不属于芝加哥、美国乃至西方的中国人。只有在死亡中，他的精神“悬荡”才能真正终止。

新加坡作家风沙雁有着深厚的中华文化根底，人生经历丰富。他在小说《追逐阳光的人》中所展示的情怀是有特定内容的情怀，他总是希望华夏文化能在新加坡绵延不息，与天地同寿，与日月争辉。但他深知，以目前社会发展的趋势，这种希望已经非常渺茫。于是，他就想通过感情极浓的文笔，酣畅淋漓地透过一群南洋大学（简称“南大”）的学生和其他高级知识分子表达出来，呼唤知识分子“在这人类理想幻灭的年代”继承和发扬“南大精神”、“追逐阳光”。可以说，这种题材的积累，很明显也是作者感情的积累。这种感情是率真的，包含着作者鲜明的爱与憎，体现了作者追求真善美的执著。他笔下的一群知识分子虽然报国无门，但仍然执著地在外国传播中华文化，浩瀚的中华文化成了这些知识分子的精神家园。在小说中，虽然作者毫不留情地鞭挞了令他愤慨和厌恶的人物和社会现象，但却不刻意追求刺激和新奇，只是如实地将存在生活中的现实叙述出来。比如，对令人悲怆落泪的南大毕业生成为“亡校奴”的心酸事实并不慷慨激昂地控诉，对林素莲、范美艳和程超兰的俗不可耐的刻画也并不专门描写她们可怜的灵魂，而是在歌颂中同时也暴露着“从生活的散文中抽出生活的诗，用这生活的忠实描绘来震撼灵魂”的内容。文中歌颂南大生求存意志和宽阔的胸怀，暴露歧视与冷落南大生的社会；歌颂黄蕙韵的高洁素雅，暴露林素莲等女人的庸俗无聊；暴露洋人道森对华人的误解偏见，歌颂华人的心胸坦荡等等。在描写景物、刻画人物中，作者努力挖掘生活中的真善美，表现具有诗意的东西，把对人、对社会、对生活的深刻思考体现在景物和人物身上。

在《追逐阳光的人》里，黄蕙韵所追求的是优雅的心灵生活，而她身旁的女友粗浅庸俗、自负而无自知之明。她们卖友求荣，过度强调物质成就，把爱情也当成是一宗商业交易。黄蕙韵身边的许多朋友都戴着虚假的面具，心胸狭隘。这些人只可以一起互相慰藉，而不能为朋友的成功欢呼。《追逐阳光的人》里的黄蕙韵、高思民和几位女友见面道别时的情景，暴露了有着多年之交的朋友的妒忌之心、损人利己的虚伪面孔。当佳钰看到别人比自己不幸，就会兴起一股怜悯之情，借此慰藉自己，从而得到一种高人一等、无比幸福的快感。一旦那可怜的对象站立起来，并与她平起平坐后，她就会诋毁对方。“人家都是失婚者嘛，有机会重逢，自然珍惜彼此的，你埋怨什么？”① 程超兰说这话时，表面上是为黄蕙韵解围，实际上是看不起黄蕙韵把穷教授高思民当作宝贝看待。黄蕙韵的女友话中略带讥刺，给高思民很大的冲击，他心中感慨地呐喊着：“这是一种病态的社会现象，一群朋友在一起都不希望其中的任何人成功，这是多么冷酷的现象呀！”② 大家一味追求金钱与物质的富裕，过度强调外表的成功而失去了内心的涵养，还有“自我”意识的观念滋长，人心变得更为冷酷无情。很少有人能真心为朋友的成功而给予衷心的祝福。

---

① 风沙雁．追逐阳光的人．新加坡：创意圈工作室，2003. 135.
② 风沙雁．追逐阳光的人．新加坡：创意圈工作室，2003. 135.

文中范美艳所说的这一番话更令人震惊："我是一个专业女性，我月入七千元，我为什么要找个经济条件比我差的男人为对象，让他来分享我的劳动成果。如果有个有钱人愿意收我为情妇，我并不介意。"① 自古以来，备受诗人作家歌颂的爱情，在范美艳的眼里成了一宗交易。岛国人总是以"财富的多寡"为指标来衡量某人才能的高低，并以此作为成功与否的准则，中华民族传统美德"富贵不能淫，贫贱不能移，威武不能屈"的情操也随着国民意识的淡薄而被忽视了。

文化的核心是一种人文精神，而人文精神又集中体现在一个民族的文学与艺术创作中。海外华文作家——尤其是第一代的移民作家，一方面都有一段难忘的国内人生经历和文化体验，这对于他们后来在异域的文学创作，有着不可低估的意义；另一方面，他们又拥有一种在异邦的人生经历，真正融入自己血肉和心灵的真实人生体验。他们从自己切身感受到的异国文化，重新回味故国的人生经历和文化体验，带有着文化反思性质的对故国人生的描述和对故国文化的解构或重织，双重人生经验构成了一个互相交叉的文化视角，形成了一个互有比较的、新的思考空间和书写空间。不管书及国内还是写及海外，都显示出海外华文作家居于双重文化交错之间的独特性。其思想价值，在于从差异的文化中进行观察和反思；而其文化意义，既表明了人类文化的多元性，也寻求着不同文化之间的理解和共存。在新移民文学中，不同文化的落差和作家们人生经历的剧变，逐步形成了对历史坎坷所引发的忧思和反省的创作主题。

20 世纪 80 年代以来在北美华文文学中的华人作家群中，查建英是较早期的一位代表性作家。她笔下的留学生都来自"文革"后的中国内地，特殊的人生经历使得这些留学生在留美后难以割舍和忘怀过去的种种，这种留学前和留学后因物质、精神、文化等方面的巨大反差和刺激在他们内心所产生的深刻影响，是查建英着重表现的核心主题。在她的代表作《丛林下的冰河》中，"我"在北美的现实处境以及与"D"难以割舍的情感纠葛，昭示的其实是中国人在海外的"他者"身份定位以及无法摆脱过去历史的人生宿命——这样的问题意识和思考深度很明显，这是自足视野相对"内敛"的当代小说所难以涉及的。进入 20 世纪 90 年代，严歌苓的小说更多地表现出了对不同种族、具有不同文化背景和不同文化身份的人的共同人性的兴趣。在她的大量小说创作中，有海外题材的作品，也有完全与海外生活无关的"中国题材"小说，在这两方面，严歌苓都以自己的独特笔致，实现了对当代小说的丰富。对于前者，严歌苓每每借助海外场景来表现人性。在《少女小渔》中，严歌苓写小

---

① 风沙雁．追逐阳光的人．新加坡：创意圈工作室，2003. 127.

渔和那个意大利老头的假结婚，不是以海外“怪现象”来猎奇，而是在展示跨越种族、语言、性别和年龄的人性——人的恻隐之心；对于后者，严歌苓的因为身在海外而具有的自由度，使她能够在“中国题材”的小说中，以一种真正自由的创作姿态，书写着她所思、所感、所理解、所记忆的大陆。她的这类作品或写大陆军队高干家庭的种种荒谬（《草鞋权贵》），或写大陆历史中社会的疯狂和人的本真（《第九个寡妇》），或写时代变动中恒定的真正爱情（《一个女人的史诗》）。如同她写海外题材作品中的“人”和“事”最终是为了表现人性一样，在严歌苓这些“中国题材”小说中，“人性”仍然是她要聚焦的核心。《草鞋权贵》写出了在权力面前人性的猥琐和丑陋；《第九个寡妇》则写了一个农家女子王葡萄因“真”而“善”而“美”，并以此对抗荒谬而又疯狂的时代和社会，写出了人性中的“善”因战胜了人性中的“恶”而显现出人性的光辉。《一个女人的史诗》看似在写一个女性一生为了维护爱情而“笨拙”地努力，但在田苏菲“爱得很笨”的行为背后，是人性中“执著”、“坚守”力量的巨大和感人。在这几部纯粹的“中国题材”小说中，严歌苓展示了女性如何以个人的原始、天性、坚韧和执著，抗拒并化解了时代、历史、社会、政治这样一些宏大的“主题”，并以前者的“真”（以及随之而来的“善”和“美”）来突显出后者的“假”、“疯狂”和“荒谬”。在这几部作品中，历史成了个人行为和普遍人性的中介，严歌苓以个人写历史，在历史中写人性。并且，相对于她在《扶桑》、《人寰》、《雌性的草地》等作品中涉及的“历史”，这几部作品中的“历史”以及渗透其中的作者的“反思”，无疑更加敏感、直接和尖锐。

在严歌苓家园记忆的历史书写当中，并没有将个人置于时代和历史之外，所有女性形象的生命经历都与历史紧密相关。而作家所采取的细节化的叙述方式，是帮助作家实现历史记忆与个人生命体验紧密结合的文学书写的有效途径。在每一篇严歌苓关于家园记忆的历史书写里面，我们都能够感受到这一点。例如，《金陵十三钗》里面，青楼女子豆蔻遭到强暴又被“钉在耻辱十字架上”——一把老式木椅的细节描写，使得一切的暴行都被形象赋形而具象化，这也成为其他十几位妓女发生转化、完成肉体献祭的同时获得灵魂救赎的推动力。《第九位寡妇》当中，对于饥馑年代的叙述，除了对人在“吃”的智慧方面的开掘之外，对那头患了癔症而不停地狂吃、然后死去的牯牛的细节描写，似乎更具有震撼力。《一个女人的史诗》中，通过对“文革”年代里围绕田苏菲的生存智慧生发出的那些“吃”的细节描写，让我们感受到了历史记忆里面个人生命体验的鲜活与深刻。《角儿朱依锦》的故事，通过儿童视角的细节叙述，揭示了成人世界的荒谬可憎和人性的扭曲。名演员朱依锦因受不了批斗侮辱，服毒自杀被送进医院抢救，却被人蓄意剥成光溜溜的身子，勾起了无数成人以不同名目为由前来窥视的欲望。作者正是借助了非成人的视角来进行细节叙述，达到了撼动人心的艺术效果。

在中国传统小说中，小说家在为其作品命名时也非常明确地表现出他们尚劝诫的思想倾向，在李彦的《红浮萍》中，也充分运用了这一手法，体现了对同样题材处理的细致和深刻的另一种形态。李彦的《红浮萍》早在1995年就出了英文版，可是中文版直到2009年年底才在大陆面世，这部迟来的海外华文小说虽然体现的是20世纪80、90年代作者对一段中国历史以及在历史中折射的人性的认识，可是在今天看来，其深刻性依然丰富了当代小说中同样题材的作品。《红浮萍》以小平（出国后也叫莉莲）为轴心，写的是小平一家三代人在近代中国历史中跌宕起伏的坎坷人生，而1949年以后的历次政治运动是这段历史中最为惊心动魄的部分。对当代史的涉及，使《红浮萍》成为与当代小说具有高度同质性的海外华文小说，然而，在处理这一当代小说常见题材作品的时候，李彦的认识角度和深刻性有其独特之处。她从小平不同寻常的身世入手，以她不断探究和寻找生父为叙述动力，将个人身份的追寻（我是谁，我来自哪里，我将归向何处）与众多"党的儿女"（楠、雯、诚）的集体身份追寻"同构化"，也就是说，令小平备受心灵折磨的寻父之旅实际上象征了那些被"组织"或拒之门外，或逐出家门的"儿女"们渴望进入"家"（组织）并为之历尽磨难的艰辛过程。自20世纪40年代延安整风运动之后，党组织已成为追求进步的人们唯一的心灵、精神和现实归宿，得到这个"家"的接纳，人就有安全感和温暖感，被排除在这个"家"之外的人就有恐惧感和末日感——而在被"组织"接纳还是排除的过程中，所有善恶的交战、人性的挣扎，都尽显其中。很显然，《红浮萍》虽然写了小平失父、无父、寻父、得父这一身世飘零的成长过程，可是更写了楠、雯、诚等被"组织"拒斥后成为"无家可归"者的恓惶和恐惧，没有了"组织"这个"家"，他们也和小平不知"父"在何处一样成了身份不定（或缺乏"合法"身份）、无根的"浮萍"。大陆当代小说中写到近代以来特别是1949年以来，关于历史的作品数量可观，可是像李彦这样以个人身世的探究为显性线索，暗含"儿女"们在失去"家"（组织）后的精神痛苦、情感焦虑和灵魂不安却不多见，《红浮萍》中以个人的身世之谜来书写政治的身份不明或身份原罪与作者的海外经验相关。因为只有到了海外，"身份"（认同，英文皆为identity）的问题才会变得突出，从身份角度切入历史，以"红浮萍"寓意"无父"、"无家"、"无根"的"红土地上的女儿们"（《红浮萍》的英文名为*Daughters of the Red Land*），应当是海外华文小说在表现当代历史时特有的贡献。如果我们把身世、身份的问题和对“家”的追寻提升到存在主义哲学的高度,《红浮萍》对当代小说“丰富”的程度或许就会更加深刻和醒目。

(三)根性追思的精神漂泊与文化坚守的自觉复兴

文化寻根是20世纪下半叶以来备受关注的一个世界性的文化主题,它反映了跨越殖民主义时代以后,弱势民族的一种文化觉醒,也标示出在信息时代世界重新整合的背景下,寻求文化价值仍然是在这个越来越淡化个性存在的资讯世界中确立自我身份和位置的生存基础。当然,文化寻根则出现在不同国家、地区和族群中,有着各自特殊的背景和原因,它们共同构成了20世纪后半叶煊赫的文化景观,也必然地昭示了21世纪的某种文化走向。从文学作品所表现出来的核心意蕴来看,“乡土记忆”、根性追思几乎成为移民作家根本无法规避的文化“宿命”。他们丰富的跨文化生存的经验能够做到在情感和理智上都有足够的距离来深入地审视东西方文化的差异,其批判的目光与反思的姿态始终交错于此岸与彼岸、过去与现在之间,从而勾连起东西方文化的对话与驳诘。

新加坡的黄孟文和泰国的司马攻,这两位华文微型小说著名作家就曾不约而同地创作了同题小说《焚书》。黄孟文的《焚书》中的老人君瑞作为老一代海外华人,他无限钟情于中华传统文化,家中藏书颇丰。因为要搬去与女儿女婿同住,而女婿特别吩咐只许留下一些实用的、有经济价值的成人读物,于是老人到处寻找存书之地但最终没有成功,只好无奈而绝望地焚书,焚书时他眼里噙着泪水,心中却在流血。作家以从容的文笔展示了这令人心痛的一幕,既是对受西方文化影响和在实用主义急功近利思想的支配下数典忘祖的海外年轻一代华人的讽刺与鞭挞,也是为继承和复兴中华民族文化、唤醒人们对传统文化的热情而作的深入思考和呼吁。司马攻的《焚书》中“焚书”的人则是一位老妇人,她面对丈夫死后留下的许多中文书籍,“因其后继无人而伤感悲观”,这时却来了一位目睹此景而心中隐隐作痛的青年,最后这位青年对书的痴情感动了老妇人,使她意识到世上还有像她先夫那样爱书的人,因此,她决定将剩下的书籍全部赠送给这位青年。

“焚书”是一个具有象征意味的小说情节,它象征着历史悠久的中华传统文化被一些海外华人所抛弃。焚书就是断根,是中华民族在海外精神失落的象征。如果说黄孟文以他对新加坡社会的观察看到了中华传统文化在海外走向衰落的无可挽回的局面,从而塑造出了一个绝望的君瑞老人,那么泰国的司马攻却不甘心这一趋势的继续发展,他在一些年轻的海外华人身上看到了一丝希望,并把传承和弘扬中华传统文化的希望寄托在了他们身上。

两人笔下的君瑞老人和老妇人，都是为中华传统文化不能得到传承而痛苦悲愤甚至绝望，而司马攻笔下出现的执著求书的青年则使人眼前一亮，它暗示出中华传统文化在异邦后继有人，虽然这也许并不具有普遍意义，但它仍然表达出了海外华人对中华传统文化深厚的感情和根深蒂固的民族文化情结，也产生了令人警醒并深思的艺术效果。

美籍华人女作家於梨华几十年来著作颇丰，在表现海外华人题材这个领域作出了不可磨灭的贡献。於梨华的作品最感人之处在于自始至终贯穿着强烈的寻根意识。她认真思考了有着五千年文明史的华人的寻根意识不同于其他民族的特点，通过其作品和作品中鲜明的人物形象，对这个问题作了认真的探讨，并提出了自己的见解，表现出了一种具有政治智慧的批判，这正是她作品的可贵之处。其小说《在离去与道别之间》被称为“北美版的《儒林外史》”（痖弦语）[①]。在小说中，她解构了爱情、婚姻和友情的浪漫神话，呈现某种程度的“人性恶”的主题。《在离去与道别之间》的主要关注对象是华裔知识分子，也侧面描写到了坷玛校长、文学院墨院长、系主任史巴利、印度裔美国人纳地辛这样一些西方知识分子。在这里，异国知识分子给读者的印象恐怕比华裔知识分子要好得多。坷玛校长虽然爱上了如真，但在如真、段次英与墨院长的人事纠纷中，他始终没有因为个人情感而意气用事，同样也没有因为与如真的个人关系而一味避让。墨院长虽然十分赏识段次英，但得知段在筹办中国节中的所作所为之后，并不因为怕塌面子而拘私情，果断地对段次英、如真之间的纠葛作出了公正的决断。相反，一群华裔知识分子却因私情而失去了应有的公正与公平：尚必宏因被段次英握有把柄而一而再、再而三地为她写虚假、片面的推荐信；骆文教授和如真则因友情而不惜破坏正常的招聘程序致使最后落了个成也萧何，败也萧何的结局。当然，骆、如两人并非完全出于私情、恶意，更多的是重友情的东方文化习性使然。故而这两个知识分子群体的行为差异是文化作用力的必然结果。这些表面上已完全美国化的博士、教授们，其实并未从根本上脱胎换骨，鲁迅先生曾尖锐揭示过的某些民族劣根性在他们身上仍旧演绎着。其实，每一条成功之路都布满荆棘，从困苦学生到教师再到拿到永久聘书的教授，其中的艰辛不难想象，在这种蜕变中不免出现一些意志薄弱者，在校园的生态竞争下，为了保住自己的饭碗不惜放弃原则，以致做出人格异化、道德沦丧的事，或沉浮于明争暗斗的人事旋涡，弄得面目全非，这大概就是人性弱点在特定场合下的一次大暴露吧。“作者在这里撇开乡思乡愁的无限依依，重现诠释了人性的另一侧面，展现旅美华人特定的心态：中国古代某

① 於梨华．在离去与道别之间．南昌：二十一世纪出版社，2003.

些知识分子钩心斗角的历史传统与美国社会弱肉强食社会现状相结合的典型心态，淋漓尽致地展现出人性恶的一面。”① 正如作者在文中所言：“（学界）钩心斗角、明剑暗刀的真相，一点也不比商界、政治界任何一个行业差。”② 就对学校生活和一群教师的故事的描写及其主旨来说，《在离去与道别之间》会使人联想到钱钟书的《围城》。钱钟书说，书中那些男女恋爱的攻防、婚姻关系的分合，并不是他真正要表现的主旨，而“忧世伤生”才是他真正的思想底蕴。与钱钟书一样，於梨华也只是借几对教授夫妇的校园生活，作为她小说中故事的轴线来呈现主题，人与人之间的爱恨情仇、是非恩怨也并非她表现的重心，这部书的深层含义在于从人性的层面探讨知识与道德、学格与人格的关系，从人性的角度去诠释士林百态、知识分子的伪善、矛盾及软弱。正如余英时先生所说：“中国有顽固的道德传统。但是和西方相对照，为知识而知识，为真理而真理的精神终嫌不足。中国人对知识的看法过于偏重在实用方面，因此知识本身在中国文化系统并未构成一种独立自主的领域。这一点自然也影响到知识分子的独立精神。知识和道德之间必须取得平衡，这在今天已是有识之士所共同承认的。”③ 知识分子的确需要在物欲横流的时代潮流中站稳脚跟，保持相对的独立性，而淡泊名利、洁身自好及在学术上勇于进取，应成为知识分子的必备品格。以此来观照《在离去与道别之间》中的知识分子话语，我们不难发现於梨华在文本中为寻求知识分子独立精神所作的努力，道出了消费时代语境下知识分子的身份危机与价值困惑，蕴藏着深刻的人文主义关怀，这对于丰富当代华文文学视野中的知识分子形象及矫正当前文学创作中的媚俗化有着重大意义。

从对於梨华的观照来看，此时的作家已经突破了以前把自己仅看作是一个在海外的中国人的局限，民族自尊心和爱国心曾让她不能坦然面对世界，对自己的同胞也曾或多或少有些偏袒。在国外生活了半个世纪的她现在已经能够站在一个大的文化背景下，比较冷静客观地面对同胞和看待人性了。於梨华在这部作品里向我们展现的是不同种族、不同文化背景和文化身份的人在融合以后所拥有的共通人性。超越具体的文化冲突，着意于人性的探索和发展，正是於梨华在知识分子题材小说上的一个突破。

20 世纪 50 至 70 年代以台湾留学生为主体的作家群创作的题材较为集中地表现中国人与当地社会的交集和由此引发出的心理震荡、文化冲突、种族碰

---

① 傅建安．人性审视与人文关怀．华文文学，2003（4）．

② 於梨华．在离去与道别之间．南昌：二十一世纪出版社，2003. 97.

③ 薛朝晖，王莉．方如真：呼唤诗意生存的载体．华文文学，2003（4）．

撞、无根感和荒原感，相较之，20 世纪 80 年代以后以大陆留学生为主体的作家群更愿意把自己的创作重点放在表现自己曾有的大陆经验上。在北美华文作家群里，大陆经验总是不断地出现在他们关于北美生活的文学表现中，甚至身在北美的华文作家，他们也直接撇开自己的北美背景，直接创作如严歌苓的《一个女人的史诗》这样纯粹的大陆故事。对“大陆经验”和“大陆人”不懈而又反复地表现，以对北美社会性的不融入而呈现出自己的独特经验。特殊的人生经历使得这些留学生在留美后难以割舍和忘怀过去的历史，留学前后因物质、精神、文化等方面的巨大反差使他们在作品中渗透着自己的反思。在坚守自己祖国文化的同时，自我继承并不断吸纳外来文化，不再注重追求身份的“本性或纯洁度”，而更接近于霍尔所说的“对必要的多样性和异质性的认可”。

20 世纪 90 年代以来，张翎及其创作声望日隆，在她的小说中，她似乎更喜欢通过内地和北美的对比，来表达她对两个世界、两种文化、两段历史的观感和体悟。在张翎的小说世界里，中国内地和北美两条线索的并列展开是她惯用的结构方式，从她的作品题目《望月——一个关于上海和多伦多的故事》、《交错的彼岸——一个发生在大洋两岸的故事》、《邮购新娘》、《陪读爹娘》等中，就不难看出中国内地和北美在她的作品中是同等重要的。在相当多的作品中，张翎似乎是在写中国人的北美故事，可是这些故事不管覆盖了多么辽阔的世界，笼罩它的框架和故事的核心落脚点却总是在中国内地。因此，张翎小说所描画的世界，看上去好像是在写北美，其核心却是在写内地，只不过这个内地是个有了北美介入的开放的内地。如果说书写北美介入的开放的中国内地是张翎小说世界的基本形貌的话，那么注入一种什么样的精神内涵，则是决定张翎小说思想深度乃至美学意义的重要指标。从总体上看，张翎的小说最喜欢反思的是大陆的历史变迁和沧桑，那些来到北美的人物孙望月（《望月》）、黄惠宁（《交错的彼岸》）、江涓涓（《邮购新娘》），都是到了北美之后，牵扯出了他们的“大陆故事”，此时重要人物如何面对北美，在作品中倒常常退居二线，而“内地故事”又可以说涵盖了他们人生最为重要的内容：成长、艺术、爱情、婚姻、家庭以及在这一切背后无处不在的历史、社会、政治、宗教。在某种意义上讲，以自己的作品展示背负着沉重历史的中国人走向世界，获得新生，并在这一过程中升华出具有哲理意味的人生体悟，是张翎小说的基本主题，也是她的作品内涵得以深厚、丰赡的原因。如在《交错的彼岸》中，作者把此岸和彼岸的巨大跨度浓缩在历史的交错点上，着力演绎东西方两大家族在一个特定的文化空间里的历史交错和现实纠葛，特别是中国南方布庄大王金氏家族由于战事与政治的“外力”所至而沧桑落败。作者设置的叙述者马姬似乎具有某种象征意味，其批判的目光与深思的姿态始终交错于此岸与彼岸、过去与现在，比较那些甚至以主体失落为代价一味地“裸露”“他者”符号以获取西方权力话语的“嘉奖”的“他者”，作者的主体意识及其文化立场是极为清醒的。对于海外华文文学的“生存”，坚守文化身份、民族身份的分量，在当下后现代、后殖民语境中仍不失为一种对抗排斥、破坏或同化的有效手段；但是作为现代意义上的人文知识分子，对人类生存的终极性思考无疑应该成为他的最高境界，其中自然包括对中国传统文化生存与复兴的期望与思考。

中国人的精神支撑着民族复兴的心路历程。一个世纪又一个世纪，这片大地庄重得足以承载全部生命，也孕育、丰富着一个民族的品格与精神。中国人的勤劳质朴、绵延世泽、崇尚人伦、见贤思齐、以和为贵、以善相应、求异证同、谦逊仁厚、明体达用，以至“天下兴亡，匹夫有责”、“环球同此凉热”等的人生观、价值观和世界观，早已举世誉之。而历代作为“书记官”的贤达，当代作为“文化使者”的海外华文作家，也会像司马迁那样，善于“究天人之际，通古今之变，成一家之言”，把智慧与笃论留在诗文领域，为斯土的往史来路作忠实见证。海外华文文学中的精品佳作，乃是文化之脉的自然延伸，是意识形态和精神历史的独特产物，不但属于一个民族，还属于全人类。

二、情节结构安排上呈现“因果序列模式”

因果报应，亦称果报，语自佛家经典。所谓“因”是种因，为能生；“果”是结果，为所生。由此因得此果，即为因果义。佛家认为，世界一切事物都处在因果联系之中，依因果法则而生灭变化。佛教的因果报应说传入中国后，迅速融合了中国传统文化中的一些固有观念与中国本土的报应观念，发展成为一种具有中国特色的因果报应思想，作为中国传统文化中极为重要的一部分，长期而广泛地影响着中国人的整个精神世界，渗透到人们的思想行为、民俗信仰乃至文化的各个层面，这其中自然也包括文学作品尤其是小说创作。因果报应思想介入小说，最初是出于宣佛辅教之目的。随着小说观念的成熟，道德教化主题的确立，因果报应思想在作品中的宗教意味已大为减弱，其直接作用已变为为小说组织情节和提供充分的伦理性和道德价值基础。

（一）强调因果轮回的叙事视角

“因果”之说作为一种社会现象和精神现象，在中华民族文化历史上不断被演绎、表述。而在海外华文文学的发展进程中，带有原始意味的因果轮回或显露或隐现其中，具有广泛的象征性和概括性，已从佛教义理逐渐渗透到世俗的生活中，指涉人们生活的题旨，更多的是起到一种镜像的作用。海外华文作家在平静而冷嘲的因果叙述中，将审美视角伸向亲仇、乱伦、纵欲、利益等非理性心理的底层，客观看待了海外华人人际关系生存秩序的理性规约，强调因果轮回是人们基于对自然和社会有序性的心理期待，更是一种非常普遍的宗教伦理观对生活的规约。海外华文作家更是通过自己的文本解读了对因果报应的理解与感悟，当然，这种梳理是介于自觉与不自觉的行为。而寄托着海外华人深刻人生哲理的因果叙事，折射了海外华人对中国本土文化的依恋与纠缠，呈现出他们内心深处的尴尬与渴望挣脱的集体无意识。当然，海外华文作家由于生活在不同时代、不同地域，有不同的族群、不同的地域文化，接受华夏文化的心理、途径和方式都有很大差异，这样就导致了他们对中国本土文化的认同存在某些本质的差异性，以至在表达因果母题上也存在着差异，有了别样的姿态与内涵，具有多种表现和多方面的意义，随着社会的发展，已经逐渐被演化成为一种潜在的道德伦理，并渗透在人们的日常与精神生活里。也就是因果之说从神性的位置已经逐渐被消解在人们的现实生活中，从人们的世态行为表现出了海外华人对世俗人生的追索及其生存原则与道德底线。海外华文作家对因果的直接与间接表达，暗合和承接了中国自古以来的因果母题。即便是生长在异国他乡，文化的根性也决定了他们作为东方人的思维方式，就是一种轮回性质的，生存禁忌里有着因果链条的预设与恐慌，甚至可以说有一种道德的理念在作怪。应该说，因果报应更加强调世俗功能以及对世道人心的教化和潜移默化的作用。海外华文文学在各自的发展中，有着丰富的中华本土文化的浸透，因果报应之说的影响也潜在其间，那种以善恶报应轮回的观念与世俗的道德实践相结合，约束规范着华人的世俗与精神生活，因果序列结构的创作模式成为海外华人作家反省、寻求人生命运的一个源头话题，呈现在海外华文作品中。

从马来西亚华文作家云里风的《慈善家》中，我们不难看出“因果报应”思想与明显的说教意味，客观上昭示着因果报应影响的存在。赵老板是一个没有文化的粗人，但通过投机，他拥有了一定的资产，并讨有三房太太，育有几个儿女，可谓是人生得意。然而，他仍然期待自己能够成为千万富翁，将钱看得很重，近乎守财奴一样。一次偶然的体检，他获悉自己得了不治之症，于是，绝望的他想到了做慈善事业。有三个月的时间，赵老板不断地捐钱做善事，经常叫黄秘书陪他去访问孤儿院、老人院，也时常到各种庙里烧香拜神，报章上每天都有他救济穷人的新闻，他由一个守财奴变成了一个慷慨的慈善家。他前前后后捐给学校、神庙、慈善机构以及救济许多不幸的人的义款，算起来超过了 40 万元，于是许多人敬佩他、赞美他。另外，他也参加当地的一个佛教协会，学会了念大悲咒，每天在家参拜，希望老天拯救他的生命。三个月后，他去复查，结果得知是医院误诊，他原本就是健康的。于是他后悔捐献了40万元，感到像是被人从胸口挖去一块肉，结果血压骤然升高，失去了知觉，成了植物人。所有认识他的人，都替他惋惜，认为这么一个好人，怎么会有如此的遭遇呢？他们不知道原因，就如同他们不知道造就一个守财奴成为慈善家的理由到底是什么一样。《慈善家》让我们看到了一个典型的将因果报应与世俗欲望紧密结合的人。其实更重要的是，赵老板的忏悔不仅使自身性格趋于“圆型”，而且它升华了作品的主题：善人的悲剧值得同情，恶人的忏悔更值得深思。正是在这种矛盾当中，我们感到作者实际上是在竭力表明一点，即宇宙天地之间的“残忍”和“冷酷”虽然可能蕴涵着因果报应，但它们又一定大于因果报应。反复体味赵老板的命运，云里风在《慈善家》中实际上表达出了两层思想内涵：第一层，命运就是有主宰的，有法则的，有因果报应的，赵老板的命运就是很好的印证；第二层，命运又是没有主宰的，因果报应是不能解释一切的。《慈善家》中的确闪现着“劝善惩恶”、“忏悔赎罪”的色彩，甚至也含有某种人性异化的因素。

其实，生命“怪圈”的背后，是一种冥冥中的力量，这就是佛教的轮回和因果报应。《慈善家》旨在表明，由于商品经济的发展，物欲横流带来人性的堕落、道德的沦丧，以致酿成社会的混乱及其毁灭之势，这就是作者佛教因果观的基本内涵。事实上，《慈善家》里的赵老板也绝非个案，他典型地体现了当下人的心理与精神诉求，佛经里的善与恶的因袭与世俗的利益相纠葛而存在，这也是因果经典随着时间被极度神化与泛化的后果，并且是历史的必然。因为，我们从因果的历史叙事中找到了由来。

（二）突现因果报应论的文本主旨

商品经济的潮流促发了世俗男女人性的复苏，而社会的拜金发展也是世俗男女自我迷失、走向生命毁灭的根本原因之一。这正是海外华文文学主题的时代社会新旧因素矛盾的因果关系。这种朴素的伦理哲学观从某种意义上则是一帖心灵的安慰剂，现实绝非如此简单地以循环往复、因果报应的形式出现，更何况人生短暂易逝，消极地等待和适应带来的只是生命的委顿。因果与文本的逻辑脉象“因果报应”就是善有善报、恶有恶报，诚如方立天所言：“佛教因果报应论，对中国人来说，是一种崭新而又神秘的人生理论，这种新型的人生哲学，论及人的道德观、生命观、生死观、命运观和来世观，体现人对现世的关切和终极的关怀，并从理论上把因果律、自然律和道德律统一起来，在中国固有的儒、道、墨等人生哲学理论以外，独树一帜。这种新型的人生哲学，为中国人提供了一种观察人生命运、价值、意义的新视角，以及对待人生行为、活动的新方式，成为一种别具一格的人生和社会的基本准则。可以说，在中国思想文化史上，因果报应是最早从国外输入，并产生广泛而巨大反响的宗教人生理论。”① 漂流四海的华人也受此观念的潜移默化，华人作家更是通过自己的小说文本，解读了对因果报应的理解与感悟。华文文学中的因果序列结构有多种表现形式和多方面的意义，主要表现在三个方面：其一，人际关系有生存秩序的理性规约，人际关系的延续性构成了因缘果报母题的基础，今生和来世在时间上可以承接，命运也寄予这一事实的存在，成为一个轮回体系；其二，强调善恶报应，这是基于人类共同的对自然和社会的有序性心理期待的普遍宗教伦理观念；其三，异域文化背景成了人们因果命运承受与承载的外因，而内在的角色转型与认同乃是因果的内在因素。而因果逻辑与叙事文本的思想性表达是一种叠合，也就是说因果逻辑的深层意义在于它暗含在存在经验之上，但又独立于生活表层，具有自在的逻辑脉象。

2004 年，严歌苓为读者献上了《花儿与少年》，其故事情节近乎《雷雨》。小说中的瀚夫瑞，也就是刘先生，出生于上海，在香港和美国受教育，在美国做了几十年的著名律师，退休时回国娶了年轻、貌美、做得一手好菜的比他小 30 岁的徐晚江。晚江在国内原是舞蹈演员出身，丈夫洪敏也是当年舞台上的伴侣，一对花儿与少年。当年这一对小夫妻住集体宿舍，结婚以后还守着浪漫，在夜里溜到北海公园里过夜，被人抓住后还不认错，又加之超生一女孩，屡次分不到住房。单位经济效益差，晚江被派到饭馆帮厨，洪敏则被派去管服装。这就是 20 世纪 70、80 年代国内计划经济体制下平常夫妻的人生。晚江在一个偶然的机会结识了刘先生，他能够给她高雅、富足、优越的生活，这是她丈夫所不能给予的。为了孩子，为了老婆，为了自己的无能，洪敏作出了牺牲，一周内办理了离婚，晚江带着四岁的女儿仁仁跟着瀚夫瑞到了美国。在美国的十年，女儿已经长成美丽动人的少女，在瀚夫瑞的调教之下，谈吐高雅精彩、反应机敏、完美高贵，而徐晚江也风韵犹存。有着几十年审判移民丑恶案件经验的、洞悉一切阴暗勾当的律师瀚夫瑞，将晚江和仁仁牢牢地控制在自己的手中，维护了他年轻妻子、年幼女儿高雅有序的令人艳羡的生活表面。但瀚夫瑞始终厌恶着仁仁和晚江身上十多年前由国内生活带来的那些粗鄙的气质，并极力维持着他作为一个高等华人的品位。瀚夫瑞与白种前妻生下的儿子路易，五年前就大学毕业了。成年的路易被继母和继母女儿的美迷惑了。晚江对于路易有着天伦的顾忌，但是，为了保护女儿，晚江偶尔也吊一下路易的胃口。而仁仁则憧憬与路易开始另一段花儿与少年的故事。性在这里没有噱头，但是那种暗藏的性的吸引、性的排斥与隔离、性的暗涌，成了互相牵制的手段

---

① 方立天．中国佛教哲学要义．北京：中国人民大学出版社，2002. 78.

和工具。真正的暗潮涌动是晚江的儿子九华出国之后，前夫洪敏也到了美国。他们每个人都有着自己的生存打算。九华学业上没有长进，只想自食其力，他在一个豪华的家里，承受不了繁缛的餐桌礼仪和阶级观念，他的笨拙和固执把自己完全排斥在瀚夫瑞的王国之外。他采取自残的方式表示对自己的捍卫和坚持，甚至在洗手间里切掉了自己右手的一截食指。而洪敏到了美国就是要实现全家团圆，要守着老婆孩子。洪敏在夜总会教一帮老女人跳舞，不能明目张胆地给晚江打电话，事先安排一个个老女人以请教厨艺或安排堂会的名义联络晚江。随后，晚江会在瀚夫瑞眼皮底下完美地完成与前夫的通话，在她的心里她与洪敏才是夫妻、才是亲人。她借钱给洪敏，共同商议买房子，计划未来一家人在一起生活。晚江也深深地爱着洪敏、儿子和女儿，她像一头母兽那样，勤于操劳和张罗。在瀚夫瑞的面前，晚江经常流露那种心不在焉的微笑，那是作为律师的丈夫所侦查不透的。然而事实的真相到底还是败露了，洪敏把钱都投资到别的地方了，最后发现被卷进诈骗中，血本无归。在瀚夫瑞的敲山震虎、指桑骂槐的逼迫下，晚江无奈地将整件事和盘托出。此时，晚江才发现她和前夫的心理已经错位，为文化和生活所切割、蹂躏。现实中的瀚夫瑞不愧是经验老到的律师，他知道该怎样对付晚江，并始终拖延着对晚江的审判。在又一个晚上，瀚夫瑞全身香香地下楼，等他年轻的妻子上床，而晚江鬼使神差，又一次默契地洗漱、上床，与法律上的丈夫共度夜晚。瀚夫瑞肯定是衡量过的，无声的惩罚对于一个有是非判断、知道自耻的人来说是最有力量的。晚江和仁仁仍然可以服服帖帖、舒舒服服地生活在他的生活世界里，成为美丽的点缀和骄傲的装饰，他仍然可以苦心经营有序的生活，而对于晚江，只要还在这个家里生活，就可以继续把女儿培养成上流淑女。基于现实的原因，晚江必然要妥协，在妥协中获得自己的物质与精神索求，只要有这种持续，那么因果链就一直存在，并且是坚实地存在着、左右着晚江等人的生存原则。

《花儿与少年》具有很深的因果报应痕迹，事实上，严歌苓的深层之意还是对人性共性进行条分缕析。故事不存在《雷雨》那样对于神秘的不可知的命运的敬畏，也避开了西方哲学中对于命运的追问与思索，而是对人生命运因果轮回的慨叹。在这里，我们可以厘清故事里女主人公晚江与几个人的几个因果关系：与瀚夫瑞的情感纠葛（金钱与地位的符号）、对继子路易的性诱惑（对女儿、母性的保护与性欲望的满足）、与前夫洪敏的暗度陈仓（记忆中感情的延续）。作为一个有姿色的女人，她知道自己该索要自己需要的任何东西，但由此导致的承受也是必然的。她不得不违心地与70岁的瀚夫瑞生活在一起，为了自己和女儿能够有高贵的生活，她放弃了属于自己的爱情，遭受着爱与性的分离，也承受着内心的痛苦。晚江的儿子九华，唯一无辜的大男孩，因为父母的选择，也承担了这种分离的一切恶果。他屈从于命运，唯一想要的就是和父母、妹妹在一起，过一家人的生活。事实上，他不能够得到他期待的生活，原因在于上一辈人的导演，让这个无辜的人只能承受着分离之痛。同样，前夫洪敏也遭受了剥离感情、亲情的痛苦。这一切的因果关系，并不具有逻辑性，但却又是符合现实生活逻辑的。可见，在时间维度上，特定的因果关系由两个前后相继的物象或事件组成，不是孤立，而是彼此滋生的。

（三）刻画在情欲与传统势力之间挣扎的人物形象

不少作家围绕情欲与传统势力之间的矛盾，借助人物形象的塑造，以无可掩饰的激情，淋漓尽致地摹写、张扬了人生之欲。作者笔下的市井妇女大多是情欲的化身、理性的反抗者。泰国黎毅的小说《代价》，就叙写了一个因果报应的神秘故事。抢钱逃逸者导致一位老人被车压致死，而这位老人恰恰是接济过自己的恩人。加拿大崔维新的《玉牡丹》，则以孩子的视角完成一个因果叙事。故事发生于20世纪30、40年代，这个家庭有四个孩子，小说依次由三个小的儿女以第一人称叙述他们的成长和他们对成人世界的理解。他们是四女祝良，二子忠心和三子石龙，年龄由五岁到十来岁。大儿子是父亲在故乡已经去世的妻子所生，二子忠心是养子（忠心的父亲杀了他的母亲后开煤气自杀身亡）。这四个孩子，有三个母亲，两个父亲。反映这个家庭不正常的另一个例子是对母亲的称呼。她是父亲从故乡买来的第二个妻子，是祝良与石龙的亲生母亲，但作为家中权威的祖母却说，大家要叫母亲作“继母”。这个与实际不符合的称呼，正是“纸儿子”、“纸女儿”这种为势所逼的华人生存状况的表现。经济衰退时期华人潦倒街头，因为缺少家庭乐趣、缺少娱乐，常常在唐人街聚赌，想发一笔横财，好买船票回乡，去探望阔别十年甚至二十年的母亲、妻子和儿女。《玉牡丹》里唯一的亮点是祖母玉牡丹。长期以来，她守着一个秘密，这只有三子石龙知道。原来她少女时期的恋人曾给她一块玉牡丹，她终生珍藏，直至去世。她去世之前说，她的灵魂会听到风铃之后回来。石龙真的看见她回来，而且不止一次。她的再三出现，象征中华文化传统与后代不可磨灭的联系。爱欲原本是人类的普世性感情，因爱欲而受罚，成了人生荒诞的因果悖论。如何在爱与被爱之间作出一个正确的人生判断，便成为人们面对感情困惑的难题，尤其是痴情的女性，往往会陷入深深的迷恋与迷失中。新加坡尤今的小说《香蕉美人》中，丈夫普托三米爱上了健康、美丽、善良的印度女子丝娃娣，两人很快就结婚。婚后的丝娃娣进入了家庭生活，成为一个恋家的女人。然而好景不长，她发现自己只被充当了一个保姆的角色，原来，丈夫在跟他结婚之前，就跟一个18岁的女子相好，并有了孩子。女方家本来要告他，后来丈夫许诺领养腹中的孩子，答应赔款，对方为了女孩的名誉，也就答应了下来，而丈夫要丝娃娣拿出所有的积蓄当作赔款的一部分。丝娃娣愤怒地发出了呼喊："婚姻，一场全然没有感情的婚姻，一场建立在利用价值上的婚姻，一场内藏阴谋的婚姻，实在是比一个空的躯壳更不如。"在马来西亚朵拉的《戏正上演》里，主人公雪琦对爱情、生活、人生原本有着崇高的追求，但经过错综复杂的失败后，选择了丧失尊严的生活。这种欹邪的因果，被主人公的内心消解成对生活破败景象的留恋与认同：代价是把心变成一片荒原，让生命走进孤寂的隧道……这就是女主人公的生命感叹。到底是谁导演了生活里的情感错位？这仍然是一个困惑人心的问题。法国郑宝娟的《绿色的心》里的爱却是另外一种版本。故事里的主人公沈云是一个幸福的女人，丈夫是医生，有着体面的工作，对自己体贴入微，日子在平淡温暖中度过。然而世事难料，她的平静生活却因为过去的恋人华石——一位黑色作家的来信扰乱了。近乎威胁的信，暗示着他要和她重归于好，而且对她的生活了如指掌。接连的五封信像炸弹一样搅乱了她的生活，无奈之下，她寻求另外一位作家帮她分析事态的严重性。同时，给他看了华石的《灰色地带》，这是一本独特的小说，透过小说对女主人公的描述，能够感受到他对沈云的无法用语言描述的爱，其中也包括了他对彼此青春年华的追怀："每当他想起了她，心中顿时会涌起一种朦胧的失落感。失去她之后，他感觉比较超拔脱俗的那一部分自己，也在体内慢慢萎缩了……在异国的岁月，是一种绝望的爱伴随着他，由一个黄昏走向另一个黎明。"可以断定，华石对沈云依然留恋。"我"作为沈云的朋友，决定帮她走近华石。可是当"我"见到华石后，却得知他并非想象中的男人。"我"在反复思索后，又乔装成就医的人，来到了沈云的丈夫冯朝阳的诊所。之后，"我"证实了所有的恐吓信原来就是她的丈夫所为。丈夫由于嫉妒而做出愚蠢的行为，但他仍然渴望妻子的原谅，并想继续维持从前的关系。沈云在得知事实的真相后，选择了离婚。她告诫自己的丈夫，爱应该包容、了解与尊重。而华石在得知沈云爱上了"我"后，却选择了退出。"人啊，怎样才能摆脱贪嗔痴爱的桎梏呢，怎样才能使爱成为一个建设性的力量而非相反的东西呢？"显然这是一部探索爱的真谛的小说，也揭示了一个现实问题，在现代社会里，如果男人仍然以男耕女织时代的规范去塑造女人的话，已经不具有现实意义了。但是这种思想上的遗痕仍然会渗透到具体的生活常态中，男人对女人的嫉妒与占有欲，往往通过暴虐的语言或行为发泄到女人身上，从而远离了爱的本质。而女人则是以自苦与自虐的方式承受一切。传统文化里"大男子文化"压制女人的因，导致了现代社会里尴尬的"果"：感情生活和谐的被破坏，缘自"至尊男人"对"被豢养的女人"的心理强势。

（四）表达欲望与生存之间的因果关系的内容情节

海外华文作品中的又一种表达内容是以财色、货利与性欲等欲望为轴心，通过典型形象的塑造，深刻地揭示了特定时期商业社会发展的历程及其社会的深刻变动，展示了财色、货利与肉欲之欲乃是世俗人生的普遍心态社会现象。澳洲于松滨的短篇小说《一夜风流》，道出了一个漂泊在海外的留学生的内心冲突与惶恐。阿丹和大多数中国留学生一样，在澳洲站稳了脚跟之后，就面对了性的诱惑。然而他还在坚持着自己，不像同租室的东北大汉大张一样，领到工钱后，连澡都顾不上洗就直奔红灯区。但在一个偶然的机会，他与一个萍水相逢的澳籍越南女子阿真上了床。翌日，他没有应约去移民局办理同居手续，他从阿真的生活中消失了，带着无限蚀骨的悔恨，他选择了回内地。阿丹没有给妻子拍电报，并非要给她一个意外的惊喜，而是希望能够捕捉到妻子外遇的蛛丝马迹，以获得心理平衡，唤回自己灵魂的平静。六年离别后的重逢有着尴尬和喜悦，他们有千言万语要彼此倾诉。当阿丹将妻子紧紧贴到胸前时，他决定向忠实的妻子忏悔，可久旱逢甘霖的妻子不容他开口，就呼唤着进入了美好的世界。“在一阵阵快感的冲击下，阿丹在疯狂的顶端猛然发现，妻子造爱技巧的娴熟、地道，简直与六年前判若两人。如此花样翻新，不是经行家训练，就是圣经的结晶。莫非她……这简单的‘莫非’两个字如灭火剂，立即熄灭了熊熊的烈火，令正处于亢奋状态的妻子大煞风景。”阿丹的精神世界坍塌了，他为自己曾经的轻率付出了代价，可是他没有想到，现实更是残酷的。究竟是什么导致了他对现存世界的尴尬？他似乎没有能够厘清。

以财色之欲为杠杆，以日常生活矛盾消长为依据，有些华文作品往往借助佛家世俗宗教的天理循环论来安排作品框架，归结人物命运，诠释时代变化的因果，并以人生财色之欲为网结，以因果报应的轮回达到劝诫的目的。在澳洲沈志敏的《女赌王和她的男房东》里，女赌王玛丽在银蛇俱乐部的角子老虎机旁日夜搏杀，虽然时有所获，但日子一久，终究是输多赢少。虽然也交过不少男朋友，但是那些有钱的男人们只是跟她逢场作戏。随着赌场的失意，她对那些臭男人们厌透了，索性搬了家躲起来。可是，她口袋里只剩300元钱了，水电费单据、电话费账单和房租等，使她实在没有办法生存下去。因为拒绝和老板上床，她把原来在车衣厂那份做剪线头的工作也给丢掉了。在走投无路的情况下，她买了一份报纸，按着地址走进一家按摩院。后来得知所谓“健康按摩”实则是操皮肉生涯时，心里既矛盾又痛苦。没有办法，她只好给老板一个电话号码，要他明天来电话询问她的最后决定。第二天晚上，她把仅有的300元钱又输个精光。无奈，终于提起话筒，拨了电话：“是我，我是玛丽，今晚，我来上班……”女赌王玛丽的命运到底是谁改写的，只能说是由财色之欲结成的因果链所带来的作茧自缚。

可以说，海外华文文学的所有有关因果母题的景致，原本是提供给我们生活在那里的人们的生活样态与心理状态，甚至是传奇。他们的梦想与失落，希望与挣扎，神性的超越与欲望的堕落等等，都构成了海外华人人生镜像的一个画面。

参考文献

1. 曹萌．传统文化与中国古代通俗小说模式研究．济南：齐鲁书社，1995.

2. 曹萌．明清小说的文化批评．北京：研究出版社，2001.

3. 叶向高．蘧编（卷五）（《四库全书》本）.

4. 曹萌．明代言情小说创作模式研究．济南：齐鲁书社，1995.

5. 程颢，程颐．二程集．王孝鱼点校．北京：中华书局，1981.

6. 孟子·万章上．杭州：浙江古籍出版社，2004.

7. 梁韦弦．程氏易传导读（卷三）．济南：齐鲁书社，2003.

8. 柏杨．中国人史纲（下卷）．长春：时代文艺出版社，1987.

9. 金庸．射雕英雄传．北京：生活·读书·新知三联书店，1994.

10. 凌濛初．二刻拍案惊奇．北京：华夏出版社，1994.

11. 杨伯峻．孟子译注．北京：中华书局，2010.

12. 杨匡汉．中华文化母题与海外华文文学．武汉：长江文艺出版社，2008.

13. 吴奕锜．海外华文文学读本（短篇小说卷）．广州：暨南大学出版社，2009.

14. 饶芃子，费勇．本土以外论边缘的现代汉语文学．北京：中国社会科学出版社，1998.

15. ［荷］佛克马，蚁布斯．文学研究与文化参与．俞国强译．北京：北京大学出版社，1996.

16. 张裕东．从何着手研究文化身份．见耿龙明，何寅．中国文化与世界．上海：上海外语教育出版社，1996.

17. 于语和，庚良辰．近代中西文化交流史．太原：山西教育出版社，1997.

18. 江少川．漂流、再思、超越——林湄访谈录．世界文学评论，2009（1）.

19. 史进．论东西方华文作家文化身份之异同．山东师范大学学报，2003（6）.

20. 刘俊．论美国华文文学中的留学生题材小说——以於梨华、查建英、严歌苓为例．南京大学学报，2000（6）．

21. 王红旗．深度访谈之五——林湄　寻找人类灵魂的救赎之策．见王红旗．爱与梦的讲述——著名女作家心灵对话．北京：社会科学文献出版社，2010.

22. 林湄．天望．武汉：长江文艺出版社，2004.

23. 钱穆．中国文化史导论（修订本）．北京：商务印书馆，1994.

24. 杜维明．现代精神与儒家传统．北京：生活·读书·新知三联书店，1997.

25. 高全喜．理心之间．北京：生活·读书·新知三联书店，1992.

26. 胡勇．文化的乡愁——美国华裔文学的文化认同．北京：中国戏剧出版社，2003.

27. 王淑秧．海峡两岸小说论评．北京：中国人民大学出版社，1992.

28. 古继堂，黎湘萍等．台湾地区文学透视．西安：陕西人民教育出版社，1991.

29. 李亚萍．故国回望——20世纪中后期美国华文文学的主题比较研究．北京：中国社会科学出版社，2006.

30. 黎湘萍．台湾的忧郁：论陈映真的写作与台湾的文学精神．北京：生活·读书·新知三联书店，1994.

31. 费勇，钟晓毅．金庸传奇．广州：广东人民出版社，1995.

32. 李黎．海外华人作家小说选．广州：花城出版社，1983.

33. 赵淑侠．我们的歌．北京：华文出版社，1991.

34. 张翎．金山．北京：北京十月文艺出版社，2009.

35. 孔范今．二十世纪中国文学史．济南：山东文艺出版社，1998.

36. 古远清．2004 年全球华人文学作品精选．武汉：长江文艺出版社，2005.

37. 邱贵芬．不同国女人聒噪：访谈当代台湾女作家．台北：元尊文化企业股份有限公司，1998.

38. 曾令存．论张爱玲的“俗”．嘉应学院学报（哲学社会科学版），2000（4）．

39. 肖向明．香港底层社会的人生面影——论东瑞小说中的小人物形象．惠州学院学报，2003（10）．

40. 白先勇．白先勇自选集．广州：花城出版社，1996.

41. 彭燕彬．叛逆女性的呐喊——解析李昂与其小说中的现代女性意识．世界华文文学论坛，2007（3）．

42. 樊洛平．性文学领域的大胆叛逆——试论台湾女作家李昂的小说创作．中国文学研究，2006（3）．

43. 方忠．繁复人性的多维凸现——古龙武侠小说的主题意蕴．台湾研究，1999（1）．

44. 刘俊．海外华文文学读本（中篇小说卷）．广州：暨南大学出版社，2009.

45. 许总．理学文艺论纲．南京：江苏教育出版社，2001.

46. 柏杨．中国人史纲（下卷）．长春：时代文艺出版社，1987.

47. 公仲．世界华文文学概要．北京：人民文学出版社，2000.

48. 古继堂．简明台湾文学史．北京：时事出版社，2002.

49. 彭燕彬．台港女性小说精品鉴赏．郑州：河南文艺出版社，1999.

50. 彭燕彬．当代海外华人华文小说精品论析．北京：中国文联出版社，2000.

51. 邹友峰，冒建华，穆乃堂．中原论剑——第二届世界华文文学论坛文集．兰州：甘肃人民美术出版社，2007.

后记

历经三载，《洛学传承文化与世界华文小说创作》一书终于定稿，这是2008年度河南省社科规划项目（批准号：2008BWX003）——“洛学传承文化与世界华文小说创作倾向”课题组的最终研究成果。

掩卷扪思，自忖在学科研究领域里又前进了一步。屈指算来，在世界华文文学研究的“坎坷”小路上已走了近20年了，从作家作品论析到以文学社会学角度对其思想内容和形象意义的揭示；从艺术赏析角度对其艺术成就的描述与鉴赏到揭示洛学传承文化与世界华文小说创作倾向嬗变间的关系，其最终目的便是展示世界华文小说的发展和中国本土文学既相分流又相整合的状况，为当代世界华文文化身份定位界定理论背景。

本书主要价值和意义体现在：一是开掘世界华文小说深层意蕴，归纳和总结洛学传承文化与世界华文小说创作倾向及小说文本思想发展有关的规律；二是在摸清洛学传承文化与华文小说创作发展相互整合与分流规律的同时，将这一研究立足于中原传统文化的背景上，以此揭示中原传统文化与世界华文文学小说发展之关系。

本书撰写分工为：邓玉环撰写第一章第二节、第三章第二节、第四章第二节；邵红梅撰写第五章；史春丹撰写第三章第一节；梅伟撰写第二章，第四章第一节；本人撰写绪论、第一章第一节并修订全稿。

本课题组成员中既有省内外高校致力于世界华文文学研究并具备该学科丰富教学经验的教授、副教授，也有已在此研究领域频出成果的青年骨干。在课题研究前期，高自双、蒋文龙进行项目统筹规划；赵泰靖、尚宏、商淑敏、李瑾、张婷婷等调研搜集资料；后期由王荣献进行出版规划。

课题组诸位同仁精诚协作，严谨勤勉，确保成果质量，力求使本书成为精品。尽管如此，本书仍存在不足之处，但请众读者指正为盼。

本书承蒙文学理论评论家、河南省委宣传部李庚香副部长作序，不胜感谢。

本课题得到文学理论界前辈杨匡汉先生的厚爱关注，亦在此表示真诚的谢意。

在本课题研究过程中，还要感谢我校领导的关爱及学校有关部门的鼎力襄助。

彭燕彬
2011 年 10 月